祁连山阙

马步升 著

青海人民出版社

图书在版编目（CIP）数据

祁连山阙 / 马步升著 . -- 西宁 : 青海人民出版社，
2024. 11. -- ISBN 978-7-225-06764-3

Ⅰ . I267

中国国家版本馆 CIP 数据核字第 2024UV4631 号

祁连山阙

马步升　著

出 版 人	樊原成	
出版发行	青海人民出版社有限责任公司	

西宁市五四西路 71 号邮政编码 :810023 电话 :（0971）6143426（总编室）

发行热线　　（0971）6143516/6137730

网　　址　http://www.qhrmcbs.com

印　　刷　青海雅丰彩色印刷有限责任公司

经　　销　新华书店

开　　本　890mm×1240mm　1/32

印　　张　9

字　　数　200 千

版　　次　2024 年 11 月第 1 版　2024 年 11 月第 1 次印刷

书　　号　ISBN 978-7-225-06764-3

定　　价　46.00 元

目　录
CONTENTS

草地之战，我的落荒而逃

只要太阳出来，大山里面就很暖和，甚至有些溽热。太阳一旦被云遮住，哪怕是炕大的一坨云，别的地方照常阳光灿烂，而你正好处在那一片阴影下，立即就会觉得凉。那种森森然的凉。

在高山地带，有云，大约也会有雨。有多大一片云，就会下多大一片雨。看起来炕大一片云，因为天高，就像从高空俯视地上的高楼大厦，就是一只只火柴盒子。同样的原理，空中炕大的一片云，落在地上，你想逃出降雨圈儿，那就像蚂蚁想逃出小学生的文具盒。

高山草地只要下雨，天气便不能称作凉，或爽。越过凉的界碑，就是冷，爽而过度，便是寒凉侵肌。看看雨越下越大，冷飕飕的，车行公路没意思，索性向兴云作雨的所在，靠近一些，再靠近一些。

这是阿什旦山下，山比天高，这场雨就是从半山腰发起的。

从一条与车轮一样宽的小路进去，就进入阿什旦山的小肠了。有公路的宝库沟，正是阿什旦山的肚腹。小路是泥路，泥路上当然有泥。泥是红泥。这条窄沟就叫红泥垭豁。胶泥是红色，红泥很黏。

一边是小河，小河流水"哗哗哗"，只能听见水声，看不见水形。小河被茂密的草木覆盖了。一边是石崖，崖缝里无数草木伸头探脑，像是爱看热闹的人。一株鲜卑花从石缝里探出头来，挡住本来就窄的半边道路，似乎在问：客从何来？为什么叫这么个名字呢？我不知道。我只知道鲜卑族。古老的鲜卑族曾在这里度过无数岁月。

穿过山口，一切都豁亮了。这是一个山间小盆地，四至都是一箭之地。

在青海大地流浪二十多天，早已习惯了冷风冷雨中的草地小路，领略山重水复疑无路，车到山前必有路的惊喜。

一条一步宽的小河从幽深的山缝里流出，听水流声就可感知这条一头搭在雪山上的哈达，经历过怎样的艰难险阻。左边一栋简易房，生活用具一应俱全，拖地的拖布还搭在水边的石头上。几只鸡在河边觅食，一座用废木料和废旧铁皮搭建的小桥横跨两岸，右边一片草地杂草杂花密集生长，一堆堆新鲜的牛粪，让这片牧场有着浓浓的人间烟火气。

显然，这是一户保护区的牧工家庭，牧群大概上了高处。找了一片干净的草地，摆上带来的食物，都下午两点了，该吃午餐了。

闲花野草，小桥流水，雨后阳光，还有四散的牛粪，一切都是那么祥和，一切都是那么生活化。

这时，不知潜伏在哪里的一种小昆虫，从四面八方飞抵这里。不是蚊子，当地草原上叫麻虎子。苍蝇大小，一身麻色，别说落在皮肤上，衣服薄一点，也挡不住它们的攻击。越赶越多，赶不胜赶，源源不绝。老家那里把这种小动物叫螯驴蜂，意思是驴皮很厚，驴也会让它们折腾得没有驴脾气。我吃过亏，知道厉害，比普通蚊子的战斗力强多了。

这种草地小精灵是很有性格的，蠢，笨，迟钝，也执着，落在身上的任何部位，无论是衣服，还是皮肉，不像蚊子苍蝇，使劲抖一抖身子，它们就会轰然飞起，看看无事，再开展下一轮侵扰。麻虎子不这样，吓是吓不走的，除非你用手指或什么物件扫到它，它才飞走。飞在一边，检查自己并未受伤，再找一个新的角度攻击。

坚持了一会儿，实在不堪其扰，到这里用餐是我的主意，我说，是我们侵犯人家的领地了，我们是入侵者，主动撤吧。

撤，不过是给自己一个面子，先是一败涂地，继之，落荒而逃。

这是一个适合作窝的地方

作窝是一个村庄的名字。

一个村庄叫这么一个名字，为什么不去看看呢。

一条河穿行在甘青两省的高山大野间，两边高山，峡谷中一条河流，河流边一条公路。河水湍急喧哗，公路千回百折。

这条河流就是大通河。我知道，这条河，流啊流，冲破千山，在青海民和注入湟水，然后，又在兰州西边近郊，混同在从青海一路跋涉过来的湟水里，一起注入黄河。

这是祁连山博大水脉中的一条黄河水系。

作窝就坐落在高山下的大通河边。山很高，抬头只能看见缭绕在山顶的白云。直上直下的陡坡上挂满了青海云杉，山根下是小叶杨。这里的乔木都高而大，端而直。山根与河流之间有一片平地。很窄的平地，很平的平地。平地上种着燕麦和洋芋。燕麦正在抽穗，洋芋正在开花。洋芋开花赛牡丹，开紫花的是紫皮洋芋，开白花的是白皮洋芋。无论肤色如何，都叫洋芋，或土豆，或马铃薯，一回事儿。甘青一带的民众这样调侃自己：我们这里有三大宝，洋芋，土豆，马铃薯。

其实，这是在变相夸耀本地的这种农作物品质优越。

一个小村庄，小小的村庄，白墙红瓦的屋子。一座铁索桥，桥头上贴着工程责任清单，铁索桥一次可以让一至七十人通过。

农用车大概也是可以通行的。为这么一个小村庄建造一座耗资不菲的铁索桥，时代进步的信息从来都是由一个一个细节传递的。

村庄在右，公路在左，大通河居中。公路上车流如箭，一个急转弯，又一个急转弯，眨眼而过。大通河浪花飞溅，浪涛中的巨石忽隐忽现，如同在水中沉浮的弄潮者。

站在铁索桥上，每有车辆从公路上驶过，桥面便激动震颤，而一任激流拍打，桥体却安之若素，目送浪花高歌远去。

好半天，没有一人一车过桥，一线天上白云悠悠，两岸青山相对出，一抹清流走远方。

过了几天，为了考察青海境内的明长城，我来到了水洞沟。这是一条从山谷中流出来的一条小河，明朝人在这里修筑长城时，在河上建造了一座水上防御设施，形似水洞，当地人便将这条河川叫水洞沟，将这条小河叫水洞河。

水洞沟与作窝之间隔着大坂山，作窝在山北，水洞沟在山南，一道长城盘桓于山巅沟谷间，一条公路将山北山南串联起来。

可以想见，在没有这座桥，没有这条路之前，作窝真的就是一个窝，天造地设的一个窝。而有了这些交通设施，作窝人的天地更为广阔，在远大世界里闯荡累了，在作窝安恬休整。

站在长城敌台上，回环四顾，白云作窝，青山作窝，河水作窝，鸟儿作窝，庄稼作窝，人作窝。

作窝是为了安居，这是一个适合作窝安居的地方。

关角，关角

一大早，从天峻去德令哈，要经过关角。天峻看起来百里一抹平，其实地势很高。关角是高峻险关，可从天峻这边走，上不了多高，就得往下走了。从低往高是险，由高往低也是险，往往更险。

正好十几年前的一个初冬，我由低往高过了一次关角。那次的旅程足够艰苦，从兰州出发，一站，一站，一直到河西走廊的尽头阿克塞。每到一站，座谈，采访，在二十多天时间里，每天晚上睡觉都到后半夜了。

正是秋冬交替季节，有时候，一天热冷转换几次，真是有些累了。计划中的路线走到头了，难道要原路返回吗？还是南下过当金山口，从青海返回吧。去时，从祁连山北麓一路西去，回时，从祁连山南麓一路东行，刚好给祁连山划一个闭合的圈儿。就这样横穿柴达木盆地，来到了关角下。

早上是从乌兰出发的，到关角也才日上三竿。关角沟口有一座小山包，当道而立，像是大海中的孤岛。森森岩石，微尘不染，寸草不生。一孔自然岩洞里，寒气侵骨。眼睛适应洞内光线后，心下不禁莞尔，小小岩洞，好似关公持大刀威立，佘太君挂龙头拐杖款坐。

上关角大坂，好似从地上往天上走，在手抚白云时，也到顶了。其实，关角海拔不算高，还不到四千米，是视觉中的那种高。从天峻出发时，天降小雨，连续几天下雨，是南方隆冬季节的那种冷，但未见冰雪。车行半道，小雨改中雨，恰恰到了关口要津，大雨滂沱，瞬间山间公路成为泄洪道。继而雨势减弱，只因一半雨水是雨滴，一半雨水化身为雪片。雪片落在硬路上，雨滴砸上去，雪片粉碎，随水花蹦跳飞舞。雪片落在路旁草地上，正要在青草尖上歇息招摇，雨滴跟脚催破，雪片碎裂，霎时隐没于草丛中。

下到半山坡，雪片还悬在空中时，已经被雨滴击碎，虽不情愿，也不得不与摧毁它的雨滴合为一体，只有在跌落硬地上或草尖上的那一霎，弹起一撮白色的粉尘，表示它们曾经是雪片。到了山下，所有从天上落到地面的都是经典意义上的雨水。那不是下雨，正像人们形容的那样，是天河决堤。那座独立的小山包，被一道围墙紧紧包围，大门上挂了一个辉煌的牌子，在滔天大雨中，如一艘披风斩棘的巨轮。

那是一场西北地区罕见的大雨，一百公里以外，雨过天晴，阳光朗照着空旷的戈壁。

好大一个格勒

格尔木到都兰，迢迢几百公里，车行高速路，瞥眼都是沙漠戈壁，一会儿便眼枯心急。

高速路上没风景，哪里都一样。那么，走国道吧，这一条国道也挺宽敞的。可是，国道正在整修，处处是工地。

好吧，那就走乡村小路，反正又不急着赶路。走哪算哪，本是此行的基本模板，而每次看似走错路了，却都是不虚此行。

每个地域，每个村庄，都有独属自己的风景，没有风景在，祖祖辈辈怎么活得下来呢。

如今的乡村小路其实都是大路，路路通，转弯抹角，直通天边。这一念之闪，便与一个名叫大格勒的地方结缘。

格勒，给人的印象为斯拉夫语族国家的地名专用，这格勒那格勒的，举头望青天，许多个格勒从海天恍惚中，同时齐聚眉头。

格勒大约是城市的意思，乃至还有大城市的意思。而这里，地处沙漠，极目荒漠，哪来的城市，或大城市。

地名和人名一样，有时候就是一个名字，名实之间未必一一对应。

大格勒，不是任何意义上的城市，却有着大气象。一条宽阔漫长的大路通往村庄。大路两旁，一旁是水渠，一旁也是水渠。水渠与大路之间，一旁是高大行树，一旁也是高大行树。两旁行树都以小叶杨为主导。大路与行树之间有一行电杆，五六米一根，每根电杆上都挂着两面红色标牌，一左一右，不高不低，并排悬挂。左边是国旗，右边是杞红小镇。

不用说，这个地方在主推枸杞产业。

透过树的缝隙，两边都是旷野，旷野里散落着沙丘，高高低低，错落间杂。在高低错落的沙丘间，有稀疏的沙生植物散漫分布。

停车踏勘，行树掩映下，一条水渠深宽约两米，渠水奔腾欢畅。这时要脚下当心的，掉下去，再好的水性都是无效的。水渠是水泥构造，不渗水的，可渠边各类植物还是借着那蹦跳而起的水汽野蛮生长。一种名叫甘青金线莲的植物把自我生命张扬到了极致。一株金线莲，拉扯几米长短，此时，最初的黄色花朵已经凋谢，幻变为金色毛球，如同一个个金发女郎，长发披肩，有风大波浪，无风小招摇。有的地方为金线莲赋予了一个卷毛狗娃子的名字，倒是形象贴切。一只只卷毛狗娃子爬在水渠边，目送水渠哗哗，仰望日月高天。

当两排行树外侧隐现田园时，那个名叫大格勒的地方到了。放眼张望，屋舍街衢严整敞亮，各种生活设施一应俱全，望穿四向街道，尽头都是看不见尽头的田园。

街头空地上，一群少年在玩足球，个个兴高采烈，老人妇女散坐于大树下，见到有生人来访，不约而同转过脸来。村头一家小饭馆，门面低调，整洁而干净，一个独自在店外空地上玩足球的男孩，见有客人临门，停止玩耍，羞涩一笑，也不说话，只是顺手揭起门帘。他正在读初一，瘦瘦高高的，父亲是厨师，母亲是服务生，他呢，借着假期，帮父母招呼客人。

饭后，在村中溜达一圈儿，村落不像传统村落，像是新兴城镇，所见居民，不像概念中的村民，个个装扮时尚。

一个格勒，沙漠深处的一个格勒，一个大格勒，大沙漠深处的一个大格勒。

在沙漠戈壁地区游玩，举目茫茫，天茫茫，地茫茫，但千万别说：这地儿啥玩意没有！

走近了，走进去，什么都有。

在大坂山垭口

在过去，西宁跨越祁连山，通往河西走廊的路上，共有三个大坂，都是艰险关口，从南到北分为下、中、上。

下大坂就是互助十二盘，中大坂就是晋朝西行求法高僧法显记载的养楼山，上大坂就是景阳岭。

这条路走过多次，今天专走中大坂。翻越中大坂，走现成的高速路隧道，几分钟就从山北到山南了，而走老路翻垭口，需要一个小时。按照现在的行政区划，以山垭口为界，山北是门源，山南是大通。山北的一条大沟叫寺儿沟，盘山路从沟口一盘一盘复一盘，一直盘到垭口。山南的这条大沟叫鹞子沟，沟很长，道路的每个盘都比山北大，盘数也比山北略少。

都是砂石路。这种路面有个好处，冬天不积雪不结冰，雪随下随消。别的精细柏油路积雪结冰后，车辆改道走这条粗糙道路。

站在山垭口远望，祁连雪峰近在眼前，要是走起来，那可心急不得。这是一条古驿道，高僧法显走过，隋炀帝走过，斯坦因走过，范长江走过，无论古人还是今人，这就是他们一代代一步步踏出的通道。

隋炀帝在这条路上遭遇暴风雪，军士后宫冻死无数，他的一个妃子死在这里，山南的一座山，至今还叫娘娘山。斯坦因在景阳岭摔下马背受伤，在附近牧民家养伤一周，然后不再南行，去了别处。

中大坂海拔三千七百多米，在西北高山谱中排不上号，却是一个紧要关口。过了中大坂，北行只剩上大坂，穿过扁都口，就看得见河西走廊绿洲了，南行翻过下大坂，西宁城就在眼前了。

下、中、上三个大坂，都是周边牧民的夏季牧场，山峰溜尖，一座连着一座。牧民不怕山高气凉，只要自家的牛羊肥壮，牧群又何惧风吹雨打，壁立千仞的悬崖上只要有嫩草，也要伸嘴给揪下来。

张旻带着我，他是山北门源人，在山南大通工作。他熟悉这道大坂的无数掌故，别看他只是一九八六年出生的人，这条山路他在少年时，即已步行走过三趟，每趟来回约一百公里。不是少年贪玩，而是生计所迫。那时候，他步行所走的路，不是如今的公路，是古道，是野路。要是走公路，恐怕只有神行太保能做到了。

步行时代的人走路的功力，汽车时代的人连想都不敢想。张旻村上有一个人，孩子患了盲肠炎，本地做不了手术，要到大通去。去大通，必须翻越中大坂。那人用背篓背着孩子，徒步一百多公里到大通，没钱，医院还是把手术给做了。五十年后，突然收到该医院的免除医疗费的单据，当年的父亲垂垂老矣，当年的儿子一只脚也跨过了老年的门槛。

村中还有一个人，当年母亲背着他翻越中大坂时，遭遇三只饿狼。当有人经过时，他的母亲只剩下一小半。路人救下了他，至今还活着。

旧时代，这里驻扎着军队，保障道路通畅，也为行旅提供各种服务。如今，山下的隧道贯通了，道路是通畅的，不再是必经之路。牧人需要这条路，牧群需要这条路。牧人将摩托车停在山垭口，牧群在溜尖山巅上寻觅嫩草，野草在生长，野花在盛开，风儿从垭口穿过，大暑天的太阳高悬空中，来往的风儿携带着浓浓凉意。

一对双生花

在祁连山南坡，金露梅是大地的朗读者，从海拔四千多米，到海拔两千多米。

在向阳的山坡上，金露梅在盛开，在背阴的山坳里，金露梅在盛开。在泥沼地里，金露梅盘根错节，在旱地砂土中，金露梅一花独艳。

极目四野，草原上浮动着一层隐隐的金黄色，恰似佛光呈祥，天地共生共荣。

金露梅无比纯洁，因其纯洁，而包容异质。在一片片金露梅的领地里，杂草丛生，小鸟跳跃，虫儿嘶鸣。祸害草原的旱獭鼠兔鼢鼠鼹鼠之流，从来不把自己当另类，它们醉入花丛，它们深挖洞广积粮，它们称霸一方，它们恣意妄为。

牧人在花丛中吟唱着古老的歌谣，金露梅是贴耳倾听者，把爱情的帐篷扎在花丛里，金露梅的花朵，就是为人间的爱者献上的吉祥哈达。

牛群在花丛徜徉，羊群在花丛流连，它们不会辣手摧花，偶或嗅嗅花香，抖抖花枝，已然志得意满。

危岩蹭蹬，石缝里哪怕有一星泥土，金露梅也会花开招摇，冷风冷雨如斧钺加身，金露梅也不改本色。更有那，在淘金者制造的乱石阵中，金露梅以其固有的担当，率先挺身而出，为山河疗伤，为大地立法。

金露梅的双生花是银露梅，品质相近，只是花呈白色。在银露梅成片之地，草地映雪，如果恰逢正午，阳光当头照，青草白花，天地迷离。

人间的双生子，无论姐妹还是兄弟，都天然地相亲相近，志趣相投。

可是，金露梅和银露梅之间好像脾性不投，乃至感情失和。遍览祁连山地，金露梅花开之地，很少见到银露梅的芳容，而银露梅一花独放之地，金露梅则很少现身。而且，金露梅随处可见，银露梅则难得一见。

到底是什么原因，只能问金露梅银露梅了。在大高原，牧人们给金露梅银露梅的共同称呼是边麻，或边麻梅朵。在他们眼里，这两种花儿是同一种花儿。

偶或，也有双生双开的金银露梅在相依相偎，有草原歌者，在难得一见的一对双生花面前，情不自禁，当即诌出四句偈语来：

> 无量天尊无量佛，
> 今日更念今日诀。
> 山河自有山河意，
> 金露梅又银露梅。

大庄是个小村庄

出门源县城往东十几里地界，大路边上有一个小村庄，叫大庄。

本来我与大庄没有可产生交集的理由，偶尔涉足一次，居然念念不忘。

在青海漫游二十多天，漫游不动了，甘愿蛰居门源。正是大暑天，这里凉快，生活又很方便。前几天在一个研讨会上结识的文友张旻闻讯，要接我去大通住几天，说大通也凉快，生活也很方便，重要的是，文化遗产存留相当丰饶。

正好，大通曾多次路过，也只是路过。

我心动了。

一大早，他开车接上我，迎着朝阳一路向东。路过大庄，他说很长时间没有回家了，看一眼就走。我说，多看看吧，我也乐意在村庄里多逗留，反正是浪游嘛。

原来，张旻是门源大庄人，在大通县工作，两个县，隔着一座高峻的大坂山。

大庄的房屋，各家各户都按所处的地形建造，整体看去，高低错落，屋檐相接，街巷沟连，门户各自独立，又互为依托，一切与传统村落没有什么两样。

张旻家是一个独立院落，门前一抹平坦的庄稼地，右边一片缓坡庄稼地。左边紧靠村里大路，砂土路面，道路的右侧也是庄稼地。庄稼地里，青稞、洋芋和油菜是主角。在一块缓坡地带，杂草杂花中，一片墓碑青光粼粼，大约是村里的集体坟地吧。

祖父死在这里

父亲死在这里

我也会死在这里

你是唯一的一块埋人的地方

这是海子的诗句。

海子描述的是，在传统村落里生命的基本运行模式，准确无误。

张旻的父母和亲人都住在省城，家里没人。他打电话问父亲大门钥匙搁在哪里，他让我稍等，然后打开围墙外面堆放杂物的棚屋，从里面翻墙进院，他要从家里拿到钥匙打开大门。

看来，他已经习惯了。

正好我在附近看看。

门前空地边上是一块菜园，里面有大葱，白菜，洋芋，南瓜，等等，没人管护，菜类茂盛，杂草杂花也在疯长。几株虞美人花正开得艳，蜜蜂忙碌非常，有时一朵花上，几只蜜蜂同时扑上，营造出花开万朵只爱这一朵的氛围。

我站在村路边，看村中风物，也想看看村中的人。

张旻家门前生长着一株暴马丁香，花已经凋谢了。门前不远是一堆大树，都是小叶杨，看那阵势，应该是自生自长的。村里到处都是大树，差不多也都是小叶杨，大约也都是自生自长的。

大树很多，庄稼地也都没有闲着，即便是犄角旮旯，也都种着各类农作物。

四海无闲田，大庄无荒地。

没有人，没有鸡飞狗叫，也没有儿童嬉戏。一辆摩托车从河边嘶吼而上，一人驾驶，一人骑乘，两个人都是中年男人，刚从田地里出来的装扮，摩托车划出一道土雾，越过村庄。又从大路边上的村口进来两个人，也都是中年男人，不像正在忙碌的样子，这儿转转，那儿遛遛，一错眼，倏忽不见。

我走过的大多数的村庄都这样，无论天南地北。村庄越来越美丽，人口越来越稀少。年轻人都出门谋生了，结婚成家，定居城里，老人去城里帮忙照看孙儿孙女。孙儿孙女开始上学了，老人也真的老了，跟随儿女，寄居在城里。

张旻又翻墙而出，终究是没有找见大门钥匙。他担心我烦闷，说，咱们出发吧。我说，反正又没事，正好看看你们大庄。

说大庄是个小村庄，那是在另一个比较系里说话的。在门源，大庄拥有二百户居民，够大的了，在整个青海，这么大的村庄，也够大的了。

好大一个庄子，这是大庄人向来引以为傲的事情。

张旻家大门往南不远，就是去河边的通道，一个巨大的人工开凿的豁口，路面凹凸，砾石横陈，但他能把车开进河滩。回头望，一道高达几十米的自然形成的砾石河岸，将村庄与河滩隔绝。河岸上散布着几个洞口，不像是自然形成的山洞。张旻说这是地道，各有百米深浅，小时候他经常和伙伴钻地道玩儿。一个出生于一九八六年的年轻人啊，居然也被一段过往的历史云烟所缭绕。那是中苏交恶时，挖凿的战备地道，几乎遍布国内所有的城镇乡村。小时候，村里的两个地道，也是我们经常玩耍的地方。

河滩很宽阔，这是浩门河的河滩。浩门河就是大通河。这是发源于祁连山的一条重要河流，最终随湟水注入黄河。看不见浩门河的主体，眼中只有河滩，还有对岸的大坂山系。河滩上杂树杂草杂花，密匝匝，犹如旷野。一群牛在草滩上吃草，一个牧人坐在河堤上，悠闲而孤独。

一条一步宽的小河从砾石河岸下流出，在阳光下，蟒蛇一样，钻进草木丛里，显然是要在某个适当的地方汇入浩门河的。

其实，这条小河也是由许多泉水汇集而成的。有一个泉眼，就是大庄村的饮用水源，现在虽然有了自来水，念旧的人还是钟情这眼养育了无数代人的清泉。

清泉的水很清澈，从砾石缝里缓缓渗出。泉水旁边堆积着许多砾石，这是人们有意而为的。祭拜泉水是从祖上延续到现在的庄严仪式，前来取水的人都要向泉水真诚致意。

这是生命之源啊，我虽然无缘享用这泉眼里的净水，来了，也是要行一个注目礼的。

这是滔滔黄河水的一分子，黄河是大河，再大的河都是由一眼眼小泉汇聚起来的。而我住在黄河边，饮用黄河水。黄河之水天上来，所谓的天上，就是广阔的大高原啊。我每天目睹着从天上来的黄河水，又目送着奔流到海不复回。

你的名字叫圆圆

圆圆是一只白唇鹿，站起来比一只大羊还大。

羊大为美，圆圆是大美之美。

如今，祁连山国家公园冰沟保护站的办公区，就是圆圆的家，所有的工作人员，以及偶尔到访的客人，都是圆圆的亲人。

在圆圆满月的那阵儿，工作人员在野外发现了它，孤单孱弱，窝在草丛中，有气无力地哀鸣着，生命随时都会走到尽头。

人各有属于自己的际遇，鹿何尝不是呢。圆圆的母亲不知去哪里了，也许已经遭到意外，在这个丛林世界里，白唇鹿是所有大型掠食者的盘中美餐。

圆圆被带回保护站后，如同这个大家庭新添的一个小生命，大家为给它命名颇费了一番心思。在这个以年轻人为主体的大家庭里，新潮的名字，富有诗意的名字，向往远方和未来的名字，都被一个个想了出来。而最终胜出的是：圆圆。

团圆的圆，圆满的圆，花好月圆的圆，圆咕隆咚般可爱的圆。

圆圆，有了一个阖家团圆的家，在这个家里，圆圆过上了团圆和美的日子。

转眼间，圆圆满周岁了。长大了的圆圆气宇轩昂，而眉宇间尽显温文尔雅。

看见几个人在给它拍照，圆圆款步走向一位女士，脖子伸得长长的，嘴巴伸得长长的。女士有些害怕，连连后退，圆圆款步跟进，不停地伸长嘴唇，时而回头啃咬自己身体的某处。女士心细，懂了圆圆的意思。为母则刚，一颗母亲的心一旦被撬动，那还有什么可怕的。女士也勇敢了，上前为圆圆挠痒痒。圆圆停步，将身体依偎过去。女士生怕弄痛了圆圆，动作太过轻柔。圆圆不过瘾，频繁扭动身体，眉宇间都是鼓励，似乎在说，这里，这里，啊这里，使劲儿啊。

一位研究动植物的男士，倒是更懂得圆圆当下的需求，随手捡起一根小树枝，在圆圆的身上来回划拉，浮毛为之纷披，圆圆立定，挺直身子，眉宇间都是被挠着痒痒的那种惬意。

高山地区只要下雨都是冷雨。一夜的雨，清早起来，基地公园像是一幅列宾的风景画，色彩绚丽而又静谧。绚丽是大绚丽，世界被浓缩在一张风景画里，静谧是大静谧，所有的生命因之而臻于安详。两边都是高山，一边高山上，白雾缠绕山腰，青光凛凛的石峰，一朵朵花儿从白雾中露出头来，像是大海中的一个个孤岛。另一边高山上，一种叫青海云杉的树木，绿色瀑布似的，以树干的高度为序，由低而高，从山巅泼洒到山根。山根草坡上，暴马丁香和辽东丁香，都已过了花期。乌柳将自己众多的细小枝条蜷缩在一起，像是在冷风冷雨中抱团取暖的一家人。青海云杉无论立身何处，都是那么冷傲，在高山之巅冷傲，在平阔无垠处冷傲，在风雨中冷傲，在冷风冷雨中冷傲。

一群早起的羊儿在半坡上漫步，时不时地会抬头看看周边环境，不知名的鸟儿在大树上啁啾，在草丛中跳跃。刚从雪山上下来的冰沟河，每朵浪花都喷溅着凛冽，宣示主权般地招摇而去。

圆圆加入羊群，以羊的姿态在草地上漫步。没有一只羊有拒绝它的意思，它已经是这个大家庭中一个理所当然的成员。祁连山国家公园自设立以来，祁连山生态修复与保护进入科学化时代，冰沟保护站自成立到现在，已经收养过许多受伤走散的野生动物，时机成熟又将它们放归野外。我问圆圆的前途，一位工作人员笑着说，总目标当然还是回归山野，不过，圆圆现在还没有长壮实，再说了，我们也有些舍不得。

此时，圆圆正在与几只羊在草地上交头接耳，你侬我侬。

你的名字叫圆圆。

站在这山看那山

　　没有打算去攀登阿咪东索山，太高了。有的山，必须要登上山顶，才可领略到风景，有的山远观，反倒更有趣味。

　　阿咪东索就是一座适合远观的山。正好卓尔山山顶就是一处最佳的观景台。造物主对这个世界万事万物的设计，都是匠心独具的，因而也是完美无缺的。比如卓尔山和阿咪东索山，这比某些城市处心积虑搞的那些双子星座之类的建筑高明多了。确实，一个是天工，一个是人工，所谓巧夺天工，只是一个形容词。

　　卓尔山位于祁连县城东边，无论处在县城何处，只要抬头，那红色的山顶，就像妥妥儿扣在自己头上的一顶红帽子，山坡也是红色的，却不是给你预备的红色礼服。那件衣裳只有卓尔山穿得起，而且笔挺不起皱，好似天天有人在熨烫。我说的是，陡峭的卓尔山，是一座留给飞鸟展示飞翔能力的山，拒绝一切攀登行为。一抹红砂岩，从最高点到最低点，阳光下，是火焰汹汹的红，细雨中，是文火炖天的红。

　　河西走廊中部的母亲河是黑河，黑河上游的八宝河从祁连县城东侧澎湃而过。河水是紧贴着卓尔山的山根扬长而去的，甚至没有打算给所有生灵预留一点立足之地。

　　阿咪东索山山头终日白云缭绕，像是被大风卷起，飘荡在空中的一顶白帽子，想捡回来，人力难为。老鹰可以，乌鸦可以，鸽子可以，所有的飞鸟似乎都有这个能力。

祁连县城是阿咪东索山特意留出来的一片空地，它在受到印度洋板块推搡，逐渐隆起的那会儿，心里就在默念：我要长得高一些，站得直一些，只要重心还稳，不致跌倒，就给以后的生灵多留一些平地吧。

空地向来是众生汇聚之地，那么，大家要在这里生存，就得有水。八宝河里虽然水流滔滔，但，水只能往低处流，平地上需要水怎么办？这样吧，多次麻烦何如一劳永逸，如此，阿咪东索山上自高而下的清流，就让山坡上平地上的一众生灵，有水滋润，草木喧阗，鸟兽欢腾，可以自流灌溉的田园，烟火袅袅，人文辐辏。

也因此，阿咪东索山以一身之力，既当爹又当娘，还得照看着卓尔山这个小兄弟。

阿咪东索山低头日夜盯着小弟，免得走失，或调皮捣蛋。卓尔山时时仰望着大哥，不过，也不忘了抽空瞥眼祁连县城。城市真是好啊，楼宇错落，车水马龙，男男女女，香车宝马，好不惬意。

确实，祁连县城是一个需要站在山上往下看的地方。阿咪东索山太高，一般人很难上去，眼底大风光会被缩微，动人细节也会被遮蔽。卓尔山刚好，高低远近位置都无可替代，这是一座为了观览县城而特意凸起的高峰。

卓尔山是要从后山上去的，再次声明一下，前山是鸟道，是"西当太白有鸟道，可以横绝峨眉巅"的那种鸟道。从前山攀登卓尔山的愿望和行动，当然应该受到尊重，不过，在攀登之前，还是要细心检查一下装备，最关键的装备就是翅膀。后山有路，是大路，不用说是人工开辟的。以当下人们所掌握的工程能力，开辟这么一条登山之路，不算事儿。

这样就相当轻易地站到了卓尔山的制高点。用自己的勇气和双腿登上一座山，那才叫登山，把乘车登山也叫登山，你也真会夸奖自己。本来是一座要付出全部勇气和体力才有望登上的山，这么谈笑间就高居巅峰，怎么着都会有一丝惶恐。唐寅的《登山》诗写道："一上一上又一上，一上直到高山上。举头红日白云低，四海五湖皆一望。"没有经历登山的艰辛，在山巅上生发的所有欣喜和感叹，都是廉价的。

以惯常的评价标准，卓尔山一定是一座好山，好山中的好山。走在山顶，置身佛塔前面空地，目光随佛祖游弋，祁连县城尽收眼底。这几天雨多，八宝河也许要从红砂岩地盘通过，一身的红血淋漓，紧贴山根，漫漶北去。而祁连县城恰如一个玉体横陈的人，头北脚南，四仰八叉，五官七窍，五脏六腑，手脚指甲，尽情裸展，历历可数。唯有真心向天地，摊开脏腑任人看。大丈夫者，当如此也。

俯视一过不由得仰视，阿咪东索山觌面相逢，好似江湖路远兄弟情深境况。

这一仰视不要紧，我看到了一场雨兴起的全过程。先是风，一阵凉风，大暑天会让人舒服麻了的那种风，像一双双婴儿般的小手，在你的周身上下，挠啊挠啊的，当你感到晕眩时，风头上便携带了冷硬，如婴儿忽然长出了指甲，如锦绣飘带里暗藏了凛凛鞭梢。不由得将衣襟紧一紧，正在暗暗惊诧，那指甲立即就硬了，尖利了，是蘸了冷水的那种鞭梢，一记记抢在身上，直往肉里钻。抬望眼，一团乌云缠绕在阿咪东索山的半山腰，好风凭借力，送我上山巅，那团云旋啊旋啊，冉冉上升，好似一条白布腰带丢进了染缸里。那团云在半山腰是白色的，轻飘飘，柔嫩嫩，如大冬天无数人在同时哈气。渐次升高的过程中，那团云也在变化，身子骨越来越沉重，肢体语言越来越僵硬，脸色也越来越严肃，如一个渐渐老去的人，亦如一个社会地位逐级升高的人。

那团云到了山顶上，风也烈了，也冷了，带着冰碴子乱扔的那种冷，抡起利刃不分青红皂白肆虐的那种冷。而此时，那团已经幻变为乌黑色的云却把团着的身体舒展开来。像是图片中见过的某种云，急剧膨胀，翻滚，扩散。一会儿，阿咪东索山顶上，戴上了一顶玄铁一般沉重的黑帽子。

此时，卓尔山上狂风大作，平地尚且立足不住，游人纷纷离开危险地带。随即大雨滂沱，有些人没有雨具，带伞的人也打不开伞盖，要不，伞盖翻卷，要不，人与伞一同被风带走。我在一个屋檐下找到了避雨处，幸运完全出自意外，屋檐正对阿咪东索山。山巅的黑云扩散后，云团并未像面团被擀面杖擀开一般变得稀薄，相反，却更厚实。这不符合常识。也许阿咪东索山本来就不是以常识立世的山，它顶天立地，它自成天地，它就是一个自给自足的天地共同体。

阵势酝酿足了，何况卓尔山已经在雨势喧阗了。一阵滚雷在阿咪东索山头爆裂，那不是天上的雷，雷起山巅，如山头倾覆，滚石碾过陡坡，一串回声掠过整个县城。继之，一道闪电，出手时是一支火红的利剑，中途分解为三股叉刺向虚空无尽处。

自成天地的阿咪东索山并不拖泥带水，一串滚雷一道闪电就足够了，隔着这么博大的虚空，可以真切地看见，绵密的雨柱是怎样不由分说倒插在山体上的，甚至能够听见草木迎接雨水的吞咽声。

满山雨雾,那种蒸锅揭开时的雾气腾腾。一错眼,只见黑云冉冉上升,笼罩山头,让出山坡,却把雨脚垂下来,一头在天,一头直挂山根,宛如一条淡黄色的哈达。王昌龄有诗句"青海长云暗雪山",我在青海湖边见过一次,明白了什么是长云。那就是把高空中的云团,像兰州牛肉面那样,扯成一根根长条,垂挂下来,上连虚空,下接湖水。原以为此景专属于青海湖,不是,周游青海二十多天,凡雷雨必如是。阿咪东索山再次印证了诗人对青海长云描述的准确性。如果说,稍有不准确之处便是,阿咪东索山的长云是先自暗,而后暗了天,暗了山,暗了大地。

阿咪东索山再次显示了作为一座名山的果决担当,一场风雨,其兴也勃焉,其衰也忽焉,半个小时以后,风息雨停,云破天开,好一个阿咪东索,浴后荣光,堪当天之一柱。

在大路上穿梭的鼠兔

在祁连山南坡的道路上乘车行走，时时会与一些小动物狭路相逢，无论在高速、国道，还是普通路面上。车轮正在飞驰，不敢瞥眼多看道路两边草地上的无尽美景。突然间，一物跳上大路，见有车来，不仅不立即避让，有的顺车奔逃，有的迎车而来，有的索性蹲在大道正中间若无其事。

这种小精灵就是鼠兔。

心善的人，胆小的人，见到这种情形，一般都会采取紧急措施，免得伤害生灵。这样做，恰好错了，结果往往与愿望相反。

还记得一个小小说的情节：一位老大娘每天在街对过一家酒馆里喝一碗掺了水的散酒，然后晃晃悠悠，浑浑噩噩，在车流里穿过街道回家，速度、步幅、身体的摇晃程度，她都有准确把握，多少年了从无意外。她过马路的动作神态，也成为街上的一道风景。有一天，酒馆老板忽然良心萌动，他决定让老顾客喝一次纯酒。老大娘喝酒后，依照以往的习惯过马路，因为酒劲比先前大，先前的一切动作要领都有些走样，被车撞死了。

大道上隔一段就可看见一只被车轮碾碎的鼠兔尸体，看了让人不觉心生凄楚。以我的观察，我相信，身罹横祸的鼠兔，绝非司机有意为之，即便有的司机想给鼠兔制造灭顶之灾，但那是不容易做到的，原因在于，两者的体量差距过大了。那么，灾难究竟是怎么发生的呢，大多应该是善心的或胆小的司机，手忙脚乱地避让，却也让鼠兔陷入手忙脚乱中。

此时，前面对开过来一辆越野车，车的前方路中间正好有一只鼠兔，越野车丝毫没有要减速避让的意思，好像还踩了几脚油门。我心想，这只鼠兔今天小命休矣，往路那边逃窜已来不及，往这边呢，也许正好钻进我们的车轮下。我们的车速放慢了，只见那只鼠兔不慌不忙，一动不动躲在原地。越野车带着绝杀威风呼啸而过后，鼠兔这才舒展身体，忙活自己的去了。

有意观察到好几起类似的脱逃避险绝技后，我对这种小精灵竟然生出了敬佩之意，泰山崩于前而色不变，麋鹿兴于左而目不瞬，真乃小体量大气概也。

我这样夸赞鼠兔，必为人类所不能接受。

站在人的立场上，鼠兔是破坏草原的主力之一。在祁连山南坡，几乎每片草场都留有它们的犯罪现场，从高山草场到冬窝子，从砂石旱地，到阴湿沼泽。它们往往选择在这些地方打一个洞进去，里面四通八达，到处都是进口出口，谁想堵住一个洞口逮住它们，那你只好傻傻地等着吧，它们早已在另一个洞口看你笑话呢。它们耳聪目明，轻微的响动，一丝风影人影，都会惊动它们，它们的逃跑路线早已确定，而且预案中不止一条。它们的思维甚至比人更周密，它们从没有居安的想法，满脑子都是危机意识。

从审美观感来说，与破坏草原的四大主力相比较，中华鼢鼠瞎眉瞎眼，终身都在阴暗的地下生活，不足与论。土拨鼠呢，真是鼠头鼠脑，一身的奸邪小人样儿，毫无美感可言。这种也叫旱獭的动物，身材颟顸浑浊，一身的油腻样儿，毛色杂乱，看起来有些肮脏。鼠兔呢，兔头鼠身，尤其头部，比兔子小一号，两耳闪闪如雷达天线，双目滚滚机敏万端，静时悄无声息，动则眨眼不见，真是小精灵啊。

从朴素道义而言，万物万灵都有生存之权，万物万灵也都有与生俱来的生存法则，它们生来就是穴居动物，生来就以花草根茎为主食。人类中的诗人不是早都说过嘛：葵霍倾太阳，物性固莫夺。为什么要以双标衡量鼠兔呢。

人言啧啧，而鼠兔无语凝噎。

既然抬杠了，我们何妨把杠再抬一抬。鼠兔的家园从来就是一片整体的草地，人修建道路时将草地隔开，这就像人类生存的村庄，被国界、道路之类分割开来，人要保持互相来往，就得穿越各种界限。鼠兔也一样啊。它们冒着生命危险，从道路这边穿越到那边，或探亲访友，或去自己被分割得四分五裂的领地上劳作，又有何不可。

在人的草原灭鼠行动中，鼠兔既然名列鼠害主力之册，被当作敌人对待，也是题中应有之义。不过，人灭鼠兔，是为了维持生态平衡，是合法合情合理的正义行为。鼠兔躲避灭顶之灾，确保种群繁衍，也是在执行一种神圣的自然生存法则。在这个事情上，各干各的，这也是一种生存法则吧。犯不着一言不合就上道德法庭，而且定罪在先，呈供于后，将一方神圣化，又将另一方妖魔化。

跑吧，鼠兔。

走错路去木里

在青海湖最西边的石乃亥小镇，吃过午饭后，时间是下午三点。本打算直接去茶卡，到岔路口时，却说先去天峻看看吧，从天峻也可到茶卡。这样就有了天峻之行。

记得十几年前去过的天峻，似乎是高可接天路峻难行之地。还记得，这是一方煤都，大街上停满了名车豪车，车顶上都落着一层厚厚的煤灰。而且，公路是黑的，煤灰盈路带来的黑。大卡车呼啸而过，煤灰像是被惊吓的黑乌鸦，黑压压飞向草地深处，而大卡车川流不息，煤灰飞扬不止，一方天地都变得容颜昏昏。

从石乃亥离开青海湖，拐上天峻路口，都走出很远了，草原越走越平阔，百米外的旱獭鼠兔如在眼前，平直的大道看不见尽头，在青海湖周边，无论哪个方位，抬头即可看见祁连山，而这里只有西边隐隐一线高地。公路上更是难见一辆拉煤车，天高地阔，天高无顶，地阔无边。

难道是走错路了？没有啊！这条路是顺着布哈河逆流而上的。河谷太过宽敞，眼不见谷，亦不见河。

走出几十公里外，终于可以一试布哈河的水温了。布哈河是注入青海湖的三大河流之一，青海湖周边这几天都在下雨，布哈河此时汛流喧闹，水色泛白，两岸青草地，上达远天，下接远地，百米宽阔的一抹白水居中涌动。地势过于平整，水流在河床里自由散漫惯了，划出无数的河心岛，大者可以踢足球，小者原地转个圈儿。大岛小岛如同与父母分家的孩子，各自分门立户，却血肉相连。河边草地生长着什么花草，各岛一一效仿。河岸上大片的金露梅，大岛上小片的金露梅，小岛上就那么一丛两丛金露梅，在烈风中，互相隔水打着招呼，好似父母子女之间的互相嘱咐……

一座大桥凌空飞架，大桥下河面宽广，水流平缓。我试着施展童年在故乡马莲河练就的打水漂儿功夫，第一漂，石子五跳而没，第二漂，石子九跳之后，力竭沉水。这是今天的最高纪录，总想漂过两位数，终是我力不能逮，而石子似乎也未尽全力跳跃。望眼一江之水，只在心里默念道：老之将至，少年不在。

想起有一位执念于教育岗位二十多年的朋友，是我当年做大学老师时带出来的学生，已主持一所重点中学多年，他没有机会游历大高原，请我给他带一颗石子做纪念。布哈河畔不缺石子，磊磊然无有穷尽。挑选一块拳头大小的元宝式样的，在水里淘洗干净，趁着冰凉精湿，揣入怀中。

自信从小对地图还是熟悉的，天峻又是到过的地方，未曾想，路程会这么漫长。在风中，在雨中，在冷风中，在冷雨中，在冷风冷雨中，一路听着布哈河的吟唱，傍晚时分抵达天峻县城。

天峻县城地盘平阔广袤，街道却在整修，又逢下雨，转了一圈又一圈，终于锁定一家饭店。

又是风，又是雨，风是冷风，雨是冷雨，办完入住手续，都晚上九点了，好歹要吃点东西。转了一圈又一圈，爱吃不爱吃，都不是问题了，关键在于有饭吃。

第二天一大早，风还是不停，雨还是不停，连续几天的冷风冷雨，地气转凉，有了内地秋尽冬来下冷雨的气象。完全是被动浪游，没有准备应对高原天气的衣服。

就这样吧，近年的木里是舆论关注的焦点，知道木里还很远，走出一段路程，看看大环境就罢了，今天打算从天峻去茶卡。

北出县城，举目还是平阔的草原，布哈河在远处默默流，青草地在眼前绿油油。不见牧群，知道这个季节牧群都在高山牧场。也知道木里在大山深处，不去木里。嗯嗯，今天不去木里，到了山口即返回。

终于走完平坦草地，到了一个山口，居然已走出数十公里。心里又想，木里应该快到了吧，既然走了这么远的路，看一眼木里吧。

路上车辆稀少，辽阔草地牧群稀少。又翻过一个高峻的山口，忽然一个大镇藏身于一个山谷中。啊，木里！近前一看，却是阳康。

公路边两排平顶房，像两支军容肃穆的队伍，而大街上却空无一人，穿行过去，竟无一家店铺开门。终于等来一个骑摩托车的人，牧人打扮，想向他问问情况，还未开口，摩托车风一般驶过，遁入峡谷深处。

走，咱也进峡谷看看，不信到不了木里。

这是布哈河的峡谷，公路一边贴着山崖，一边紧临河床。风雨暂歇，天还阴沉，白云与乌云山头齐飞，流水与飞鸟共语。

觅得一处峡谷宽阔之地，停下车，走近布哈河。从下游入青海湖的河口，一路追寻到这里，应该是中游以上了。布哈河水不改色，水势稍减，仍是大河风度。河水与公路之间有一大片空地，先前淘过沙的痕迹仍赫赫在目。布哈河在这里拐了一个大弯，怀抱着这一片草地。

又开始下雨了，好在是细雨，"雨打梨花深闭门，忘了青春，误了青春"。此时此刻，细雨没有梨花可打，只能打我。打就打吧，青春已误，再无青春可误。

此时已经走出一百公里以外。既然走错路了，那就错到底吧。再怎么错，也错不出我们的国土范围去。即便晚上无法去茶卡，住在木里也行啊。以木里外溢的巨大名声，也许比天峻县城要繁华些。

两边的山峦越收越紧，还是那条公路，显然很长时间没有维修了，路面上到处都是突然凸起和突然凹陷，脓包和凹坑都不大，但很普遍，只得放慢车速。又穿过几道峡谷，忽然眼前出现一个城镇，镇容浩大，镇貌整洁，不由得在心里松口气：木里，木里，让我好好看看你!

不是木里，是龙门。

比阳康更大的城镇，与阳康同样空无一人的城镇。所有的店铺门户紧闭，偶尔有人在胡同口出没，倏忽又不见。时间已是下午两点，早上匆匆一个面饼，保温杯里的茶水早已喝干，只剩茶末儿。两边都是高山，眼见得无路可走，只有眼前一条路。一条路上只有两种走法，一是原路返回，太远了啊，也太不划算了啊。二是继续寻找木里，虽不知木里还有多远，只要眼前的公路还是通的，便没有走不到的木里。

翻过一道海拔冲上四千米高度的山岗，忽然发现，山岗那边的河向北流去，而山岗南的河都是南流的，不用说，这是一道分水岭。查阅资料，果然，祁连山的几条重要河流都发源于这里。有的河流继续北向，成为河西走廊的内流河水系，有的一路向东，冲破千山，成为黄河大家庭里的成员。布哈河则绕过高山阻挡，逶迤而南，加盟于青海湖。在山下的拐角处，一条河从另一道更狭窄的峡谷中流出，水色浑黄，有如夏天的黄河之水，不用说，这个区域下过大雨不久。宽一些的峡谷是布哈河的主流，水色泛白，不算清澈，也算清澈，两条河汇流后，一清一浊，宛然泾渭分明。

路边出现了被绿色纱布蒙盖的缓坡，一大片一大片的。下车查看，纱布下面遮盖的是草类植物，习见蓼、披碱草之类。没有哪个牧民拥有这样的经济实力或工程能力，只能是国家或大公司所为。经验告诉我，木里快到了，这是祁连山生态修复工程的一部分，木里正好是要治理和恢复的重点地区。

不由得信心大增，但路况越来越差，只能摸索着前行。道路两边被绿纱遮盖的地块越来越多，有缓坡地带，有险峻孤峰，远远近近，满眼绿色。为大地疗伤，为山河立法，任重而道远。

又走出几十公里，前面再无路可走，地图显示这就是木里。可是回环四顾，除了一大片煤矿废弃物，只有一边山脚下有一栋建筑物。时间已是下午四点了，不见木里，心中焦急。正好过来一辆面包车，上前问询，司机是个小伙子，指着那栋房子说，那就是木里啊。

尽管心存疑虑，事已至此，只好前去。果然是木里。远远看见的那栋房子后面，还有一栋同样的房子，都是五层楼。一个是木里村办公区，一个是木里镇办公区。

与国内所有的村镇一样，迎风飘扬的国旗，篮球场，宣传栏，体育活动器材，一应俱全。只是，这里没人，空无一人。走了两圈儿，没有饭店，没有商店。忽然发现两栋楼之间有一块平地，一道塄坎下有两间平房，好像是公共设施。

走近看，果然一家饭店，一家商店。饭店只有一间平房，昏暗阴郁，门前是一条臭水沟，几个种草工人模样的男女正在等饭吃，一个中年男人走出来，站在臭水沟边，一阵放松。商店里的货物还算充裕，日用品都有，选几瓶矿泉水，几包饼干，几根香蕉，在路上吃吧。

遇到一个老乡，他说，这里距离张掖市肃南裕固族自治县很近了，要去茶卡，天峻县城是必经之地。其实，距离肃南县城至少还有两百公里，而且山路艰险，山里人说话就是这样，两百公里路程，在他们的概念中，如同走了一趟亲戚。

只有原路返回了，一路又是风，又是雨，风是冷风，雨是冷雨，晚上八时许，赶回天峻县城。

当夜的天峻县城，又是风，又是雨，风是冷风，雨是冷雨。次日一大早离开时，天峻一带又是风，又是雨，风是冷风，雨是冷雨，到了出县境的关角，又走进一场大暴雨和一场大雪中。

去木里看似走错路了，也真的走错路了。不过，整个祁连之行的总理念是，走哪算哪儿，无所谓对，也无所谓错。走对了，是意料中的收获，走错了，是意外的发现，还有惊喜。

在东沙河畔

连日连夜的冷雨，既然是一趟走哪儿算哪儿的浪游之旅，无所谓必去之地，也无所谓眼中所见算不算风景。自己觉得是风景，就一定是风景。先前没有到过之地，没有见过的民情风物，不是风景又是什么。昨天是从西边进入门源县城的，那么，今天就从门源县城东边出城看看吧。只一会儿，就来到了一条小河边。

再小的河都是有名字的，这条小河叫东沙河。何况，在西北旱地，这条小河并不算小。

东沙河擦门源县城东侧自北而南流。河的名字有些随意，如同儿女众多的家庭，来不及给娃娃起个有意思的名字，好赖有个名字就行了。

这是祁连山南坡，河流众多，东沙河排不上号。可是，对于这片土地，说东沙河是母亲河，也不是夸张，对于东沙河本身而言，她无可替代，就像任何一个人一样不可替代。

东沙河里流着水，也流着沙，大多数时间，流水不流沙，发洪水时，水沙俱流。水也流，沙也流，流着，流着，就漫出百里沙滩地。

河岸的切面告诉人们，薄薄的土层下面是累累卵石，大者如牛头，小者如指头。就是那一层薄土，承载着一方众生的活命大计。小麦苗儿壮，油菜花儿黄。草地显然是因为过度放牧了，青草已经盖不住地皮了。一头母牛卧在河边，时间与它没有关系，世界与它没有关系，与它有关系的只有卧在身边的一头小牛犊。好半天，大牛没有动弹一下，小牛没有动弹一下。大牛嘴唇在不停地鼓弄着，看来，肚子里还有存粮，要紧的是反复回忆，不能让历史出现断裂。

北向远眺，一座祁连雪峰上阳光正白，白的阳光白的雪，灿灿地白，森森地白。按方位目测，东沙河的水也许就来自那座雪峰。大高原上的河流，都源自雪山，源有多高远，流便有多豪迈悠长。东沙河流向不远处的大通河，大通河流向湟水河，湟水河流向黄河。

所有的河流都有自己的流向，像每个人的人生一样。河流的最终流向大约有两个，一个是大地，流经大地，消失于大地深处。一个是大海，汇入茫茫大海中。而人生的流向却只有一个，那就是人群。无所作为的人生，最后泯然众人；有所作为的人生，为人群造福。而所有的河流，哪怕是只有胳膊粗细的一条水流，哪怕只是一汪清泉，都有无数的生命因为它而存活。

在东沙河畔，我有点明白小河和小我的区别。

在东浪木垭口

从伏俟城遗址出来，大约上午十时。从凌晨就开始刮的冷风，此时风势更大，风头更硬。俗话说，风是雨的头，风的头都不知道已经窜多远了，雨的身子才跟了上来。雨一跟上来，就是冷雨。

这几天，这一块地方都在刮风，都在下雨。风是冷风，雨是冷雨。冷风冷雨几无停歇。连续的冷风冷雨，气温无法回升，只能持续走低。见到的所有人，包括正在不顾一切追逐时尚的少男少女，都穿上了羽绒衣。而我只有一身单衣。冷，我不怕，再说这也是大暑天，寒冷是有季节底线的。

今天的考察兴趣在布哈河。布哈河注入青海湖的河口已经看过了，我想看看洄游的湟鱼。布哈河是湟鱼洄游的重点水域。青海湖的湟鱼学名叫裸鲤，正如人一样，人是分种族国家的，湟鱼也一样。湟鱼共聚青海湖，习性都是要洄游到淡水河的中上游平阔处产卵繁衍，但各有各的领地，没有一尾湟鱼会走错地方。哈尔盖河，沙柳河，布哈河，三大水系的湟鱼界限分明，普通人当然看不出它们的区别，但它们自己知道，就像一个理智健全的人，不会进错自己的家门。

去看布哈河湟鱼洄游有两条路线，一条是沿着布哈河右岸的公路走，一条是从布哈河左岸的小路走。

还是走小路吧，野外生活的经验告诉我，大路边上无风景，甚至可以说，大路就是要把人和风景隔开的。

雨越下越大，从小路走出不到十里，路断了，彻底断了，这是布哈河的一个拐弯处。也许，在枯水季，在冬天冰封季，这里是可以行车的，因为这条小路从水下潜伏而过，在河的对岸伸向遥远。

此路不通，还有一条岔路，只是刻印着车辙的一条草地小路。试着走，不多久，拐上了一条砂石路。这条砂石路的尽头隐没于一道山缝里。这里的山不是那种尖利冷峭的山，山顶都是卵形的，一卵一卵，卵卵相连，大地如一筐卵。这种山形，如同面善的人，容易让人生出信任感。沿着砂石路走吧，走哪儿算哪儿，而这次浪游的总方针就是，走哪儿算哪儿。

雨水在两边草地的草尖上飞舞，青草也在应节起舞，雨水在砂石路上跳跃，细砂粒儿也在练习蹦跳，雨水打在两边的卵形山顶上，一个个山顶像是在开水锅里翻腾的鸡卵。

山势在渐渐走高，远处的那座山峰，像是一筐鸡卵里溜尖的那一枚。砂石路面已经变成最为便捷的泄洪道，分头落地的雨水，像是一群训练有素的散兵，忽然找到了带队长官，迅速汇集起来，大流，细流，在路面上各自流淌一会儿，扭头消失在草地中。雨雾渐趋浓密，眼里已经看不见远方，只有眼前混沌的天地，以及伸向浓雾中的砂石路。不过，恍惚中是可以看见道路两边间或闪过的帐篷和牛羊。只要有人间烟火在，一定是有道路的，而且，也一定没有走出大地之外。

一个模糊的身影出现在砂石路上。大雨当顶倾泻，一身黑色的衣服变成一圈圆形瀑布，到了跟前，从车窗往外看，这是一位藏族老人。主动停车，招呼他上来。他会说汉语，他说他走亲戚回家，距家还有十六公里。好吧，送送你吧。在一阵更大的雨中，老人到家了。而此时，车子也爬上了这条山沟的制高点。这是一个山垭口，蓝色的路牌上标注着：东浪木垭口，海拔三千六百六十七米。

在大高原，这种海拔的山垭口，根本排不上号。但在这将近一个月的浪游中，却是一段比较艰难的路。那位藏族老人话不多，所说的几句也都是家常话。临下车他说，谢谢啊！这也是一句家常话。

在风中，在雨中，在冷风冷雨中，伫立山垭口瞭望。这边是刚走过的路，浓雾锁住了刚才经过的一切，然而，眼底的那段道路还是清晰的。往那边看，浓雾锁住了一切未知，但眼底将要踏上的那段路也还是清晰的。

本来是要去布哈河看湟鱼洄游的，却在冷风冷雨中上了高山牧场，看着那一溜溜雨水，最终应该是汇入布哈河了吧。

好大一株秦艽

　　一株秦艽到底该长多高多大是合适的，我真的不知道。我知道这个名字很久很久了，而且对于"艽"字的读音一直是错误的，错了几十年了。我也知道这是一味中药，童年时在药店见到的。认字认一半，从那时候起，读音就是错误的。为什么自己没有发现，或没有人纠正，只因为从来没有张口说过这个字，文章中也从来没有写过。

　　献丑不如藏拙啊，我曾经调侃过开口就撂错别字的人，我说能撂出错别字的人，说明都是识文断字的人，纯粹不识字的人，也不会撂错别字。

　　当然，这是说着玩的。

　　当见着这株巨大而肥硕的秦艽时，我心里多少有些尴尬，我曾经读错过你的名字，而且，一错几十年。

　　在大通县蛰居时，年轻文友张旻提议带我去看看宝库，说那里是全国规模最大的野牦牛繁育基地，野牦牛数量达三万头。宝库是大通县的一个建制乡，宝库河也是西宁市的饮用水水源。

　　很大很宽很长的一条沟，对于这条沟，一千七百年前的《水经注》是有明确记载的：长宁水出松山。长宁水就是宝库河，松山就是野牦牛繁育基地所在地的那两座小山包。在这条方圆百里的宝库河流域，别的地方都不生长松树，只有这两个小山包，松树林绵密而翠绿。据考察，郦道元肯定没有来过这里，但对这里的山川风物，描述得非常准确，真可谓，视通万里，精骛八极，心游万仞。

这株秦艽并不是生长在什么偏僻之地，躲过了尘世风霜，它就生长于野牦牛繁育基地的草场里，一年四季，多少野牦牛在身边争强斗狠，只要有一只牛蹄踩上去，那可不是一场小灾难啊。可知，野牦牛的性情是很凶悍的，体量也算得上庞然大物了，最大的一头野牦牛体重达三吨，小汽车在它那里，就是一个可以任意玩的玩具。

张旻准确地找到了这株秦艽。他熟悉宝库河流域的山川地理草木风物，因为这是他长期关注研究的领域。

杂草丛里有这么一个尤物，出乎其类，拔乎其萃，高有尺许，占地约一平方米，枝叶鲜嫩挺拔，而周围杂草，像是为了特意突出这株秦艽，个头一律低矮，颜色灰暗，好像王者面前匍匐在地的臣民。

据说，秦艽因为最早在秦地发现而得名。为什么这株秦艽会在这片草地上特立独行？我不知道，也不想知道，任何一个生命都有着自身需要永远守护的秘密。

看看小水沟里都有什么吧

　　两支主要干流在祁连县城旁边汇合后，一条名叫黑河的大河隆重诞生。这里有一个问题：黑河的源头在哪里？

　　黑河是河西走廊腹地金张掖的母亲河，一直向北，穿过北山，消失在阿拉善沙漠中。先前，我从黑河在河西走廊的出山口，一直跟踪到沙漠。可是，我从来没有去过黑河的源头。

　　这个遗憾长时间让我不得心安，这次不得已的浪游，也许正是实现内心安妥的一次意外机会。

　　大雨中，从祁连县城出发，目标野牦牛沟方向。二十年前，一位生活于祁连山的朋友，答应带我去野牦牛沟看看。二十年来，不是我忙，就是他忙，我们共同辜负了这一方天地。

　　人生的遭际真不是按事先设计的方案一枝一叶兑现的。虎年是我的本命年，开年不久，就被此起彼伏的疫情困扰，大半年没有出过远门。而这次仅仅是在近邻青海参加一个活动，谁知兰州暴发疫情，有家难回，又不愿接受当地的照顾，选择开展一次走哪儿算哪儿的自主浪游行动。疫情是意外，让人万般无奈的意外，而众多意外的收获，却从不得已的浪游之中来。

　　一路峡谷，宽阔处，田园巷陌，狭窄处，高山草场，黑河水时而湍急，时而平缓。湍急时，水流声声断断，平缓时，水波摇摇晃晃。

真的找到了黑河源，一块大石头作为标志的地方。雨雾蒙蒙，牦牛撒欢，草地平阔，远山迷离，近山巍巍。在雨雾中，忽然发现一条小路从一旁逸出，路边一枚小小的路标上写着：小水沟。

黑河源是一条大水沟，常识告诉我，这浩大的一片湿地，都是众多细流从各个峡谷中溢出，汇聚为一条大河之源的。弱水三千，我只取一瓢饮，一水多源，我着意于这一源。

其实，真正找到一条河的源头，哪怕仅仅是一步宽窄的小河，那都是探险家的事业，作为普通人，尽可能地接近源头，都足以自我安慰了。

砂石路面，粗糙但结实，一座小桥，简陋但稳重，说是黑河源头，河水在这里已经有了滔滔气象。砂石小路从桥头延伸，不远处是一道山门。天然的山门，两条山梁于此殊途同归，快要拥抱时，各自立正稍息，彼此遥致一个拱手礼，吐出一个三五十步宽窄的门户来。正如祁连山花儿唱的那样：揭起那个门帘儿朝里面看呐！山口没有实体的门帘，却必须以揭起门帘的姿势才可进入山门。

与任何人家的院落房屋构造一样，大门只是进出的通道，门里一定比大门本身宽敞。名叫小水沟，名副其实，一条小河从深幽的窄沟里流出，小水沟的尽头是一座戴着白帽子的山头。山头不大，白帽子刚好扣住头顶。大雪山下有大河，小雪山只可养育出小河。

小水沟像是一个初次离家，独自走向外面世界的少年，神情羞涩里携带着不回头的坚毅，脚步趔趄中透射着勇往直前的决绝。这是一个小村庄，三五户居民，草原人家寻常院落，寂静无声，张眼无人，白白的山头下方有几顶隐隐的白色帐篷，不细看，会把帐篷当成雪峰的一部分。

我知道，这个季节，牧民们都赶着牧群去了高山牧场。

一个院落里出来一只小狗，毛色焦黄，不吠叫，不张扬，蹄脚不疾不速，一副见过大世面，或纯然不问世事的从容淡定。小狗走到近前，面无表情看人一眼，在草地上寻寻觅觅，不知它有何贵干。车里正好有白面饼，掰下一小块，扔给它，它只是近前嗅嗅，然后淡然离开。

在大高原，接近了一座雪峰，就意味着实现了对一条河源的膜拜。登上雪峰，寻常人力有未逮，即便真的登上去了，也未必找到酿成一条河流最初的一滴水。

风口里的乌鸦

在大西北，几乎所有的山口隘口，都是风口。人要从这里往来，生灵要从这里往来，风也要从这里往来。

风也是生命，是生命就有来路，就有去路。在一条封闭的隧道里，会把人憋死，会把生灵憋死，也会把风憋死。

所以，神志清醒的人和生灵，一般都不会主动钻进足以憋死自己的地方。

风也不会。

万一真有被憋死的风，本来就不是什么好风，憋死就憋死吧。

那么，面对大山呢。人被大山挡住了，像愚公那样的人很少，可以说绝对没有。无论多么伟岸的山，都是有山口的。你从山口绕过去就行了，你费劲挖山干什么。再说了，挖下来的土，堆放在哪儿呢？这不是挖下这座山，又堆起同样高大的一座山么。哪怕是一条窄窄的山口，也足够你通过了，你能有多胖呀，山口还能挤扁了你？

在这方面，生灵比人聪明，它们不和大山较劲儿，它们知道，所有的山都是有山口的。风不但比人聪明，也比生灵聪明，它们会把所有的山口都变成风口。

是的，风以自己的实践经验向天地宣告：所有的山都有山口，所有的山口，都是人的路口，生灵的路口，风的路口。

让我们一起来到这条山口看看吧。

山口有风，有生灵，也有人。阳光灿烂，寒冬的阳光要是愿意灿烂，春夏秋的阳光，都不敢说自己是灿烂的。

在那条抬头可见雪山的荒沟里，乌鸦格外多，多得就像画家梵高向自己开了一枪后的景象，乌鸦遮蔽了阳光，大地上盛开着黑色的花朵。

一些乌鸦在高空盘旋，啊啊地号叫着，这个与诗绝缘的荒蛮之地，突然成为抒情诗人的朗诵秀场。没有人给乌鸦打赏付稿酬，它们还在忘情地啊啊着。

乌鸦从来都是天生的、无怨无悔的诗人，它们终生只吟唱一字算一行的诗：啊——

一些乌鸦在山坡上，啊啊号叫着，跳来跳去。不飞起，只蹦跳。跳起又落下。不知道发生了什么让它们快活或惊诧的事情。

我猜想，乌鸦一定是发现了某种动物的尸体。动物的皮毛未曾受损，乌鸦嘴只能传播不祥的信息，却无力撕开动物的皮毛。

飞在空中的乌鸦，也许正在呼唤某种嘴头厉害的动物，啊啊，这里有肉吃！啊啊，快来啊，多好的肉啊！如同侦察机，飞得高，看得远，俯视山川大地，发现好东西。乌鸦召唤厉害动物，赶来撕开动物尸体，厉害动物享用尸体的厉害部件，乌鸦呢，内脏碎肉，就够它们的了。

乌鸦又黑又丑，但乌鸦却不蠢。黑丑的乌鸦是饿不死的，饿死的都是蠢乌鸦。又黑又丑但不蠢的乌鸦都知道，它们生活在一个共存共荣共情共享的世界。

厉害了，乌鸦！

两条大河见面的样子

　　黑河是河西走廊最大的河流，从祁连雪山发源后，一路向南，到祁连县城与八宝河汇合后，转个圈儿，又转头向北。这一下，一北不再南，一举洞穿祁连山，让河西走廊中部的沙漠戈壁变成绿洲后，索性再穿过北山，到阿拉善的居延海，才停下脚步。八宝河呢，发源于祁连山的另一座雪山，由南向北，沿途接纳了同样发源于雪山的众多河流，当水势已具有大河气象时，在祁连县城与黑河相遇，随后，作为一条河流的名字，却从此泯然于黑河之中。

　　按说，无论从长度和水量，八宝河非但丝毫不逊于黑河，可能还要胜过一些。可是，两条河自从在祁连县城见面后，八宝河却隐姓埋名，甘愿成为黑河的一部分，这真是让人到哪儿说理去。

　　黑河和八宝河不需要说理，叫什么名字都得像一条重要河流的样子，担起哺育沿途万物万灵的责任。黑河虽不能冲破陆地的重重关隘，直奔大海，但自己却可以独立成海——居延海不是海吗？

　　去看看两河见面的样子吧。我困居祁连县城那几天，内心最强烈的愿望，就是想亲眼看看这两条实力在伯仲之间的河流见面的样子，那一定是惊心动魄的。

　　第一次去寻找两河见面之地是在一个早上，从昨天黄昏到朝阳升起时分，一直在下雨，淅淅沥沥一个晚上。大雨在朝阳升起之前戛然而止，雨后天晴，漂浮在天地间的色彩就是一幅油画，流荡于天地间的空气，要是能有办法聚拢起来，尽可放心饕餮一顿。当我找到了地图标识的地方后，却没有看到两河见面的盛大场景。

第二次去寻找还是在一个早上，天阴，但无雨，凉风吹拂，衣衫飘飘，在这大暑季节里，为了自己这么一个奢侈的理由，而尽享天地奢侈之赐予，流落异乡的某种沮丧，霎时涓滴皆无。遗憾的是，还是没有找到两河见面后的恢宏现场。

马上要离开祁连县城了，这个小小的愿望如果不能实现，绝对会是此行的一个遗憾。这天一大早，冒雨远行数百里，在深山峡谷中找到了黑河源头。黄昏时分返回县城后，大风携大雨，大雨助大风，一遍遍扫荡着目力能及的所有天地山川。还是前两次走过的路线，出县城不远就找到了目标，这不就是前两次来的地方嘛！

问题出在哪里呢，前两次不是找错了地方，而是我心中为两河见面预先描画了一个场景。在我的设想中，两条大河见面，未必有两列火车相撞那么惊天地泣鬼神的场面，但一定是两排浪头，像一群公羊或公牛打群架那样，浪浪相撞，浪花如火花般让人目眩。那一定是，也必须是一场盛况空前的双雄会。想想啊，在蓝天白云之下，在群山耸峙之中，两条从不同方向，一路开山裂石，摧枯拉朽而来的河流，在这样一个造物主预设的战场里激情相逢，如果不够惊心动魄，又如何展现冥冥造化之天地神功呢。

顺八宝河逆行，河水在地上平躺着前行，大雨从空中倒灌，天地一色，一色都是漠漠一白的水。来到前两次到过的一个叫油葫芦的平阔处，只见两片水色略有不同的水流，在这里混合，很快地，化为一色的水。一块巨大的河心洲，看得出是两水共同塑造而出的，大雨中，河心洲里，杂树哗哗，杂草瑟瑟，杂花默默，一起深锁在弥漫天地的雨雾里。两水同时得到缓冲，就像两个一口气奔跑数百里的人，在见面前，坐下来，缓一缓，喝杯茶，待心情平复后，互道契阔，再相拥并行。

　　两条河的源头都在雪山上，都是一路冲破千山阻隔来到祁连县城的，彼此鞍马劳顿，风尘仆仆，而见面之处正好是一片开阔地。四面高山都在远处，开阔地上，万树招摇，千草迷离，百花次第绽放，两河见面后，徜徉于无边美景之中。却原来，这并非天地为两河预设的战场，而是一块歇脚地，待力量积蓄足够以后，还有更漫长艰险的路程，需要那条名叫黑河的大河，一路突破大山重围，去创造作为一条大河应有的辉煌。

香日德点滴

香日德我去过四次，前两次都是路过，后两次是专程去的。专程去的这两次，去年一次，今年一次。去年是疫情结束后，全家出来散心，今年这次，是兰州疫情正烈，回不了家。

如果有机会，我还会再去香日德，当然不愿意以任何灾难为背景，是"浪游湖海一身轻"的那种。

在藏语中，香日德的意思是大树众多的地方，有人估计，如果以一米株距列队，这里的大树可以从香日德出发，走青海湖一路，过西宁到兰州。到底怎样，不必去为一棵棵树做排队练习，肯定含有形容的意思，是为了形象地说明这里的大树确实多。

香日德地处昆仑山浅山地带，按说已经属于高寒地区了，为什么会有这么多大树呢？理论是灰色的，你去转一圈就明白了。周围都是大山，中间一个盆地，很大很大的盆地，很平坦很开阔的那种盆地，在视觉上真是一个全封闭的大盆。虽是很大的一块地方，在地理学上仍然属于那种小地形。小地形有小气候，几条河流在这里汇聚，周围高山消解着高寒，灌溉渠蛛网般纵横，田园焉能不富饶，草木何愁不茂盛。

其实，我反复来这里，是要看吐蕃大墓的，最著名的当然要算"血渭一号"大墓了，网络小说中"九层妖塔"所在的地方。实际上，这里是一个庞大的墓葬区，成千上万座吐蕃时代的墓葬汇聚在这里，迤逦在察汗乌苏河两岸的旷野里。

在墓葬区官方出具的说明书中，也毫不讳言这里风水的卓越。吐蕃虽是少数民族，但很注重风水观念，可谓是全盘接受了的，他们正是看上了此地的风水。所以，"祖父死在这里，父亲死在这里，我也会死在这里，你是唯一的一块埋人的地方"。时代不同，文化传统不同，安妥灵魂的意愿是相通的。

我研究过风水，但咱不说这个，仅从对山水的普遍认知出发，这里也算得上好山好水好风光。去年是初秋季节来的，周围的山头都是那种浅灰色的，因为那几天这里没有下雨。今年是大暑天来的，周围的山头却是白茫茫一片，因为昨夜这里下了一场大雨。一位浙江人带着全家在这里旅游，指着周围群山兴奋地说，我们来到雪山了。我笑说，这是有雪的山，不是雪山。雪山终年积雪不化，周围这些山头上的雪，只要太阳出来，半天就没有了。

我想顺着一条小河，看看到底能不能走到有雪的地方。高山草地野路，砂石路面，一车宽窄，两边都是坚实沙地，一般不会出什么危险。山谷越来越窄，道路越来越陡，雪地近在眼前了。停下车，昨夜大雨的痕迹遍地都是，一条沙河纵贯沟谷中间，那边的山根下，有一户人家，远远看去，彩幡猎猎，炊烟袅袅，白云在上，孤零零的一屋桀骜。心里正在怅然，脚下一滑，右脚踏入泥坑中，膝盖以下半腿黄泥。

从这条荒沟退出，拐进另一条有硬化路面的山谷。那是通向一个建制乡的公路。走出几十公里，不能再走了，昨夜大雨冲毁路面，施工队正在紧张作业，去高山牧场看看的行动就此作罢，而察汗乌苏河因为有了众多小河的支持，正在一路高歌奔向香日德。

从察汗乌苏河谷进来，又从察汗乌苏河谷出去，接上香日德盆地。在旧时代，也包括新时代，香日德都是一个四方冲要之地，成为广阔内地与广阔高原的一个衔接点。在整个柴达木盆地，香日德盆地也是一个特殊的存在，宜农宜牧，可居可进，居则自给自足，进则四通八达，安居乐业之地，其实这就是所有风水宝地的精髓。

长城上的牧笛声

　　青海也是有长城的，而且还不算短，在过去，这段长城曾经被称之为"青唐长城"，因为西宁在很长时间里，地名就叫青唐。这段长城是明长城的重要组成部分。这次，用了一个上午，把大通和互助境内明长城各要点简要看了一遍。

　　青海境内的长城，明代典籍中找不到任何记载，只有民间流传的一个说法，说是主持西北边防的三边总督杨一清说：一定要把青唐地区的边墙修好。

　　明末清初学者顾炎武在《天下郡国利病书》中对青海长城有过描述，直到十九世纪末，引起了西方一些探险家和学者的关注。

　　青海的长城起点在门源县老虎口，与祁连山主峰冷龙岭遥相呼应。转而南下，越过中大坂，到大通，然后转向互助，到湟中后，包进塔尔寺，过拉脊山到贵德，接上黄河。

　　其实，这道长城与兰州到乌鞘岭的"河西大边"构成了一个立体的防御体系，转了一个圈儿，以西宁和兰州为支撑点，守卫河湟谷地。

　　大通的长城在县城边，最重要的关口闇门就在城区。进入互助境内，地势较为开阔，长城大多在庄稼地里，就近看，残留的长城依旧算得上高大伟岸，被杂草杂花覆盖的古老城墙，成为庄稼地不同地块之间的分界线。长城，习惯上称为边墙，这一带的许多地名都与边墙有关。比如边滩、边墙根、古边，等等。水洞沟也与长城有关。这是水上防御设施，为了控制水道而修建，大概是拱桥型建筑，上面有战备设施，据高望远，屯兵屯粮，备战备荒，桥下行水泄洪，也供行旅和牧群来往通行。

顺着水洞沟，穿过中大坂，就到了大通河畔。先前曾经沿着大通河边公路走过几次。前几天，又专门考察了一个叫作窝的小村庄。世界真是神奇，几天后，又绕到了作窝的背后。

从大通去看互助的长城，要从边麻沟走。边麻沟的名字却与边墙无关。边麻，藏语金露梅的转音。虽叫边麻沟，沟里金露梅却很少。这里农业开发比较充分，河滩、台地、坡地，都是庄稼地。地里种植着青稞、油菜、洋芋，村庄也比较密集。

水洞沟河水不大，却是一条重要通道。正在长城一线走来走去时，水洞河对岸忽然传来了牧笛声。河是小河，隔河望去，一个当地牧人打扮的男人，在河边悠闲款步，双手横笛，边走边吹。

河水是从雪山上直接流下来的，散发着清冽的水汽，日当正午，阳光是从遥远的天上直接泼洒在地上的，水波上、青草尖上、庄稼穗上，都浮动着一层恹恹的白光。

此时，一位老年男人坐在长城的敌台上放牛，几头牛在长城根下吃草，一位老年妇女将在河水里漂洗的衣物晾晒在青草地上，两个三四岁的小孩在河边玩耍，一台大型工程机械在河边作业。缓坡农田里，青稞在抽穗，洋芋在开花，小鸟在歌唱，蜜蜂在采花，闲花野草自得其乐。

牧笛吹奏的是花儿曲调，一溜溜山者一溜溜水，一溜溜山路上走来个你。曲调忧伤又悠扬，苍凉又欢快。我突然想起，几十年前的那个深秋的黄昏时分，我随导师徒步考察战国秦长城，在鄂尔多斯边地一座高峻的秦代营盘上，听到空中飘来一串歌声，这是几天都没有见到人的地方啊。回环四顾，尘雾中，一条大沟对过黄土横沟边的一片打谷场上，一头骡子拉着石碌碡，一个男人一手打着响鞭，一手牵着骡子在打碾谷物，吼着信天游。那凉透心扉的歌声和着秋风隔沟撂过来，我当即被歌声击溃。

几年后的一个深夜，我一口气写出了散文《绝地之音》，这篇小文至今还挂在苏教版高中语文阅读课本上。前段时间，北京的一位年轻博士朋友看到这篇散文，发短信说，你那时候才三十岁啊，怎么会如此沧桑，我说我那时候心已经老了，老得举目茫茫。

如今，又是考察长城，又听到了牧笛吹奏出来的民歌，而我真的人已老，但却觉得，青山如果无我，青山会多寂寞，我如果无青山，我便是白白活着。

江山如此多娇，真是一步一种妖娆。

在尕牧农脑儿

走着走着，就走到了尕牧农。事先完全不知道这条山谷里还藏着这么一个村庄，迎面相遇，一眼望出，竟然觉得有些气虚。

这是门源县境到处都可看见的小村庄，区别只在于，尕牧农的美，有点过分了，那种让人止不住心颤的美。

尕牧农分为上下两部分，上尕牧农和下尕牧农，我们就统一叫作尕牧农吧。我是先到下尕牧农，再到上尕牧农的。本来就是一趟走哪儿算哪儿的浪游，遇到好地方，那是幸运，遇不到什么好地方，也是另一种见识：这里没有什么好地方。

门源的村庄都是很美的，在县境浪游几天了，真的还没有发现不美的地方。而当进入尕牧农时，我的心里还是吃了一惊，以至于，有那么不短的一会儿，思绪发生了错乱：我究竟来到了一个什么地方？

不是世外桃源，不是身负千年盛名的膏腴之地。这里是门源，一个在人们的普遍认知中的荒寒山区。世界有时候真的像一枚陀螺，当现代之光让人们目迷五色无所适从之时，那些在现代化浪潮中高歌猛进的后进者，恰好因为传统元素保存较多，反而成为另一个时代的引领者。尕牧农就是这样一个所在，当人们从楼宇的森林里突围出来后，这里正是一个适合大口喘气的地方。

徜徉其中，何如抽身其外。尕牧农的制高点是一座名叫尕牧农脑儿的独立山头，山头上悬着一座白色佛塔，在灿白的阳光下，白光连通天地，而佛塔前面的大片空地上，清一色的银露梅花开正盛。灿白的阳光，灿白的佛塔，灿白的银露梅，底色却都是青草地。青草尖上飘浮着的一层白光，好似阳光飘洒在浮云之上，天迷离，地迷离，好一派迷离天地。

脑儿，故乡黄土高原一个普通的常见的地名后缀，张家脑儿，李家脑儿，前沟脑儿，后沟脑儿，无数的脑儿。脑儿，就是一片高地凸出来的部分，或凹进去的部分，像人的脑袋，有凸有凹。尕牧农脑儿就是整个尕牧农这一块地方伸出来的一颗硕大的头颅。在广场看杂耍热闹，小孩最喜欢骑在爸爸的脖子上看，不在于看见了什么，而在于那种骑在爸爸脖子上的自豪和傲娇。站在尕牧农脑儿上看尕牧农，就是小孩子骑在爸爸脖子上睥睨四方的那种感觉。

两条小溪流各自从雪山上下来，在一片开阔地见面后，合成一条较大的溪流。小溪流旁边，大树下，掩藏着三五个院落，或红顶白墙，或红墙蓝顶。大溪流两边，大树下，错落着三五十户人家，或红瓦白墙，或红墙蓝顶。河滩里，密布着闲花野草，偶尔有老鹰在空中盘旋。看不出来老鹰有什么打算，也许仅仅是待在窝里没事儿，出来看看天空，看看大地。老鹰好像在专门向人间展示自己的滞空飞翔能力，好大工夫翅膀都不用波动一次，让人怀疑，这只老鹰也学会了使用威亚。

村庄的两边都是缓坡庄稼地，不是那种被整修成梯田式的庄稼地，而是保留了地形的原始坡度。青稞，洋芋，油菜，间杂镶嵌在缓坡上。给人感觉，不是因为气候或休耕轮种等耕作技术的需要，而是出自审美的考量。一片黄色，金黄灿烂，一片绿色，碧绿莹莹，一片紫色，紫气冉冉。

　　门源的色彩都是那种大色彩，色度最高的那种，门源的色块也都是大色块，色泽最铺张的那种。而各色块之间又是互嵌互衬的，黄更黄，绿更绿，紫更紫。而天上的白云，远处的雪山，山脑儿上的白塔，还有白塔下的银露梅，在各种色彩的晕染之下，置身尕牧农，让人恍兮惚兮依稀仿佛，不觉时间在流逝。

阿柔，阿柔

　　一个姑娘的名字如果叫阿柔，我们不由得会想象这一定是一位美丽的姑娘，即便与这位有着美丽名字的姑娘缘悭一面，那也不必过分沮丧，一遍遍叫着这样的名字，整个世界都是美丽的。

　　可惜了，阿柔不是一个姑娘的名字，它是一个地名。从祁连县的俄堡去往祁连县城的路上，要经过阿柔。路过时，记住了这个让人怦然心动的名字。过了几天，专程来到阿柔，要把美丽的名字落到实处。前几天路过时，阿柔下着小雨，几天后专程去膜拜时，阿柔下着大雨。

　　阿柔是旧时代一个藏族部落的名字，时代变了，名字留了下来。阿柔部落所在的地域，正是祁连山的山脊朝南铺开的部分，由高山草场一路垂挂下来，到了阿柔腹地，已经是缓坡草场了。这类山地草场正是行风兴雨的地方，青海湖的湿润一路攀爬到这样的海拔高度，很容易幻变为降雨。雨水落在山顶上是雪，落在缓坡上是雨，无论落在山顶还是缓坡，这些来自青海湖的湿润，最终都会以河流的形式回馈青海湖。如此周而复始，营造出了一片美丽天地。

　　下雨天的阿柔，远远看去美丽非常，要是身临其境，即便是大暑天，也要做好抗寒准备。在三十年时光里，我曾经四次经过阿柔地界，都是大暑天，无一例外，都遇到了大雪，也无一例外，我都没有提前做任何抗寒准备。四次经过这里，都是临时动意，而老天爷却在时刻准备着为大地生灵恩赐风雪。

　　这次虽是专程来阿柔，而且真正来到了那个名叫阿柔的地方，同样也没有做什么抗寒准备，而老天爷却已经蓄满了雨水。在祁连县城的几天，每个夜晚都是整夜的雨，好在每个白天都是晴天。从祁连县城出发时是大清早，昨夜的雨却没有停下来，漫天漫地都是雨水淋漓。看见阿柔的路牌时，雨水澎湃起来，雨滴砸在路面上，一滴雨水绽放一朵很大的水花，整个路面像是一条浪涛汹涌的河流。公路左边是高山草地，大雨并没有影响它们吃草，庞大的牦牛在低头吃草，娇小的羊儿在低头吃草。公路右边是平缓草坡，牧群稀少，那是留给它们冬天的草场，在雨雾中，几棵可以看见的青草趁着这短暂的生长季在迅猛生长。

　　一片房屋排列在公路两边，而此时，大雨像是被谁按下了暂停键，变成零星小雨。一些人佝偻着身子，从低矮的房屋里蹀躞而出，抬头看看天，向远方瞭望一眼，然后不紧不慢整理铺面。一些人佝偻着身子，去这家店铺提拎几样蔬菜，在那家店铺带几个馒头，或一把生面条，不知是要准备午餐还是早餐，因为这是上午十时许，早餐迟了一些，午餐又早了一些。一片看似要废弃另迁的院落里，野草疯长，野花盛开。正在街上溜达，雨势又大了，暂停了一会儿的天空大地，白雾茫茫，草色新雨中，雾气如潮水，一波一波荡漾开来。

你们都是花

在格尔木到都兰的路上，偶尔发现一个地方名叫大格勒。进去看看吧，叫这样的名字，一定是一个有意思的地方。

漫长的进村道路，两边高大行树，行树外是汹涌水渠，水渠外边，都是一派浩瀚的沙漠戈壁。这些风物几乎是沙漠戈壁地带村庄的标配，常年在大西北四处行走，早已不把这类风物当风景了。

娑近村口时，正午阳光当头猛照，决定在水渠边的大树下休整一下。说是休整，也就是到附近转转看看呗，这是多日浪游形成的基本模式。转转，看看，无预定目标，心中没有预期，只是转转看看，每次总会有新发现，这也是常年浪游所得的经验。

道路右边的水渠里，水流若游丝，呜呜咽咽，但大树成荫。左边水渠的渠水，浩浩荡荡，周边却以沙生植物为主，树荫不足以遮挡高悬的太阳。

在缺水地带，我向来把流水喧哗当成铁板铜琶的天地大音去听。那是生命的歌唱，那是摊开在大地上的，供所有生命激情诵读的宣言书。两米宽阔的水渠，一米左右的水深，大约是地势的自然坡度使然，一条渠水可以酿造出一条大河的气概，澎湃激越，一往无前。忽然，水渠边一片杂草杂花吸引了我。

有一种花，扯着几米长的藤蔓，从根儿到梢儿都开满了花朵，而花朵从盛开到凋谢集于一身。有的部位正在盛开着那种黄澄澄的花朵，阳光下，花朵艳丽鲜活。有的部位花朵正在凋谢，花心已经吐出丝线，而花朵还不肯就此落幕。有的部位呢，花朵完全陨落，代之以一团团绒球。有的绒球，如一位耄耋老者的头颅，稀薄的白发耷拉在头顶，无风静伏，有风微微波动。有的绒球花丝呈金黄色，如瀑布般披散下来，阳光下，金光莹莹，微风中，像金发女郎的那种大波浪，令一方天地为之眩晕。

细看，当大波浪随风飘荡时，浪涛下有那么一撮撮细细的绒毛，时刻准备着随风飘荡。

我知道，这就是这种花的种子，它扎根于大地，种子随风播撒于大地。而在同一株花上，犹如一张四世同堂的全家福，可以同时呈现同一朵花从孕育、繁衍、盛年到衰年的全过程，实在令人心生感慨。

小时候，在家乡河边的沙地里，见过这种植物，想不起它有什么具体的功用，我们把它叫作铁线莲。到底该叫什么名字，我将图片发布在微信圈，很快就有了很多读者反馈。有的说这是卷毛狗娃子，有的说是毛毛头，等等吧。

我知道，每一种植物都有拉丁文的学名，有习惯性称呼，更多的是所在地的乡土名字。这些乡土名字，有的从植物的外形而来，有的从其功用而来，有的呢，仅仅是一个称呼。正如有些人名指涉着具体的含义，而有的人名，只是人人都需要一个名字罢了。我的好友，一位植物学博士留言说，这是甘青铁线莲。

要进村去了，我指着那一片在干旱的沙地里，奋勇生长着的甘青铁线莲说，你们都是花。

跟着土族美女背口袋

在青海漫游时，有一天到了午饭时光，朋友说，我带你去吃"背口袋"吧。口袋是容器，布织，麻织，或毛织，装上东西，人背在肩背上，这叫背口袋。在青海，却是一种食品的名字，不去尝尝，怎么给自己的胃口交代呢。

这是一个土族人家，一个大院落是由三代人接力修建起来的，一代人建一个小院落，到了第三代，将三个小院落整合为一个大院落。靠西的一个小院落开辟为乡土民俗博物馆，里面陈列着许多旧时物件。解说员是主人家的小女孩，十一岁，正读小学五年级，现在是暑假。小姑娘口齿清晰，举手投足，一颦一笑，都是见过大世面的那种解说员的范儿。

坐东朝西的小院落是待客的餐厅，一会儿，背口袋端上来了。女主人知道我不会吃，现场给我示范，将一只口袋形状的面食，用右手搁在左手的手背上，袋口朝上正对自己，然后吃。我照着吃，还是动作不规范，让菜汁儿洒在了手背上。

口袋就是白面饼，薄薄的，糯糯的，搁在手背上，痒痒的，酥酥的。了不得的是菜馅，是什么食材呢：荨麻。

很多地方把荨麻都说成是玄麻，不知有何依据。这是一种带毒刺的植物，许多有过乡村生活或野外经历的人，无不谈荨麻而浑身起鸡皮疙瘩，别说吃了，误撞了这玩意儿，皮肤红肿，瘙痒难挨，受罪三日，还须痛定思痛若干时日。不是荨麻有多恶毒，人家可是坐不更名行不改姓的，螫人草，咬人草，蝎子草，等等名号，就是荨麻的宣言书，昭告天下，旗帜鲜明，勿谓言之不预也。

青海人却把荨麻搬上了餐桌，而且成为美食。嘴里吃着荨麻，看着正在院子里晾晒的荨麻，想起在野外见过的荨麻，心下颇有感慨，荨麻的好吃，也许正因为其并非可以亵玩的闲花野草。

我在长篇小说《一九五零年的婚事》中，就塑造过一个女性形象，人送外号荨麻，独自经营着一家小饭馆，人长得很漂亮，又有一手远近闻名的厨艺，女红手艺也是了得。在她生活的那个时代，女性差不多都在深闺里圈养着，她这样抛头露脸，又是独身，如何维护人身安全呢，只有毒刺外露恶名远扬了。其实，她的心灵无比纯洁，就像野地里的荨麻一样，既是一味祛除疾病的良药，也可以成为人见人爱的美食。

一场雨的起承转合全过程

　　看到日干措的湖水时，正午已经过了，那时候天是晴的，天色是新亮的。说是看见了日干措的湖水，也只是出自认知而做出的判断。日干措湖所在的方位、距离，等等资讯，都是提前做了功课的，在这个时候的这个地方，出现在前方的水域只能是日干措湖。

　　此时，映入眼帘的只是一条水线，蓝蓝的，隐隐的，软软的，时断时续的，好似搭在雪山之下草地之上的一根蓝色丝线，微风下，飘飘然，大风一起，渺渺然。

　　在大高原行走，永远不要奢望在一天之内，能够去往多少个地方。一个村落，一个乡镇，一个湖泊，一条河流，一个古堡，或者仅仅是探访生长于某地的某一种花草，一天只要能够抵达一个目标，去过一个有确切地名的地方，已经很奢侈了。大高原之大，在于每一个地名所指称的地方，都是一个大地方，长途跋涉一天，你以为已经远走天边了，其实，还没有走出一个乡，甚至一个村的地界。

　　在大高原，你先前所见过的多大的山，其实都是小山；先前多爱说大话的人，此时都得把大话小声说出来。一个贸然闯入大高原的人，无论体质好坏，时时面临着的，不是正在高山反应，就是在预防高山反应。前后去过多次大高原，或整体游览，或局部沉浸，所有的不适，看似还不够定性为高反，但那些种种的不适，就是挺进在通向高反的道路上，而在大高原上的任何狂放行为，都有可能让自己距离高反更近一步。

号称地球第三极的大高原，有足够的底气傲世傲人，但大高原本身却是谦抑的、揖让的、涵容的。大高原为不同的人储备了应有尽有的去处，仅自然景观一项，就囊括万有。走遍大高原，等于将地球上所有的地形地貌都浏览一遍，而且，很多都是臻于极致的秘境绝境。

就说眼前的日干措湖吧，说实话，也不过是高天与雪山之下，荒野与草地之间的一滩水，以形状而言，日干措湖更像是一条河流，它拥有一条河流的所有元素。目光逆流追溯，只能看见湖水的那头与一条峡谷衔接，目光顺流而下，湖水隐没在高山草地深处，而眼底却是不甚宽阔，但相当漫长的水域。水域的那边紧贴着一溜山地，云雾时而盘踞在山头，时而飘荡在山坡，隔水看去，虽牧草扰攘，牧人和牧群却无法寻路过去。

也许，人烟不能抵达之地，正是诞生神话的应许之地。

如果蓝色注定了或必须是大海的标配，那么，青藏高原所有湖水的颜色，都是大海的缩微版。即便有些湖水，因为面积太小，水深不够，或种种的因素，没有大海鬼域幽府般的深渊之蓝，那也是一种翻拍技术不够成熟的高仿之蓝。在陆地上，拥有如此的水之蓝，已经具备了抢海水风头的嫌疑。

日干措湖是淡水湖，无论多么纯净的淡水湖，湖水都不大可能拥有海水那样的颜色，这大约是由水的品质决定的，这个我不懂。我要说的恰好是我不懂的事情。日干措湖的颜色介于海水与淡水湖之间，是一种青绿蓝的调和色，青而清，绿而静，蓝而幽，再加上天空风云变幻的拓影，再加上两面山峰的倒影，再加上风吹波浪摇曳的浮光掠影，哦哦，千万不要无视时时凌空飞过的各色鸟儿，闪烁于湖面的一道道杯弓蛇影，这一切实有之物、空幻之影，共同在日干措湖营造出一个依稀仿佛的梦幻之境。身在其中，眼中所见，依稀仿佛，脚下所感，浮云虚壤，手中所及，如风过耳，在虚虚实实间，连同自身，也虚虚实实，恍兮惚兮。

湖边是牧场，牧场的一边贴着湖水，一边依偎在石山之下。湖边有路，路是野路，越野车冲撞出来的路，摩托车纠扯出来的路，牦牛用铿锵蹄脚踩踏出来的路，洪水冰雹以其洪荒气概开辟出来的路。我们只不过是后来者、后继者、得益者，我们走在万物万灵开辟的已有之路上。

在大高原的野路上行车，不在于车况优劣，更不在于路况好坏，严肃地说，这里的野路不是路，至少不是车路。那么，车况路况之说，都是缺少逻辑前提的妄说。这里的关键词是：在无路之路上行车。在这里，行车人的"人况"是第一要素。行车人当然是驾车者，其实还包括乘车人。你敢开，你能开，还要看看我敢不敢乘坐，身体能不能撑得住车辆的极限震荡。我们的驾车者，都是久经考验的高原行者，而他们的座驾，都是城区和高速路上常见的普通车辆。面前的一条顶多只能算是疑似道路的野路，伸向峡谷幽闭处，冰川漂砾铺陈于草地之上，一道道或深或浅的车辙印儿，像一条条被撕烂的动物大肠，歪歪扭扭扔在泥泞中，被谑之为"炮弹坑"的泥坑水坑，一坑一坑连一坑，连成一条坑车的路、坑人的路。当有人怀疑这种路能否行车时，高原行者慨然又欣然曰：这路好得很嘛。

同样的路，在有些人、有些车那里是天险绝路，在有些人、有些车那里却是通衢大道。我不会开车，但我能判断出司机车技的高低，因为我是专业乘客或蹭客，半辈子的蹭车客。多少年来，无法统计乘坐过多少个司机的多少种车辆，各种小轿车，各种越野车，各种大巴中巴面包车，各种大卡车，各种拖拉机，各种农用车，走过各种道路，高速路、国道省道县道、乡村公路，还有各种没有资格进入道路名册的野路。高原行者一手把着方向盘，只是将那只手轻轻地搭在方向盘上，好似搭在暧昧关系者的肩膀上，一只手闲着，好像本身就是一只多余无用的手，这只手看起来有些闲得无聊，搁哪儿都是多余，一会儿端起茶杯品呷几口，一会儿夹上一支烟吞云吐雾，嘴里还不忘与大家逗乐闲聊，眼睛还不耽搁观察车窗外的花草飞禽。车如恶浪中行舟，没有片刻时间的平直无碍，但却像是驾驶滑雪板飞跃障碍，燕子抄水般飞起，燕子归巢般落下，车身划出的一道道弧线，人在车里，觉出的是风行水上。

终于到了无路地段。路是有的，那是只有牧群可以攀爬的陡坡。在一个小山包前停车，山下是一片沼泽地，地上肿块样的块垒，或大或小，散落在泥沼中，谁如果胆子足够大，身形足够灵敏，尽可在其中施展闪展腾挪功夫。沼泽的尽头是水域，而水域的尽头是深深插入云霄的年保玉则雪山诸峰。

天气预报反复提醒，此处今天有雨，也许正因为听信了天气预报，今天这个偌大的山谷中，外来者只有我们几人。当然，这是禁止游览区，我们沾了生态考察的光，得以窥窥禁地。三五顶帐篷，三五个牧群，则是这里永久的合法的主人。而我的幽暗心理却是，希望在这里经逢一场完整的雨，从兴云作雨，到天开云散。

你不知道的是，在大高原看一场完整的雨，那该是多么豪华的人生幸运，所有的辉煌大片，都比不上一场高原雨的片头花絮。我曾在祁连山腹地的阿咪东索山欣赏过这么一场雨，至今仍然想起其中的一些场景。此刻，若大地上万山有山神，都会遥祝所有的山神万寿无疆，永远护佑一方生灵。

此时，天空依然晴朗，一朵朵白云在长空中游荡，好似在巡查大地上的山川风物。清风掠过湖水，将种种水中倒影挪来挪去，变幻着不同的拼图。那些从来都不甘寂寞的鸟儿，在虚空中，在草窠间，在牧群中，飞起，落下，让静谧的山谷不至于死寂。

家乡民谣说，风是雨的头。这里在家乡的千里之外，又是高海拔地区，这种出自乡土经验的见识，到底还有多少普适性？我相信是有很大普适性的，因为所有雨的催化剂都离不开风，因为我无数次在大高原流连忘返。大高原上无日不风，无时不风，从今天来到日干措那一刻，风就没有停过。但，所有的雨都伴随着风，却并不能因此说，所有的风都会带来雨。

就在刚刚，我从一阵掠身而过的风中觉察到了雨意。含带雨意的风又是一种什么样的风呢？是这样的，比如吧，一个心地坦诚行为正经的男人，当一位绝世美女从面前经过时，他也会忍不住看一眼，多看几眼，但眼神却是柔和的、欣赏的、友好的，是一阵清风与一朵花的相遇，清风拂花花更香。而心术不正的男人，美人当前，一阵惊艳，那是真的惊了，心惊肉跳之惊，心旌摇荡之惊。但表现方式却大有不同，那些心怀邪念的人，可能会见色而动，不能自控。另一种层次的人，眼见色偏偏不动声色，心动而形隐，以形遮心，以心谋色。这种人最是可怕，当目标有所察觉时，差不多已经陷入天罗地网了。

无雨的风就是那种清风一类的人，是微风，便轻轻地摸摸你的脸颊，掸掸你身上的尘嚣，然后，冉冉别去。即使大风，粗豪如莽汉，高声大气，横冲直撞，甚至会让你难以立脚，却是干净利落，绝不叽叽歪歪。带雨的风呢，我向来称之为流氓风，这种风专往人的怀里钻，哪怕衣襟紧裹，它们也会在无路可走处，开辟出一条风路来。这种风本身是带刺的，而且，一经楔入怀中，便四处乱窜，让你寒噤连连。

我被一股这样的风侵袭后，抬头远望，风从峡谷幽闭处而来，那里的极高处便是雪山。此时，雪山上空腾起一团黑云，黑云如战车，而催发战车的动力正是来自雪山的风。

雨兴之地就是三果洛。

那是三座互相独立，又根基相连的孤峰，传说中的三兄弟。他们同出一脉，又各瓜瓞绵绵，此后成为果洛藏族各部落的共同祖先。今天的风从那里起，雨从那里兴。我看见，飞上虚空的一团黑云压下了云头，紧扣在一个果洛的头上。就像一兄弟得到一块糌粑，要与所有家族成员分享一样，黑云迅速弥散开来，而弥散开来以后的黑云，没有先前那么黑了，黑云褪色为乌云，在风的搅拌下，又变色为白粥一样的云。这种云就是雨做的云。眼见得，一只只雨脚凌空垂挂下来，长长短短，互相错杂，有的雨脚下垂到山巅，有的雨脚则直接扎根于湖水中。此时，强风从峡谷深处开始助跑，贴着湖水，一路加速，到了我所在的小山包上，已经有了朔风卷地白草折的气势。雨点稠密，冰冷如铁，罡风横扫，众生披靡。此时，想打开伞已经不可能了，强行打开了，伞盖立即会成为烈风的猎获物，与风扬长而去。

我们的车就停在旁边，风和雨不知道的是，我压根就没有打算躲避风雨，可以说，对于这场风雨我已经等待很久了。连续几年的非正常生活，几乎身心俱疲，在晴天朗日下，眼前一片暧昧，在清风昡月下，眼前尽是混沌，就是多年熟人好友忽然出现在眼前，只是看起来面善，却不能确定先前究竟认识与否，更是想不起来姓甚名谁。记忆从现时现地起步，人生从恢复记忆之时开始。而激活生命的切口，可能只有借助外界力量。什么力量呢，最值得信任的是自然之力，以洪荒之力矫枉为正，然后顺其自然，自然而然。

对一场冷风冷雨的期盼，犹如久旱之禾仰望天际之云霓。想起一年前的盛夏，刚出省界就被封控在外，只好滞留于祁连山腹地。起初，有家不能回，颇感郁闷，当正视现实以后，索性满山漫游，放空身心，放开脚步，冷风冷雨，独对天地。回头再看，多亏了那一个月，大自然成了我的大救星，要是被关在家里出不来，自己能否躲过这场危机，还真是不好说。

风吹湖水，水起涟漪，雨打湖水，水花争鸣，风紧雨疾时，我正在沼泽中。我看见了星状雪兔子，这是前天在西姆措湖边结识的草，我从此知道了，这种其貌不扬的草，却是大高原季节的总指挥，看见星状雪兔子开花，就知道大高原今年的所有植物都将停止生长，在做越冬准备了。与前天所见没有什么两样，星状雪兔子匍匐在地，或俯身于草丛中，低调谦抑，没有丝毫号令别的物种的任何气象。虽然，星状雪兔子以及周围的所有植物，已经在倒数着今年的最后时光，但却看不出任何沮丧绝望的神态，在风中，它们依然在摇曳，在雨中，它们依然在豪饮。气温已接近零摄氏度，淋湿的衣服经冷风一吹，发出金属磕碰般的响声，而目光所及的湖光山色，足以让人忘记正在经受的一切困厄。缠绕于三果洛上的云雾将山峰垫高许多，一会儿云雾如雪崩，成堆成堆跌落山下，如此周而复始，而湖水也在这种周而复始中，一会儿浓雾滚动于水面，一会儿浓雾又高悬于虚空。

看惯了的风景不再是风景，远道而来的我们，沉浸于这一瞬三变的天地造化中，大有不为风雨所动的坚定。在日干措湖边山坡上吃草的牧群，对此早已熟视无睹了，它们的眼中心中只有牧草，一如既往，风雨无阻。

这场风雨持续了两个多小时，风停雨住了，却还不是云破天开。三果洛各自从浓雾中拱出头来，不是阳光的亮光映照出半边天空的青白色，眼见得头顶的云层稀薄了，眼前的湖水清亮了。我们还在翘首以待，遥望三果洛方向，每个人都双手端着相机或手机，不肯即刻离去。我们在等待什么呢，按照以往经验，雨后应该是要出现彩虹的。等了足足一个小时，时近黄昏，彩虹依然没有出现。我们自我安慰说，看了一场起承转合全过程的雨，已经是千般幸运了，好事不可占全了。

站在季节门槛上的高原众生

西姆措湖里有鱼,是裸鲤,就是青海湖里的那种鱼。青海湖是咸水湖,西姆措湖是淡水湖,原来裸鲤咸淡皆可。青海湖海拔三千一百米,西姆措湖比青海湖高出千米左右,青海湖比西姆措湖的水域面积多出数百倍,彼此之间相距千里,但并不妨碍裸鲤这种高原精灵,成为两湖共同的荣耀王者。

人和人不要轻易去比,谁一定要比,是比不出什么好结果的。都是独立的生命个体,各自有着不同的生活逻辑,比什么呢,彼此认真对待自己的生命罢了。湖与湖其实也不可轻易去比,能比的,诸如海拔高低,面积大小,水之咸淡。而这些能比的,恰好都用不着比,无论怎么比,它们就是那个样子,它们存在于一方天地,便担当着各自在一方天地里的特殊使命。

青海湖周长三百多公里,我在几十年间,曾经绕湖转过几圈。青海湖是一个内流湖,发源于祁连山大大小小的几十条河流,注入青海湖后,就被这一片广大的山坳给存起来了,一直将淡水存放成咸水。

西姆措湖的周长大约只有几十公里,是一个外流湖,来水是年保玉则的雪山融水。年保玉则终年积雪,这里又是亚热带气候的边缘地带,热天雨多,冷天雪多,山顶上积雪莹莹,山根底流水潺潺。

据说年保玉则群山中有一百八十个湖，每个湖至少形成一条外流河，这些河，一部分成为长江的源头，一部分成为黄河的源头，隐身于群山中，总面积多达五万平方公里的冰川，成为长江、黄河永久的可靠的水源。当地人把年保玉则奉为神山，将众多湖泊视为圣湖，这里还盛产神话，一个个神话传说中，上演剧情的舞台，或者是群山中的一座山，或者是众湖中的一个湖。

山，互为兄弟，湖，互为姊妹，山湖相依为命，一个大家庭，一方大天地。

西姆措湖只是年保玉则众多湖泊之一，也有人称其为仙女湖。名字叫什么都可以，西姆措湖算得上年保玉则所有湖泊中的明星湖。站在湖畔，可以一眼看全三果洛。三果洛是年保玉则的三座山峰，传说这是三兄弟，三兄弟繁衍为三个族群，成为果洛人的发祥地。

辗转一百多公里山路，进入一道比较开阔的峡谷，一条河流缠绕在峡谷的中间，那是源头深潜在西姆措湖的河流。河的两岸是草地，这里的草地都算得上教科书般的丰茂草地，不用走进去踏勘，搭眼看去，目光都感觉到软乎乎的。一条公路向草地深处延伸，时令已是初秋，这一片草地泛黄了，另一片草地仍然坚守着葱绿色，而大片的草地黄绿相间，使人一眼可见季节的纠扯，生命的诀别与流连。

一片片草地中，必然会有一片片鸟儿。鸟儿有用"片"做数量词的么，先前也许没有，在这里，必须要这样用。惯常的"只""群"之类的用法，是教科书所示范的标准样式，但用在这里，却会造成与事实的严重背离。一片鸟儿飞起，又落下，鸟儿在动，草地上的花草也在动。风吹草低见牛羊，风是草地的唯一使者，而鸟儿是风的唯一使者，风吹鸟斜飞，当鸟羽翩翩时，草地也在浪奔浪涌，一场天地大合唱激情上演了。

在年保玉则地界，鸟儿的种类是非常多的，最为独特，最具观赏性的要数藏鸥。伙伴中有一位藏鸥研究专家，进入公众视野的第一只藏鸥就是他拍到的。这次，他随身带着照相机，想与藏鸥再续前缘。我作为一个旁观者，当然乐见其成，而且还可蹭一眼藏鸥的绝世风采。可是，一片片飞起的鸟儿中，却见不到藏鸥的羽翼翩然。也是的，珍禽异兽总是因为其数量少，总是因为其生性卓荦，总是那么与凡人缘悭一面。还有无数人都在追寻的雪豹，首先也是从年保玉则进入公共视野的。伙伴中，其中有两人曾经多次近距离拍到过雪豹，市面上传播的雪豹图片，大多也出自他们二人之手，而年保玉刈正是雪豹的重要栖息地。

去西姆措湖的那天，天是晴的。晴天好出行，那天的天晴，却算得上是一个意外，或者，例外。因为连日有雨，而那天的前一天，包括那天早上，几次天气预报都没有改过口，一律脸不红心不跳地宣称：今天有雨。有雨就有雨吧，下不下雨是天的事情，人只能做人该做和人能做得到的事情。我们能做得到的事情就是把伞带上。不时有风，那种可以迫使鸟儿斜飞的风。在高山草地，这是正常的风，一阵风就足以号令体弱者或矫情者，立即穿上厚衣服，但这样的风，却必须用凉风习习来描述，这不算是粉饰太平，而是尊重事实的白描素描。在大高原，这已经是最为温和最为体贴心扉的风了。

峡谷渐渐宽阔时，也看见西姆措湖了。远看，西姆措湖与天空是一样的，都蓝莹莹的，区别在于，天上有白云在飘荡，湖水却是没有杂色的蓝色。这其实与观测距离有关。再走近一些，便会发现，湖水的颜色比天空更丰富。蓝天在湖中，白云在湖中，山峰在湖中，鸟影在湖中，水边的牦牛还要把自己的身影投放在湖中，更有那不甘寂寞的鱼群，激荡出的一道道浪波。

　　峡谷口距离湖水还隔着一片草地，周围都是高山，踮起脚尖也看不到山头的那种高山，这片连接湖水的草地便显得更为开阔了。草地上最惹人注目的事物并不是密密匝匝的牧草，而是石头。唐诗中说，一川碎石大如斗，随风满地石乱走。当然，这是说新疆轮台地区的。西姆措湖边也有大如斗的碎石，更多的却是大如牦牛的碎石，大如卡车的碎石，大如坦克的碎石。有些碎石就是一座独立的石山，但仍然是碎石。这些碎石共同拥有一个学名：冰川漂砾。也就是说，在先前，现在各个碎石所在之地是冰川，它们都是漂浮在冰面上的石块，冰川溶解退走了，把碎石撂在原地了。

　　做了这样的解释后，不由得让人再三再四地惊叹。有的碎石散落在湖边平地上，在牧草掩映下，如一只只大大小小的绵羊，风吹草动，一只只绵羊似乎还在逐草移动。而高挂在陡坡上的碎石，从下往上看，挤挤挨挨，仍然如同正在逐草移动的绵羊。哪怕是山坡上的巨石，谁都知道，世界上没有这么庞大的绵羊，但是，浓烈的阳光凌空泼洒在山坡上，浮泛起一层水波似的迷雾，而泼洒于湖面上的阳光，也反射于山坡，在草儿随风摇曳中，无论巨石，还是碎石，便有了羊群的气象了。

　　我特意走近平坦草地上的几块碎石，远看，不过一只绵羊大小，随着脚步跟进，石块也在茁壮成长，到了跟前，碎石幻变为巨石，想攀爬上去，都很困难。我真的爬上了一块巨石，石质坚硬光滑，没有抓手处，没有着脚处，稍有不慎，就会跌落下来。站在巨石上，四外看去，又是一番天地，草地低了，湖面低了，而周围山峰却更高了。我以为是视觉差导致，几番比对，原来却是，站在巨石上看到了在平地上看不到的山峰，而站在巨石上看到的山峰，仍然不是最高的山峰。

冰川漂砾都是圆形的，或扁圆，或椭圆，一律都是坚硬光滑的，一律没有尖利石锋，不用说，这是冰川冰层长期磋磨的结果。砾石像人一样，被生硬尖利的生活磨去了棱角，难怪远看都像逐草求生的绵羊。

伙伴中，有两位常来西姆措湖区搞观测的工作人员，他们每次来，就像"常回家看看"的游子，都是不空手的。他们在车辆的后备箱里装满了裸鲤心仪的食物。裸鲤爱吃什么呢，馒头烙饼之类的面食。可以肯定的是，任何形制的面食，都不会进入裸鲤的原始食谱中。西姆措湖周边几百公里范围内没有人种植小麦，这里的海拔高度，也不适合小麦生长，别说远古时代了，即便是几十年前，本地居民的食物主要是牛羊肉与奶制品，粮食很少，几乎没有蔬菜，给湖里裸鲤投喂面食制品，是近年才出现的新事物。交通便捷以后，内地的粮食轻松进入牧区，而人们出行车辆的普及，也为随车携带食品提供了可能。要不，从县城到这里的一百多公里高海拔山路，自己能够空手走到这里，已经是难能可贵了，哪有余力负重致远。这次所带都是白面烙饼，而鱼群早已习惯了这样的生活。也许，在我们进入湖区时，它们早已闻到了面饼的味道。当我们走到湖边时，一簇簇鱼群，排列成多路纵队，拍打着水波，向湖边涌来。

我学着有投喂经验的伙伴的样子，将面饼掰成碎块，一块块扔向鱼群密集处。每一块面饼落水，必能掀起一片湖水的喧哗与骚动。碎饼在接近水面时，许多鱼儿迅疾蹦高，抢到食物的鱼儿飞速下沉水底，扑空的鱼儿似乎也不着急、不沮丧，立即调整姿势，开始下一轮的竞争。有人相当肯定地说，鱼的记性只能保持七秒，对此我也是深信不疑的，可是，在西姆措湖裸鲤那里，我对此产生了高度的怀疑。它们的记忆力相当持久，至少能够将昨天的事情铭记到今天。它们知道，如今的人们已经不缺粮食了，至少能够来湖边看望它们的人，都是仓中有粮心中不慌的人，带给它们的，都是丰收农牧民家改善伙食时，才可舍得上桌的食物。可以佐证这里的鱼儿拥有优良记忆力的现象还有，它们不怕人，一点都不怕。人蹲在湖边，与它们觌面晤对，它们不惊不诧，不慌不忙，你怎么看我，我也怎么看你，调皮的人故意伸手拨动水浪，它们也随浪浮沉，你玩，我也玩，陪你玩出一波波心潮起伏。乃至当人伸手逮住它们时，它们便像人类豢养的宠物一样，乖乖地蜷在手心里，轻轻地滑动，它们在感受人类手心的温暖，也让人可以感知到它们的善解人意。

西姆措湖中有一座孤岛，位于湖的东岸，也是湖水外流的通道，相当于一个篮球场的大小。那儿生活着许多鸟类，在鱼群抢食的当口，鸟儿们也出动了，它们没有那种蜂拥缭乱的急迫无序，而是一只只款款飞起，各自在空中盘旋一会儿，一圈儿一圈儿，尽情地把阳光涂满全身，让清风梳理羽翼，全身都舒展了，再找准各自的目标，一个俯冲，在水面上打出几朵小小的水花，再垂直升空，带着收获物悠哉而去。

一头牦牛脱离山坡上的大部队，独自溜达到湖边，它瞥一眼朝湖里扔碎饼的人，再朝左右瞥瞥，发现人们没有驱赶它的意思，就悠然走进水里，伸嘴捞碎饼吃。那是鱼儿没有来得及吃，被水波鼓荡到湖边的碎饼，漂浮在水面，阳光下，白花花的。牦牛也没有那种贪吃相，从容地，淡定地，如同在草场吃草一样，嘴唇忽闪忽闪，饼块一一入口。看来，干这事儿它不是第一次了，熟门熟路，心安理得，它也没有呼朋引类的意思，吃一会儿，抬头看看山坡上的同类，低头又吃。

此时，午后斜阳。忽然，一团黑云闪出山顶，几乎同时，阳光由柔和明丽化为炫目尖利，风儿也不再成丝成线，而是合为片状块状，一下下横扫过来，湖水也不再平静如明镜，一道道波浪向湖岸扑过来。

这当儿，我正在细心观察草地上的几种花。

一种花是龙胆草，蓝汪汪的一片，杂草在随风而舞，龙胆草也在风中招摇。这种花儿是风中浪子，没有风的时候，都蔫头耷脑的，风起兮，百般摇曳，蓝光如焰。另一种花是大花野豌豆，也是蓝色，不是龙胆草那种蓝汪汪的蓝，而是怯生生的那种蓝，蓝得收敛，蓝得低调，花朵半开半合，在风中，花枝也在随风招展，花朵却像是极力摇着头，试图否定风吹自己的合法性。还有一种花叫星状雪兔子。确实是星状的，无茎无莲座，匍匐在地，平展展地，像蒲公英那样，花朵也是贴着草本的，蜷缩在星状草叶的正中间，颜色也不鲜艳，黄乏乏的，给人一种李密《陈情表》上的"人命危浅、朝不虑夕"之感。

越是不起眼的人，越不可小看，越是不起眼的花，越是不可轻视。星状雪兔子的药用价值不必说，单是在其身上所体现的象征性，就足以让周边所有的生命无不泫然了。这种花儿是季节的分水岭，是生命的休止符，虽然没有"我花开后百花杀"的霸道冷血，却是此花一开，标志着，在这个季节里，所有的植物都将停止生长，大家一起，该准备越冬的事务了。

天色愈来愈暗，阳光全部沦陷于乌云的深渊中，风拍砾石，遍地都是啸叫声，鸟儿如枯叶随风飘荡，随即大雨如注，众人恍然曰：天气预报，诚不我欺也。

返程时，再度走过几十公里草地小路，拐上公路后，在一百二十公里路面上，再度翻越五座高山垭口。依次是，隆格山垭口四千三百九十八米，乱石头垭口四千二百零七米，红土垭口四千零三十七米，桑赤山垭口四千零五十四米，扎拉山垭口四千二百三十九米。

幸运的是，在每个垭口上，都可望得见年保玉则主峰，而在最后一个垭口上，只见周围草地一片雪白。

那是冰雹，而此时，夜幕已经君临大高原的大地湖山。

双调大高原

上阕：从日喀则到珠穆朗玛峰

我曾说过，我的人生有三大恨，其一恨是没有登上珠穆朗玛峰。当然，这是戏言，不过是戏仿张爱玲的三大恨而为之的。别说现在人到中年偏老了，即便在年轻最狂妄最勇敢时，也是登不上珠峰的。人无论在何时何地，都应该清醒地认识到自己的局限，所谓榜样的力量是无穷的，这样励志是可以的，付诸行动后，就不是那么回事儿了，乃至根本不是那么回事儿了。

说话间，真的赢得了攀登珠峰的机会。而这个时候，恰好不是攀登珠峰的时候，根本不是攀登珠峰的时候。如果说，攀登珠峰需要满足十项个人条件，我是一项都不具备的。

在这个夏季的最后一天，我来到了日喀则，明天一大早就要去珠峰了，我心向往。先前来过西藏，只是朝珠峰的方向远望一眼，然后，怅然而去，而这次是距离珠峰最近的一次。

昨天早上，从拉萨出发，通往日喀则的公路贴着雅鲁藏布江。几百公里路程，中巴车忽左忽右，忽上忽下。天气忽晴忽阴，车窗外自然美景一一划过，如同连续看了一早上彩色画片。

大片的青稞地啊！

大片的麦子地啊！

大片的油菜花啊！

奔腾的雅鲁藏布江啊！

日喀则是西藏的粮仓，雅鲁藏布江是日喀则的精气神。

中午来到日喀则。午饭时，忽觉脚下不适，低头看，却是鞋底脱落。怎么会出现这种尴尬事儿呢？为了行李简便，受惑于"奥卡姆剃刀原理"，把行李减了又减。这个原理的核心意思是八个字：如无必要，勿增实体。鞋子是实体吧，又是耐用耐脏耐磨品，穿一双就够了吧。不承想，率先出问题的是最不可能出问题的鞋子。咨询当地文友哪里有大型商场，要去买一双新鞋。文友低头看了看我的鞋子，建议我去修鞋铺看看能不能修，因为新鞋肯定会夹脚，去野外不方便。

日喀则还保留着修鞋铺？真是一座烟火人生的好地方。多好的建议啊！一位藏族小伙子开车带着我，一路穿街过巷，走的都是日喀则的老城区，一个意外变故带来一场意外之旅。真是著名商埠，从古代繁华到如今，要不是鞋子坏了，哪有如此耳目之幸。早上有雨，中午天晴，修鞋师傅刚出摊，正在摆放一应工具。我应该是他今天的第一个顾客。说明了情况，他递给我一把小椅子，我把坏了的那只鞋子脱下来递给他。他拿在手里检查一遍，说：能修。我敬他一支烟，他抽烟干活儿，我抽烟和他聊天。他是四川人，在这里生活三十年了，日常的杂活儿他都会干，修鞋修箱包修理家用电器修摩托车修自行车，等等，每天平均收入都在五六百元。他个头高大，身形壮硕，穿着一身草绿色的仿真军装，衣服上带着汗渍饭渣油点儿，是一个不讲究，似乎也无须讲究的人。小时候，我们把这种人叫"耍手艺的"。顾客只认你的手艺好坏，不管你穿着打扮如何。他有儿有女，在当地有房有车。我的这双鞋才穿过几次，我问鞋底怎么会脱落。他笑说，鞋子高反了。我以为他说着玩儿，他说这种名牌鞋子，最容易高反了，鞋底有气垫，气压不足，造成脱落。反正我不懂，你说什么是什么。那只鞋修好了，他让我把脚上这只鞋也脱下来给他，他检查出一点小毛病，都修好了，也只收了二十块钱手工费。这期间，一位年轻的藏族妇女，拉扯来一个拉杆箱，师傅检查后说，能修，二十块钱。藏族妇女撂下箱子说，过会儿来取。

就这样，中午没有顾得上休息。紧接着，下午与当地文友开了一场以文会友的座谈会，一直到晚上七点半才结束。晚饭后，在街上散步半小时，想着明天要去朝拜珠穆朗玛峰了，赶紧上床睡觉。谁知，却是睡不着，越睡越清醒。自从来西藏后，只有一个晚上睡觉超过了三小时，而且，白天在车上连个盹儿都没有打过。这可咋整？直到凌晨四点，仍然毫无睡意。索性起床，推开窗户，看看日喀则黎明到来前的样子。

所有地方的黎明前都是黑暗的，不过，这个被教科书反复描述过的自然现象，如今，除非在边远乡村，再也无法目睹了。而在日喀则，我看到了经典意义上的黎明前的黑暗。尽管这是城市，不算小的城市，但属于自然的东西仍然给自然留有某些余地。

说好的，今天早上六点出发，在途经的拉孜县补吃早餐，那么，不如提前出门去。一是认真地看看日喀则的早晨，二是检测一下失眠以后的身体状况。两位藏族司机已经起床了，在院子里做着出发前的准备，我给他们每人敬了一支烟，说了几句话，来到大街上。偶尔有车驶过，黎明前的静寂被划破后，迅速恢复后的静寂更显静寂，这是不是就是鸟鸣山更幽的意思。像所有的城市一样，日喀则大街上的两排路灯也一直伸向远方。但似乎所有的路灯，光线只往下走，不向上伸展，灯下的那一坨儿有亮光，灯盏上方的天空更加幽暗，黎明前的黑暗由此便被完整地保留下来，让人们瞻仰自然界原初的面貌。

在街边走了走，不能走远，不远处是两个街边公园，由两个省分别援建，也以援建的省份命名，这边一个，那边一个，公园入口隔街相望。昨晚饭后散步时，两个公园都进去转了一圈，都不大，精致，优雅。此时，两个公园，一种静寂，正在犹豫是不是进去转转，感觉头脸冰凉，哦，下雨了。

返回宾馆院子，大家都下楼了，准备出发。这一刻，我的决心已定：一起去看珠峰！

本打算昨晚把这几天没有睡好的觉补一补，谁知干脆来了一个一夜无眠，到底还能不能去珠峰，拖累别人，损害自身，在野外，最麻烦的就是这种情况。刚才试着活动了一会儿，感觉没问题，一切小心在意就行了。

中巴车穿过寂静的大街，驶入晨光熹微的原野。透过车窗，只能分辨出来平地和山地。感觉在平地上走了一会儿，便上山了，山陡坡急，一弯又一弯。终于能看清窗外风物了，与大高原众多地方所见略同，山坡上挂着稀疏青草，锈红色的山体裸露出来，细雨过后，青更青，红更红。每隔一段路程，总会出现一片特别山体。岩石好似无根，无所附着，大者如坦克，小者如牛头，一块块悬挂在陡坡上。我在想，一只小鸟，或者一只麻雀，在某块岩石上蹬一爪子，那块岩石就会松动滚落，然后，多米诺骨牌效应发生，遍山飞石，山河动摇，大地改形移位。

然而，这只是灾难片看过后的幻觉，这种事情是有可能发生的，但不是在所有时间的所有地方。

九时许，抵达拉孜县城。从昨天离开拉萨以后，每走一步路都是我从未走过的路，每到达的一个地方都是我从未涉足之地。而今天，出了日喀则走出的每一步，都是我心心念念多少年，而从不敢迈出一步的旅程。珠穆朗玛峰，这是一座只能让普通人说闲话时说一说的地球之巅，不可公然列入自己的人生梦想中，哪怕只是偶尔闯入梦境，都会让自己感到羞愧的。

珠峰只接受普通人的向往，但绝不允许任何人在她面前的任何轻佻，这是出自爱、责任和互相尊重，如果珠峰像别的寻常山峰那样打出横幅，向天下热衷登山的人遍撒英雄帖：珠峰是所有人的天堂！其潜台词似乎也可当作：你为你的生命负全责。敢于向困难挑战，只代表一种勇气，但期许的勇气与实际的能力之间还隔着一条鸿沟。对于有些人来说，面前的这条鸿沟，可能会是终生的永远都无法逾越的界沟。人啊，都是有边界的，勇气的边界，能力的边界，命运的边界。尽管谁也不那么精准清晰地确定自己的边界在哪里，面对一件未知的事情，试试，大体就可测量出来了。试试，也只能试试。

按原计划在拉孜吃早餐，据藏族朋友鉴定，这家饭馆的藏餐是地道的藏餐，藏面，藏奶茶，藏鸡蛋。其实，除了这顿地道的藏式早餐，我私下还专门给自己在拉孜规划了一项重要决定：如果真的感觉身体不适，我就在拉孜找地方休息，等着朋友们从珠峰返回时，一起回日喀则。这是从日喀则出发时，我已经在完全说服了自己内心以后的决定。

车上是有吸氧设备的，我坚持没有使用，翻越海拔超过五千米的嘉措拉垭口时，我仍然坚持没有吸氧。不是折磨自己的硬撑，而是不需要。我一路都在自我检查自我检阅，行则继续往前走，不行则停下来。孔子说，勇于不敢。最大的勇敢不是敢，而是不敢，认清自己的局限，承认自己的局限，进退有据，这才是最大的勇敢。

朝着珠峰的方向，继续前行吧。

接下来便是加乌拉山口，海拔五千二百米。山口上，罡风浩荡，经幡雷动，那么多的人，一些是游客，一些是商贩。这里是地球上唯一可以同时观赏到五座八千米以上雪峰的地方。此时，一座雪峰都观赏不到，无穷的冷风推着无穷的雨雾在漫天飞舞，冷风不是将雨雾推开，而是一伙儿攒起送到这里来。雨雾就在眼前飘荡，天地所有都处在浓雾之中。

在海拔五千米以上的地方，无论你年轻年老，无论你身体好坏，无论你是飞扬跋扈型人格，还是优柔寡断型脾气，最好都一改往日习性，人在高处，应有一种人在高处的样子。什么样子呢？《西游记》中有描写妖精动作表情的两句话可供参考：行步虚怯怯，走路慢腾腾。我再加上一句：说话娇滴滴。总之，不要张狂，无须矫情，把风度仪容仪表什么的，暂时都装进兜里。在高海拔的环境下，为个人的生命安全做出的无关道德人格法规制度的若干变通让步，非但不丢人，而且是一种必需的从权。所有的生命，包括动物植物，都是首先向所在环境低头服软的生命，只有让自己立足下来存活下来，才谈得上改造改善所在的环境。我知道，在珠穆朗玛峰的极顶之地，生活着一种名叫跳蛛的小动物，这也是永久生活在这个海拔高度上的唯一的生命，它们的个头不过黄豆大小，祖祖辈辈高居地球之巅，缺氧，酷寒，狂风，暴雪，所有这些让人类中最勇敢最强悍的人，都不得不为之折腰低眉的自然现象，在它们那里不过是日常寻常。也许，真的将它们移民搬迁到舒适的环境，比如锦绣江南，对它们而言，未必会是什么幸运幸福。一方水土养一方人，一方水土养一方众生，一方水土究竟好坏，在那一方水土上生活的众生才是最具权威的，也是最终的裁判。

珠穆朗玛峰就在前面，切勿以为无人区就是荒无人烟，只是人烟稀少而已，沿路要经过几个县，既然设县，现行的一个县所具备的要素肯定是会有的，而且，无人区并不等于生命禁区，在某些方面，很多生命物种比起人类，适应环境的能力强多了。通往珠峰的公路都在海拔四千五百米以上的地带盘绕，公路两侧时见各种植物在随风摇曳，高出公路很多的山坡上，也随时可见各种植物，家中收藏有多种青藏高原植物图谱，也曾做过一些辨认和研究，要是时间允许，真的愿意深入这些植物的所在现场，与它们一同沐浴生命的荣光。

雨雾迷乱天地，站在加乌拉山口看不见一百零八道拐，看不见归看不见来，要通过时，却是一道拐都不能少。也走过一些胳膊肘子山路，十八拐，四十二拐，八十八拐，等等，曾几何时，这些天下险关，千古以来，让过往旅人断魂丧魄的生死关口，如今几乎一律成为风景殊胜之地。同样，这一百零八道拐，一拐一个惊叹号，相当于一篇文章连用一百零八个惊叹号。这样的文字，谁有这么铺天盖地排山倒海的气力，能够一口气诵读下来？只有每拐一个拐，回一次头，一百零八回的回头，身在白云间，天地一同拐。

在一个看似宽阔的沟口，终于见到了珠穆朗玛峰字样，这是攀登珠峰的大本营，所有向往珠峰的人，将在这里整装待发，而且，就我理解和感受到的真相可能是，这是最后一次供你选择的地方，后悔还来得及，回头还来得及，就此打住还来得及。抬头看天，阴沉欲雨的样子，回环四顾，周遭群峰耸立，雪峰晃眼，遍地不毛。继续往前走吧，已经到了这里，心心念念多少年的珠峰触手可及，干嘛又要临阵缩手呢。

接下来的通道都处在一条谷地中，两边陡坡上危岩竦峙，缓坡平滩上乱石横陈，一棵草木都没有，最亮眼的风景是在浩荡罡风中激情澎湃的五色经幡。从宽敞的山坳一头扎进逼仄的山坳，正前方是珠峰，巍巍赫赫，高悬头顶。左侧的山峰没有坡度，就像一个身躯伟岸的人直立于身旁，给人一种喘不过气的压迫感，山坡以上部分被乌云严密笼罩，让人无法感知山峰的实际高度。右侧的山峰相距稍远，一抹阳光抛洒于峰顶，峰顶上有白雪，陡坡上有几条壕沟，这是雪峰融水的划痕，现在没有水流，只有几处被水浸湿的凹槽，黑黢黢的，与邻近山体的颜色不一样，像是一副面孔上的胎记。

风来了，雨来了，先前也是有风的，这里的四季，可以没有任何别的，但风是不断头的，此时来的风更为猛烈。一路都在酝酿雨，天色似晴还阴，欲雨无雨。而此时，风送雨来。雨是小雨，刚好淋湿天地人的那种雨。有点冷，内地深秋雨天的那种冰冷，有一件防风衣就可以对付了。放眼望去，林立的嘛呢堆遍布缓坡。是的，是林立，苗圃的那种林立，每一个嘛呢堆都不高大，将几颗手掌大小的卵石摞起来，三五颗，七八颗，十几颗，不等。仔细观察，摞起一个小小的嘛呢堆绝非易事，没有任何黏料，卵石光滑，一颗裸石承载着另一颗裸石，层层攀高，将危如累卵的成语用到这里，再贴切不过了。可是，在风吹雨打中，却无一个嘛呢堆垮塌。心力，技巧，神性，什么词汇用到这里都不为过。

海拔高度五千二百米，到此为止吧。珠峰是人类的珠峰，但珠峰却不属于所有的人，珠峰只属于极个别极其特殊的人，只有他们才可能登珠峰而小天下，更多的人，与珠峰能有一眼之缘，便是终生之幸了。

在别的地方游览，人们都在极力避免走回头路，从珠峰返回日喀则，却必须走回头路。我甚至觉得，这条路，如果不走回头路，注定会是一种遗憾，终生的遗憾。路还是那条路，映入视野中的风景却截然不同，恍惚间，居然无法准确判定，此情此景，究竟是初逢还是再会，天上云聚云散，地上山高水长，一条山路一百零八弯，一弯一片天。在一处平地修整时，忽见前方天空出现一条彩虹，从这边山坡，搭在那边山坡，仿佛一道凌空拱桥。真个是，赤橙黄绿青蓝紫，谁持彩练当空舞？雨后复斜阳，关山阵阵苍。当伙伴们纷纷掏出手机要拍照时，那道彩虹倏忽不见了，晴空默默，大山昂昂。我在当天的旅行日志中写道：

只是一眨眼，一道彩虹挂在天边，一头是一滩杂乱的云，黑白相间，有厚有薄，一头却是一堆至黑的云，大山一般沉重的云，沧海一般幽深的云，地狱一般峥嵘的云。调适一下视角，揉揉看累了风景的眼睛，要细看这一条横空出世的彩色精灵。就在这当儿，彩虹欻然不见了。怎么可能呢，我以为是错觉，下死力瞪大眼睛看，到底是没有了，只见黑云更黑，白云更白，浮云之上浮现出阳光的华彩来。我诧问：彩虹呢？近旁的同伴漠然说：没了。

在高原上，最动人的风景其实是天空。高原是静谧的，永恒的静谧，好半天不眨眼的静谧。而天空却是动态的，如同在电影院，只是眨了一下眼睛，一个画面便换成了另一个画面，而这个画面也许表现的正是一个大反转，比如由哭到笑，比如由生到死，比如由晴转阴。

夜幕深沉时分，已经能够感知到日喀则的气息，而恰在此时，头顶一阵惊雷滚过，闪电划破夜空，如大河决堤，雨瀑如夜幕，覆盖了天地间所有亮光。

这就是大高原啊，这就是地球的第三极啊，静则顶天立地，动则惊天动地。

下阕：冷风冷雨中的大渡河源头

大渡河的源头在青海省果洛藏族自治州久治县哇尔依乡的一条峡谷里面，从久治县城到哇尔依乡，距离为一百二十公里。在现行交通条件下，这个距离，听起来不算远，真的走起来，也不算近。

久哇路段是省道，用心用力修筑的公路，路面宽阔平整，来往车辆也不多，作为一个乘客，尽可放心凭窗观景。正是一年好风景，刚入秋不久，在海拔较低地区，秋老虎还在时时咆哮，而久治县境的大部分地区，海拔都超过了四千米，此地本来就是一片多雨的高原，今年的雨水又格外多，来到久治几天了，几乎无日不雨，我们每天在雨中看天地，看湖泊，看河水，看草原，看古迹，看牦牛。

啰嗦这么多，究竟要说什么呢，说的是，在这样的中高海拔地带，只要天阴有雨，哪怕是盛夏，天气都会变冷。这几天，久治很冷，以至于许多当地人都穿上了厚厚的衣服。而这，也正是久治一年的最好时光。久治的草地很好，普遍都好，草厚而密，覆盖着平地坡地，即便在高山陡坡上，也很难看见裸露的地皮。

县城通往哇尔依乡的公路就穿行在这样的广阔天地间。我说的还不仅仅是这些，这么说吧，久治的初秋相当于低海拔地带的深秋，草木已经停止了生长，处在半荣半枯之间。率先枯萎的草木，只是身形委顿了，色泽暗淡了，并没有死亡。而草木所在的地形不同，用术语说，草木处在各自的小地形中，低洼背风地带的草木，依然保持着原本的风韵，无风时挺拔，有风则婀娜，枝叶依然青绿，颇多茂盛气象。高峻迎风地带的草木，则过早地耗尽了精气神，枝枯叶黄，任由风吹雨打，飞鸟掠食。

在如此的季节转换中，放眼望去，无边的草地如同一幅铺天盖地的油画，连同那条通向无尽远方的公路，都成为巨幅油画的一部分。

公路两边是风景，公路本身也是风景，尽管冷雨凄凄，间或还有冰雹君临，但在这样季节错杂的时间空间里，万事万物何尝不可视为难得一见的风景呢。公路是通达之路，但久哇公路却必须迈越五座高山垭口，依次是：扎拉山垭口四千二百三十九米，桑赤山垭口四千零五十四米，红土垭口四千零三十七米，乱石头垭口四千二百零七米，隆格山垭口四千三百九十八米。

在红土垭口，我们停车一次，因为这里视野开阔，与年保玉则雪山之间是无遮无拦的洼地平地，可以观赏年保玉则雪山的全貌。

不到现场的人，无法真切体会在这个季节里，红土垭口到底有多冷。给你这么说吧，不是冬季那种冰刀割人脸的刚性之冷，而是风针砭骨之生冷。垭口也是风口，甚至可以说，本来是风之路，因为人的参与，拓宽推平了风道，车辆在平直的硬化路面上，跑得更快更平稳了。风也一样，一股股风在水泥路面上，划出凌厉的尖叫声，飞驰而过。这是带着锯齿的风，划过路面时，捎带着，将路边的人，划一下，又一下，虽不见行人衣服被划破，而每个人都尽力蜷缩着身体，哆嗦着嘴唇，在盛赞年保玉则之美丽。

到了隆格山垭口，更是要停车，这里是唯一可以膜拜年保玉则主峰的所在。年保玉则有无数山峰，一座山峰比另一座山峰又高不了多少，观赏者所在位置的海拔高度不够，或角度有问题，真正的主峰便会隐身其他山峰之间或身后。只有站在隆格山垭口上眺望，年保玉则的主峰才会暴露真身。

原来，年保玉则的主峰是被许多山峰夹峙在中间的。隆格山垭口的海拔更高，风更大，雨更大，也更冷。而此时，人体感觉却比在红土垭口那里舒服一些，根本的原因大约是，终于看见年保玉则的主峰了。刚才在红土垭口时，那里的冷风冷雨，已经让我们懂得了，吃得奇苦，方见奇景。到了最高处，同时也意味着要往低处走了。下了隆格山垭口，就是白玉寺。隆格寺和白玉寺，都是这一片地界的辉煌大寺。过了白玉寺，就该拐弯了，拐到通往哇尔依乡的路上去。在大高原，在草地，在大高原的草地，乡镇之间距离几十里上百里，都是再也寻常不过的事情。

风还在吹，雨还在下，通往哇尔依乡的道路是一条县道，比刚才走过的公路要窄一些，路面上的坑洼也多了一些，相应地，车速也得慢下来。对于以看风景为主要目标的闲人来说，慢一点，未必不是好事。这是一条河谷道路，有些地段河谷宽一些，有些地段河谷窄一些。以一个县境为视角，我们是由繁华走向偏僻的，而一般的惯例是，好的自然风景一般都在偏僻地带。这条河谷名叫马尔曲，正是大渡河发源后，汇合了许多溪流以后形成的河流，名动天下的大渡河，在这里已有了雏形。马尔曲谷地是牧人的夏季牧场，河谷两边的山坡上，涌动着大群大群的牦牛。牦牛养殖是久治县最重要的产业，一个县在册的牦牛多达四十万头。其实，知情人说，远不止这个数。具体数量到底有多少，这不是闲人关心的事情。这么说吧，在久治的大地上行走，无论在哪个方位，只要是人眼看得见的地方，一眼望去，要是看不见一群牦牛，那就得赶紧看看地图，自己是不是走错地方了。

中午时分，终于到达哇尔依乡了。这是一个深嵌在河谷的小镇，一条大路旁边，公共设施，商店，民居，或一大片，或一长溜儿，一应俱全。乡政府要安排炊事员给我们准备便餐的，大家都说，找大渡河源头要紧，少吃一顿午饭，没什么。

哇尔依，不用说，这是藏语音译，大意是四家结合地带。据说，很早的时候，这是四个藏族部落各自拥有牧场的接合部，仅从地名本身来说，这里便适合成为大河的源头，人烟相对少嘛。这天是周六，藏族乡长没有回家，专门在等我们。这很让人不好意思，乡长轻松一笑说，这有什么，我们基本上没有周末的概念。乡镇干部的工作生活状况，我还是有些了解的。多年来，我去过的乡镇不少于二百个，地跨全国的东南西北中，他们很少有正常的周末休息，都被各种各样的工作占据。既然是周末来了，说什么客气话都是多余，乡长开车带路，我们紧随其后。

冷风似乎小了一些，冷雨还是那么急迫，而此后再也没有平坦的公路了。一条土路，伸进河谷，在杂色牧草的包围中，向逼仄幽深处蜿蜒。路面上到处是水坑，炕大的水坑，锅大的水坑，碗大的水坑，车轮碾压上去，大水坑的泥水可以溅出去很远，小水坑的泥水飞溅而起，将车身砸得啪啪响。从行驶在前面的车辆中，可以断定自己乘坐的车辆，早已成为泥车了。

奇怪的是，下了这么长时间的冷雨，草地上的鸟儿依然很多，时而蹿上空中，时而隐没草丛，估计它们也是无奈何了，为了一口饭，鸟儿也不是人们想象得那样潇洒自由。忽而，一只大鸟从草丛中飞起，带起一大团水雾和一串破碎的声响，落在一座独立的土丘上。我说，是老鹰吧。开车的是一位藏族司机，他可不是普通的司机，曾担任邻县的林业局局长多年，对高原的动植物堪称门清，其实际水平，肯定是超过了我见过的许多颇有名气的动植物专家，因为他从小生长于高原，以后又长年摸爬滚打于动植物研究最前线，如同一位久经沙场的老兵，对兵法教条也许没有记住多少，实战技能可不是在操场训练出来的那种。他笑说，那是大鵟。他接着说，大鵟也算得上猛禽，但是比较笨，反应迟钝，掠食成功率很低，好不容易捕到食物，又保护不住，往往被别的猛禽夺走，比如猎隼吧，就是它的死对头，个头比它小几号，但灵敏凶猛，经常把大鵟打得只有仓皇逃窜的份儿。

趁着车速慢，我再看了一眼那只大鵟，它是不是食物又被别的猛禽夺走了，饿得受不了，趁着猎隼一类猛禽，在窝里躲雨的空当，出来觅食了？在无关乎个体利益时，人与人之间客客气气，可是，在困顿时，尤其在生死交关时，谁曾见过几个客气君子。鸟类也一样啊，我见飞鸟自由无羁，飞鸟却为争一口食而毛羽乱飞。

好了，这就要说到大渡河源头了。这条通往大渡河源头的水坑路，感觉极其漫长，其实只有三四十公里，因为极其难走而感觉极其漫长。再难走的路，再漫长的路，只要走，向着目标不舍地走，总会走到的。再无路可走了，大渡河源头也到了。我们老家把沟壑峡谷的最里面部分，一般叫沟掌，在这里，索性也把类似的地形叫沟掌吧。在沟掌停车，雨水更加稠密，冷风从窄沟里溜出来，更冷。藏族乡长遥指山坡高处的一片吃草的牦牛说，源头就在那里。不是路好走不好走的问题，纯粹没有路，他的意思再也明白不过了，他带来的这些客人，哪个又是爬山人呢。我们这一方的组织者，可以把话直接挑明了说：风大雨大，山高路滑，又是四千米以上的海拔，不愿爬山的人在车里避雨，愿意爬山的人，能上到哪儿算哪儿，千万不要勉强，出门在外，安全至上。

有人查看了一下海拔高度，停车之地，已是四千三百米。没有人愿意留在车里避雨，包括女性。客人主人，一共十人，朝着大渡河源头爬去。

确实是爬，从后面看，每个人的身体，几乎都与脚下的草地构成脸对脸重叠的姿势。雨大风烈，不打伞吧，很快就会成为落汤鸡；打伞吧，又是逆风，平添无数阻力。两相权衡，还得打起雨伞。翻过一个小山冈，一条水流从高处悬挂而下，水流所经之地是一道浅沟，沟里砾石累累，这就是襁褓中的大渡河的样子，名叫旦千卡。

沿着最初的大渡河追溯它的出生地吧。旦千卡河沟看起来相对平整，走起来可是千难万难的，几乎没有可供落脚的方寸之地，水流、砾石、沼泽，塞满了只有两三米宽窄的旦千卡。只得转着圈儿，拐上草坡。杂草丛生的草坡，大部分都是自己不认识的草，也许只有此地的牦牛能将这些草认全了。多年来，多少次行走大高原，也认识了一些大高原的草木，准确地说，认识其中的一些花儿。金露梅我是认识的，去年夏天，困在祁连山地一个月，与金露梅日日见面。这面山坡也许是海拔过高，不是金露梅的领地，只有零散几朵在冷风冷雨中依然韶华绽放。红景天我是认识的，大高原的浪游者，少不了这种抗高反神药，它们生长在高海拔地区，然后，被人用来对抗高海拔。我虽然没有服用过抗高反药物，可在我的眼里，红景天永远是那么红，在风打雨拍中，一团红景天，一片艳艳红。还有高山柳，只有一尺身高的高山柳，还有高山绣线菊，真可谓，苔花如米小，也学牡丹开，用它们的枝条，尽力拓展自身的领地，在杂草围困中独立寒秋。还有野韭菜，占地不多，可供立身，便已足够。

寻寻觅觅间，眼前豁然一亮：雪莲。一株，两株，三株。可惜的是，这个季节不属于雪莲。雪莲像是所有的韬光养晦者，避居一隅，周边杂草滔滔，她不去随声唱和，也不混迹其中凑热闹，默然，漠然，孤独而高傲，在静待属于自己的时光。

此次大渡河源头之行，我犯的最大错误是穿了一双皮厚底更厚的皮靴。以往的几十年间，出野外是常事常态，从没有穿过这么笨重的鞋子，而这一次，几乎是神鬼作祟，在出门的那一刻，忽然，甩掉轻便的旅行鞋，换上了这个玩意儿。这玩意儿自重超过了五斤，长时间在泥与水中浸泡后，每走出一步，都像是年轻时给双腿上绑着大号沙袋练腿功。此时，在湿滑的草地上行走，一是往往够不到应该踩踏得比较理想的落脚之地，二是脚步沉重，非但不会增加与地面的摩擦力和黏合力，反而容易打滑。这两种因素，都在尽可能地消耗着本来就不怎么充裕的体力。几位从小生长在大高原的同伴已经接近目标了，我距离终极目标，直线距离大约还有五百米，而这是一段最为艰难的地段。看管牦牛群的那位牧人，骑着一匹黑色大马，在山坡上来往奔驰，雨雾缠绕着一人一马，好似电影中某个侠肝义胆的情景。一人一马来到了我的跟前，那一刻，我很想跟他说话。他的装束是藏族，我只会说几句极其蹩脚的藏语，那是藏族朋友教给我说着玩的。他们教我时，一脸都是憋不住的坏笑。我知道那不是什么好藏语，就像汉语中若干不好的语言一样。我也从来不敢轻易说这几句藏语，除了与藏族好朋友玩闹时说着玩儿。我给骑马的牧人打了一个只代表友好不表示任何另外意思的招呼，他也给我还了一个同样的招呼，但他的神色却是明明白白的善意。我以为，他不懂汉语，事实上，他不懂汉语，也不懂藏语。他是一位不幸的聋哑人。从他的比画中，我明白了，他既是牧人，又是这片草地的管护员，因为翻过这道山脊，那边就是另一个县的草地了，他负责将越界的牧群赶回去。牧人骑马奔驰在雨雾缠绕的草地中，我继续向目标艰难行进。没有穿厚衣服，穿在身上的衣服早已湿透了，冷雨更稠，冷风更烈，在迎风的山坡上几乎难以立脚。我又返回旦千卡河谷。这只是一道山间凹槽，两岸合拢在一起，估计只能扣住一个高个头的人。凹槽中，风头的刀锋总是钝了一些，低头细心查看大渡河的原初状态吧，一涓细流在砾石间蹦跳，在草丛中游荡，而其目标却无比坚定：冲下山去，走向宽阔，走向遥远，然后，奔流到海不复回。

在如潮的冷风冷雨中，我恍惚想起，多年前，我曾去过大渡河的尽头。也是一个秋天，我去瞻仰乐山大佛，那天大雨如潮，经典描述中的大暴雨，给大佛洗浴都显得水量过于凶猛的大雨，大佛脚下，三水汇流，大渡河，青衣江，岷江，各自突出山地重围，于此激情相撞，那可是海天茫茫的气象啊。

大渡河在华夏大地上的大江大河名单中，屈居十名开外，然而，其水量却与第二大河，我们伟大的黄河相颉颃，在大渡河源头到河口的雨水浇灌下，心头的河流也在浪奔浪涌。

还得格外交代一下：大渡河源头的海拔高度为四千五百八十米，岩石下涌出几股泉水，然后，一路接纳无数涓流，再然后，成为华夏大地上的一条廓然大河。

哦哦，还得赘述几句。

在黄昏大踏步走来时分，无论心下多么流连，我们也不得不踏上返回县城之路了。依然是风，依然是雨，风是冷风，雨是冷雨，就在夜幕合盖天地之际，路边草丛中忽地飞起一物，高踞一根电线杆上，昂头向天，似乎在思考什么重大事情。

定睛一看，那是一只大鵟。

在雨中的阳光之城流连

　　早上起来，拉萨还在下雨。这场雨是从昨天黄昏时分开始的。那会儿，我刚来到拉萨，刚住下。先前来过拉萨，那是春天，见过春天拉萨的阳光，却无缘拉萨的夏天，亦未曾品尝拉萨的雨天。昨天的黄昏，趁着夜幕还没有完全合拢，我在宾馆附近的大街上走了一走。没有带伞——故意没有带伞——我是想让拉萨的雨淋一淋。一个地方的所有风物都与当地的天气地气有关，一个地方的所有风情民情，都是由一方天地精神化生而来，包括田野的草木，包括人们的衣食，包括少男少女说话的神态。

　　我来过拉萨，却没有淋过拉萨的雨，自己看到的拉萨，至少是一个不完整的有缺项的拉萨。昨晚，我被拉萨的雨淋湿了。我由此知道了，即便是在盛夏时节，拉萨的雨仍然是冰冷的，"半世漂萍随逝水，一宵冷雨葬名花"的那种冷雨。区别在于，我是主动地自觉自愿地走进这场冷雨的，所以，也有了梁启超先生"十年饮冰，难凉热血"之感。

　　原以为，高原的雨说来就来，说歇就歇，所有的雨都是不期而至不送即走的。这场雨却整整下了一夜，"晚来闻冷雨，幻出一篱秋"，真的有了某种秋风飒飒秋雨潇潇的况味了。

　　早上的原定目标是参观布达拉宫外围，还在飞机上的时候，我心中已经为自己设定了一个相当坚定的目标。因为那年春天，当我在布达拉宫里沉浸大半天出来后，发现布达拉宫的后面也是一个需要沉下心来体会的地方，可惜时间不够了。这一眼错过，就是两千六百天啊！

早上出门，雨脚绵密，远胜昨日黄昏，经过一夜降温，夏日冷雨完全有了深秋冷雨之肃杀。放眼望去，满大街的人都打着雨伞，大多的人穿着羽绒服，包括小伙子们。我是不是穿少了？站在街边感觉一会儿，冷飕飕的，却不是那种蚀骨之冷，毕竟是夏天啊，风头上是带着些许暖意的，拍打大地的雨脚是饱含着柔情蜜意的。叫停一辆出租车，当我一眼看见年轻女司机身穿半袖衫时，顿感暖意洋洋，心下不由感叹：我来到的毕竟是夏天的拉萨啊。

在距离布达拉宫不远处的一个路口停车，我重新走进了拉萨的雨中。

在雨声伴奏中，我徒步走过一条大街。大街叫什么名字，我专门找路牌看了，却忘记了，难道是因为高反，一个路牌都记不住。似乎真的有些高反，不久前还去过比拉萨海拔高出许多的地方，一点儿不良感觉都没有啊。昨天的事情已经归昨天了，今天的我走在今天的拉萨大街上，那么，走路就尽量慢一些，这是对付高反最简便最有效的方法。何况，慢些走路是沉浸式游览的正确途径。这是一条繁华大道，道路中间当然是机动车辆的地盘，大小车辆来来往往，在雨雾下迤逦而行，仅看牌照，一条大街上几乎汇集了全国所有省份的车辆，雨水充沛的地方，干旱少雨的地方，为溽暑所苦的地方，凉爽宜人的地方。所有地方的车辆都在拉萨的这条大街上吹响了集结号，一同沐浴在拉萨的潇潇雨声中。偶尔有一只车轮碾着了一方水坑，积水四溅，路边行人一片惊叫，纵身跳开。其实，没有那么玄乎，水花滴落的地方与自己还有一段距离，而这一场小小的变故，也让沉静的街面，乍然间生动起来。

我是观察了布达拉宫的方位以后，选择在这条大街上步行的，我相信，从这里可以绕到布达拉宫的后面。走在街边的人都打着雨伞，大多穿着不算薄的外套，有的人在专心走路，有的人就是为了逛大街，街边店铺一家挨着一家，以至于，"鳞次栉比"这条成语，好多次地涌上心头。想起一首歌，把歌词给改了改，变成：拉萨的大街上啊，什么人都有啊，就是没有我的心上人啊。

在心里瞎想，把自己哄笑了，举目都是陌生人，自己傻乎乎地笑，实在没有什么缘由，便只好强忍住不笑。确实，什么人都有啊，天南地北，高低胖瘦，老弱妇幼，百样装束，宛然是，一条大街，天下车，天下人。

满大街飘荡着藏语歌曲，我不懂音乐，也不算是藏语歌曲的铁粉，但我确实喜欢藏语歌曲。藏语歌曲的旋律像大高原的草地那样苍茫辽远，又像大高原的天空那样，天气晴好时，阳光灿烂，云朵散漫，而风雨如晦时，罡风浩荡，长云横飞。藏族歌手无论男女，歌唱时，哪怕只是即兴哼唱，都是倾情投入的，嗓音都是清洁无尘的，就像雨后彩虹，每一个音符都是绚烂的。即便是忧伤的曲调，也是久旱不雨以后出现的阴雨天，小路泥泞，万物欢欣，所有的生命都在呼唤着雨水的滋润。

我能听得出一些歌曲的演唱者，索朗旺姆、旺姆、容中尔甲、蒲巴甲等人，不时，或者同时，歌声在大街两边回响，而最为集中的歌声在我行走的这一侧，音量不等的歌声经过雨水的过滤，混合着车轮的碾水声，树叶的抖动声，时稠时稀的人声，时浮时沉，仿佛周围高低错落的楼宇街衢。

我循着歌声稠密的地方而去，在我看见悬在高处的布达拉宫的一角时，也看见了澎湃激越的歌者舞者。

宗角禄康公园到了。

这是一处名动远近的公园，当年擦边走过，这次专程而来，而且是在雨中，在拉萨的雨中。我无休无止地强调拉萨的雨，并没有什么特殊的缘由，我没有在拉萨的雨中失过恋，没有在拉萨的雨中发过财，我要强调的只是，拉萨正在下雨，今天的拉萨是雨中的拉萨。

无数的人在雨中跳舞。应该是内地到处可见的广场舞吧，但这是在早上，这是在雨中。人们跳的是锅庄舞。我武断地相信，这是不同于内地广场舞的拉萨广场舞。内地广场舞的参与者以中老年居多，尤其以中老年妇女居多。所以，在内地几乎所有的大中小城市，乃至村镇，"广场舞大妈"成为一个语义相当暧昧复杂的名头。在宗角禄康公园跳舞的人真多啊，舞者什么人都有啊，中老年男女，青年男女，少男少女，童男童女。看得出，有市民，有游客，民族服装与大众服装，在锅庄舞的节律中，天然和谐。而且，所有的舞者都是歌者，边歌边舞，亦歌亦舞，载歌载舞。

一方从地表下切的低于公园地平面的圆形舞池，舞池中央空地上，四围台阶上，舞池周边空地上，都是舞者，看起来散漫无序，男女老幼参差凌乱，只要舞曲响起，人们就地自由组合，大大小小的锅庄舞组合便应节拍而舞。一时间，歌声飘扬在天，水花激溅于地，一条条长袖甩起，世界都在踏歌而舞。此时此景，不由得想起据说是八仙之一的蓝采和所作的诗《蓝采和》来：

踏歌踏歌蓝采和，世界能几何。

红颜三春树，流年一掷梭。

古人混混去不返，今人纷纷来更多。

朝骑鸾凤到碧落，暮见桑田生白波。

长景明晖在空际，金银宫阙高嵯峨。

可惜，我不会唱歌，更不会跳舞，在歌舞的海洋中，我只是一只茫然若失的沙鸥，岸边傻愣愣的旁观者。歌者的每一节曲符，舞者的每一次击拍，似乎都在说：拍手笑沙鸥，一身都是愁。

我本无愁，即使当下有愁，也是苦于自己不善歌舞，无法真正体察在雨中踏歌起舞的妙趣奇趣。

注定了，我只是一个大高原的旁观者，那么，我对大高原的虔诚之心和膜拜之情，也只有敞开心扉，放开脚步，多走多看了。

我看见了树。

老树。

怪树。

千姿百态，或千奇百怪的树。

我无端地猜想，如果不是某种处心积虑，如果不是与造化之神心心相印的合谋，世间不可能有这种造型的树——偶尔一见的一两棵三五棵是世间应有的风景——放眼一大片，都是以现代派造型艺术风格生成，而且都是自然生长而成的树，无论怎么善解人意，都是远远超越了我所掌握的植物学知识的。

不是什么特别的树种，杨柳而已。也不是千年修炼的树神树精，挂在树干上的古树名木身份证表明，这些树的树龄大多在一百年到一百五十年之间。我见过的千年古树不算少了，至于百年老树，我上班的路上，都可看见几十棵。每天，我从一棵棵老树下步行而过，老树岁月经年，一岁一枯荣，日见枝繁叶茂，而我却由"青云直上轻余子，黑发谁量未易才"的年少轻狂，厮混到了"人间白发三千丈，只见桃花一片红"的秋风迟暮。

人啊，即使无愧于乐观、天成、立身达命之人，也不可能完全没有对月伤怀的时候。

雨还在下，落在身上的雨滴似乎没有刚下出租车那时的冰冷，居然有了某种难以觉察的温热。另一种可能，也许是自己本身的体温，或因为走路运动而升高的体温，加热了落在身上的雨水，身上渐渐生出了在文火蒸煮下的那种黏腻。游人很多，大都是打着雨伞的，也有人不打伞，戴着那种可以遮挡风雨的毡帽，而几乎所有的人都穿着厚厚的衣服。这种气温穿这种衣服，当然是适合的，但我相当执拗地认为，这是夏天，这是盛夏，拉萨的海拔虽然比较高，但拉萨是低纬度地区，那么，人们穿什么衣服，应该与季节大致匹配，要不，好像显得一个地方有多么不遵季节召唤似的。

拉萨是无愧于阳光之城的，虽然，这两天阳光被阴雨所遮蔽，所驱离，但阳光积攒起来的温度还是在的，它们储积在天地间的任何空隙中，在随时为众生供养温暖，如同一个大户人家，一年的歉收，并不会导致饥馑一样，只是不像丰年那样大肆庆祝罢了。在我看来，拉萨盛夏的雨天，非但够不上阴冷，房间里甚至仍能觉出若有若无的闷热，而在户外，这种气温刚刚好，多一分温度嫌热，少一分温度则嫌凉，因此，添加任何一件衣服，都是对这种刚刚好的气温的辜负。

在一棵高大的老树下，我借着细心观察树姿树容的当口儿，暗暗朝周围瞥瞥，发现此时近处无人，便将衣襟撩起，用力扇扇。被圈在衣服里面的湿气随风逃逸，外面的凉风乘虚涌入，新鲜空气的迅速置换，犹如重获新生，顿时神清气爽，稍感委顿的身体为之精神抖擞。

这是一棵白柳，要不是保护牌上分明写着树龄一百二十年，把它想象成八百岁，都是有着不可辩驳的感性经验的。这株白柳枝干粗豪，直径在两米左右，高度却不足两米，也许是成长到这个高度，这株树忽然发现，不能再往上开拓空间了，抬头即可看见布达拉宫的背部，自己倾尽全力，终其一生，也不可能高过布达拉宫，还会挡住众生远看布达拉宫的视线。一个人想通了某种事情，于是天高地阔。一棵树想通了某种事情，便找到了抵达开悟之境的正途。白柳在两米左右的高度开始分为三杈，一杈朝南，端端正正指向布达拉宫，一杈向东，日日迎接日出，一杈向西，日日目送夕阳西下。三杈的任何一杈如果独立成树，都算是大树，每杈的直径都超过了一米。更为奇特的是，三杈各向自己的方向伸展三五米后，也许支撑不了自身的重量，便各自落地，贴着地皮再延展十米远近后，又都回过头来，向树干方向围拢而来。每一次分叉，都会衍生出众多的小分杈，各个分叉之间，留出大片空地，空地上长满了各种植物，乔木灌木，野草闲花，整棵树看起来，就是一个自成体系的生态圈。

正在观赏，灌木丛中跳出两只高原山鹑，公山鹑头冠绯红，咕咕叫着，母山鹑在一旁假意矜持，公山鹑围着母山鹑，一边叫着，一边舞蹈。此时，我忽然想起网络语言中，把追求女生的男生戏称为舔狗，男生有时候也这样自称自许。鸟儿的世界里亦是如此，公山鹑舞蹈一圈又一圈，歌唱一曲又一曲，母山鹑也许是终于心动心许了，也许是懂得不可过分拿捏，然后，各自抿缩毛羽，伏低姿势，一前一后，羞怯又急不可耐地隐入树丛。

心里正在感叹生命界的神奇和有趣，一抬头，布达拉宫的背面完整地出现在视线里。我正好站在白柳靠住公园小路一旁的一条分杈，分杈的中间下弯的部分，与我身高等齐，我就是在这个地方忽然抬头看见布达拉宫背部的。身体不能趴在树杈上，这是被保护的古树名木，我依偎在树杈边上，好似隐身于掩体中，从这里以这样的姿势远望布达拉宫，带给我的是一种完全出乎意料的视觉效果。连夜的雨水，布达拉宫好似不是踞山而起，而是自天降于山顶，红色如烈焰蒸腾，白色如白雪悬空，山坡上的绿植以看得见的速度在迅猛生长，而裸露出来的山体岩石，张扬着一种担当一切重量的威严。山下的一大片老树，各自以自己极尽想象力的姿势在生长，尽管是阴雨天，一池碧水中，仍然清晰地倒映着布达拉宫的背部轮廓，还有天上的云影，岸边的树影。

差不多用了四个小时，只看了宗角禄康公园的一角。据介绍，这是修建布达拉宫时的取土之地，布达拉宫本身选址在一座独立的山峰上，自然山体本身耸峙威严，加上建筑的高度，再加上取土时下切地层的高度，布达拉宫无异于一座天上的宫殿。取过土的洼地怎么办呢，这样就有了宗角禄康公园。把水引进来，成为一方漾漾荡荡映照天地的碧湖，遍植的各色树木，成为庇佑大地的森林，再架起月桥，连通四面八方。这当儿，云破天开，太阳露出头来，收回淅淅沥沥的雨水，纯净的阳光照射在布达拉宫上，一天一地都是炫目的灿烂。

　　拉萨的朋友听说我在布达拉宫，便把午餐预订在附近的一家餐馆，电话中确定了我所在的具体方位后，专门强调，不用打车，从那条街走过来，只有二三百米。我的方向感向来很差，雨中转悠了一个上午，衣服精湿，更是找不到方向了。向路边执勤的一位交警寻求帮助，他给我详细指点了方向，从这里到那里，过红绿灯，右转，再左转。我记下了，朝着交警所说的方向迤逦而行。此时，阳光廓清了所有雾岚，天地一派清亮。到了一个街口，我却迷路了。正好一位中学生模样的藏族少女从身边经过，我请教去某条街的方向，她笑吟吟地朝一个方向指了指，我表达了谢意后，往前走出不远，到了。而朋友们也刚好到了，与约定的时间居然分秒不差。我正在培自庆幸时，忽然发现，被雨水淋湿的衣服，在走路的这会儿工夫已经晒干了。

你不愿去的地方请留给我

兰州人因为黄河穿城而过，而倍感自豪，兰州城因为黄河的穿城而过，而灵气沛然。黄色是黄河的本色，黄色是黄河的本性，大约因为黄河所流经之地，以及所有黄河流域，水流大多都要流经黄土地带吧。黄河如果不黄，便意味着广袤的区域里已经很长时间处在干旱少雨状态了。所以，经典的能够总括兰州概貌的全景图，城区的正中间总是被一条黄线隔开。

不过，兰州的全景图有着新旧之分，山河大势是没有多少改变的，变化的是颜色。说是旧图，放在兰州两千多年的建城史上，也不算太旧，也就是几十年的光阴吧。旧图上的兰州，黄河依然是黄色的，是那种从图片上都可感知到的黄泥滚滚的黄，南北二山当然也是黄色的，黄河北的土山还是整个黄土高原土层最深厚的地方，厚达三百多米。旧图上少许的绿色都集中在黄河两岸，断断续续的两条绿线夹河而走。

生活在兰州的人，对旧图上的景色视若无睹，本来就是这样嘛。没有来过兰州的人，旧图成为他们对兰州的全部印象。其实，对于兰州城在颜色上的变化，久居兰州的人也未必会即时即刻意识得到。大约十年前吧，央视直播一项兰州举办的体育赛事，赛道绕着南北滨河路转一圈，镜头囊括了兰州的主城区。我也在家里观看电视直播，镜头中的兰州是真实的兰州吗？是的，确实是的。南北两条滨河马路是我工作生活的主要区域，那时候我还喜欢体育锻炼，每个黄昏都要在黄河边流连两个小时。

眼睛盯着电视屏幕，我不由得一惊一喜。惊的是，兰州如此翻天覆地的变化，我却身在其中不自知；喜的是，我原来生活在一个巨大的水上公园中。接着，一个又一个电话打进来，都是外地朋友打来的，开口第一句话几乎都是：你们兰州这么漂亮啊？那一刻，我的自豪感油然而生，我以自嘲的口气，自豪地说：那当然了，这是我居住的地方嘛！

说真心话，此前，兰州不过就是我工作和生活的地方，一切都是为了生存。我曾悉心研究过兰州的历史文化，出版过关于兰州的几部学术专著，但我认为那是工作需要，查阅资料时，心情客观而冷静。当我通过局外人的目光重新打量兰州时，我真的爱上了兰州。两山逶迤南北，一河纵贯东西，雄踞祖国大陆版图几何中心，沟连东西南北中，三大高原于此触角相汇，众多民族一城融合。

新的兰州全景图，南北二山原来的土黄色枯黄色都消失了，换上了绿色。因为拍摄技术上的局限，图片的涵盖范围只能如此，实际上，走进南北二山的任何一条山谷中，也都换上了绿色。这些年，我几乎走遍了兰州南北二山的大多数山谷，每一座黄土山包，都铺上了一层绿色。兰州人为了这层绿色，真的是不遗余力。据老兰州说，新中国成立后的几十年间，每到春季，无论工农兵学商，都得行动起来，从黄河里挖出冰块，背上山，种草种树。我定居兰州时，已经是世纪之交，每到春季，都得上山种草种树。

兰州的颜色就是几代兰州人用汗水改变的。在城区，最让人心动的还是黄河风情线。河南河北各一条绿色长廊，夹河而走，各长四十千米，各宽几十米到几百米不等。

贯通兰州的两条滨河公园，也成为兰州市民的全天候休闲娱乐场所。一年四季，人们徜徉在绿树花草中，耳听黄河涛声，目送河水滔滔东去。兰州城区，无论新老城区，都是夹河而建，每个方位距离河边都很近。两岸城区靠河一侧，密布着牛肉面馆、茶馆、咖啡馆、酒馆，秦腔的曲调，西北"花儿"的旋律，不时从某个场所响起，随黄河水荡漾飘扬。

兰州是国内在校大学生占居民总人口比例最高的城市之一，三百七十万常住居民中，有着五十多万在校大学生。我居住在安宁区，这里高校云集，在这一区段，黄河河谷格外宽阔，南望南山，北望北山，南北二山，影影绰绰，难辨真容。南北滨河公园的宽度也都在百米以上，有些区段，宽度达数百米。这里还有一块利用黄河滩地开辟的湿地公园，公园里水网纵横，鸟类翔集，花草茂盛，树木掩映，栈桥沟连，视野开阔，走完一圈，需要大半天时间。这里是大学生们的乐园，三三两两，大树下，凉亭间，学习，交流，游玩，终日弦歌不绝。这里也是老年人的福地，散步，锻炼，修身，养生，安度晚年。无论是湿地公园，还是兰州的整个黄河区段，都已成为鸟类的天堂，众多候鸟已经变身为留鸟，永久栖息在黄河岸边。

早年的兰州是瓜果城，白兰瓜，安宁桃，名闻遐迩，现在河边耕地越来越少，但仍然保持着瓜果城的风范。安宁区向来以十里桃园著称，现在没有那么多了，留下的一片桃园，成为都市里的村庄，每到节假日，人们从各个方位云集于此，在每块桃园里，人们约上亲朋好友，坐在桃树下，品尝着盖碗茶，吃着农家饭，在鸟雀声声中，散去生活的劳烦，积蓄精气神，再上生活的征程。

黄河以黄色的本色西来东去，纵贯兰州全城，昼夜不息。现今的黄河水，一年四季，除了冬季枯水期河水清澈外，大多数时间里，水色也由原来的黄泥色变成土白色，泥沙含量已经很小了。南北二山，以及南北滨河公园，仿佛四条绿色长龙，两条在外围的高处，两条在内圈的低处，将兰州城紧紧围拢。

有黄河的调温，兰州冬无严寒，夏无酷暑，加之，居住环境的逐步改善，现在，只要在兰州生活过一年以上的人，都会真切感到，这是一座四季宜人的宜居之城。

可是，兰州太扁了，就像一个人个子太高，又身材偏瘦，给人一种腰部无力之感。

兰州城太扁了，扁得像是一根宽面条，牛肉面中被称为大宽的那一种面条，或者是被嚯称为裤带面的那种面条。所以，我在一篇有关兰州牛肉面的文章中说：兰州是一座让牛肉面抻长的城市。

无论居住在城区的哪个方位，抬头都是山，不是北山，就是南山。这不是只有南北二山，不是没有东山西山嘛。实际上，南北二山可以算作是一道山，黄河从中间给划了一刀，而河道是弯曲的，西边的入口，东边的出口，都被弯曲的山体挡住了人们的视线。

城区只好夹河而走，逶逶迤迤，时稠时稀，蔓延几十公里。扁是够扁了，长也是够长了，可是不够宽。向北越过北山山系不远，就进入另外一个建制市的地盘了，向南，在还可以看见兰州城区的地方，已经是另一个建制市和建制州的管辖范围了。

这在平时没有什么问题，管事的人注意不要把手伸过界罢了，作为平头百姓，无论在哪一块地方活动，都得遵纪守法，不是一个城市，总是同一个国家同一个省呀。往北走，感觉没有走多远，却已经越界了，手机行程码上便因此多了一条出外的记录。往南走更得格外小心，市县之间的边界又不是国界，一不留神，越界了，手机行程码上便因此多了一条出外的记录。

过来人都知道，这是很麻烦的，要多麻烦有多麻烦。

这个，已经过去了，旧话新说，就无甚趣味了。

所以，那三年，只要允许出门，但虽然只限于在市区范围内活动，那也是天大的恩典。好在兰州管辖范围还是挺大的，城区以外，还有两个远离主城区的市区，还有三个县。西边为红古区和永登县，与青海的海东地区和本省的武威市接壤，东边是榆中县，与本省的定西市、白银市连界，东西纵长在二百公里以上。

确实，兰州太扁了。

这么漫长的地界，这几年，标志明显的地方大体都走了一遍或几遍，要说的事情太多，也就不知从何说起了。那就不说或少说，还是多说说距离城区稍近的事情吧。

兰州南北二山中，站在高处，一眼可以望见无数无名荒沟。

兰州南北两道山，都是东西横亘，像是两条永不相交的直线，因为卡在中间的黄河也是东西横亘。

粗看起来，两道山就是两堵土墙。墙是不能有意留出缝隙豁口，留出了，墙的意义就会减去不少。兰州的南山北山，只是像墙，疑似墙，本身不是墙。这与天下所有的山都具有相同的品质，一座山，如果不留通道，山里的流水出不来，山外的生灵不能靠山吃山，那么，山就是纯粹给天地添堵的一种存在了。

距离我家最近的一条沟，恰好是有名字的，一个恶狠狠的名字：

狼沟。

我几乎是无可救药地坚持相信，狼沟的得名与狼有关。这条沟里如果没有狼群招摇，如果没有几个狼窝，那是对天造地设的绝情辜负。只不过是，在当下，在与当下已隔着不算短暂的岁月之河里，狼或者被灭绝了，或者适彼乐土了。

这是一条洞穿兰州北山的一条黄土荒沟，那一头是北沟口，直达塞上荒漠，这一头是南沟口，沟通了滔滔黄河，整条沟，如同一匹渴饮黄河水的孤狼。

狼沟就在我家旁边，在我定居兰州前夕，这里还有一座伟岸的烽火台。烽火台是明朝长城的一部分，著名的"河西大边"的组成部分。河西大边就是长城，沿兰州黄河北岸，一路翻山越岭，连接河西走廊的长城，迢遥数百里。

沟口的这座军事要塞没有等到我定居兰州，就已经拆除了，或者说，我与这座军事要塞注定无缘。不过，当年为要塞鋬刻的石碑还在，碑文还很清晰，收藏在一所大学的博物馆里。这里曾经驻兵百名左右，有正规军，有各种差役。

多年前的一个寒冬，有几位远路朋友来看我，请他们吃饱了手抓羊肉，喝足了烈酒，再无处可去。兰州城区有意思的地方，他们都曾去过了，我说我带你们去一个我也没有去过的地方。

就这样，几个人闯进了狼沟。出了居民区也就百米远近，沟口已是人迹罕至，荒寒如无人区，两面黄土山遮住了所有阳光。这是远古洪水冲开的一道山缝，只供洪水通行，只供野兽藏身，当然，也是野战之士出奇制胜的用兵诡道。

阴风从荒沟的深处迎面袭来，阴风从刚走过的身后袭来，阴风从两边黄土悬崖上压下来，沟里到处都是行洪的遗迹，山崖上的渗水处，都冻结为或长或短或粗或细的冰柱。不是我们常见的白森森清凌凌的冰柱，是带着黄土原色的冰柱。扎根于土缝的冰柱随时都会垮塌，逼仄的荒沟里，间或会传来一阵冰柱的碎裂声，那声音与无所不在的阴风混合在一起，足以让人心惊胆寒。

仿佛走进了黄土山洞里，在很多地段，抬头是看不见那应该有的一线天的，只能仰望悬在头顶的开裂的土块和伶仃的冰柱。偶尔会有宽阔处，左右也就是一箭之地吧，而山坡上，却是零零散散的孤坟，一通通石碑浮泛着冷光死光。

这是谁家的坟头呢，看那土色并非古墓，分明是新土啊。凑近看了看，哦，不远处应该有村庄。

因为受不了红尘扰攘而遁入荒沟，真的眼不见红尘，与阴风死光为伍，还真心有不适之感。前面有人烟，心中有温暖，又走出十多里，终于没有找见心心念念的人家，而荒沟愈加阴暗深邃，此时，已是夕阳西下时分。

返回吧。

观看了一番狼沟的山川形胜，遥想狼沟在漫长的荒芜时期，一个个狼的家族，或隐身于逼仄处伏击猎物，或在宽敞之地公然围堵它们中意的猎物，那可真是无愧于狼沟的名号啊。而且，对于狼族，狼沟无异于一处襟带四方的绝佳猎场，北出口地接广袤塞外，那就是狼群的一张任意饕餮的餐桌，南出口是黄河，滔滔河水昼夜不休，足够狼群饮用，哪怕是南北出口同时受阻，沟内还有毛细血管般纵横交错的支沟斜沟，身居食物链高端，狼群不愁生计。而这一切，当人居的城市呈爆发性扩张时，狼群的美好时代宣告结束。当我定居于狼沟之外的黄河边时，狼沟之狼已经成为依稀仿佛的传说。

过了不久，看见狼沟的沟口尘土飞扬，偶尔还伴随着一串串剧烈的爆炸声，一辆辆大卡车装载着渣土，从沟口呼啸而出，不知运往哪里。这样的情景延续了许多年，猜想不过是把紧缩的沟口扒拉得敞亮一些，把沟内稍微宽阔一些的地方，再拓宽一些，搞平整了，建一个什么设施。

在这期间，我把家搬到了别处，虽然离这里不远，但日常的生活圈子不在这里了，至于狼沟会变成什么眉眼儿，派做什么用场，也就不再关心了。

一个恍然就是二十年啊！

在过去的几年里，有一天实在无处可去，便想去兰州新区看看。兰州新区与主城区平均距离五六十公里，在兰州北山背后的一条平川里，兰州城区是一条东西向的夹着黄河而逶迤的城市，我住在城市西边偏西，有城铁，还有高速路通往机场和新区。机场和新区在一个方向。新区还在建设中，到处都很空旷，没有什么风景，但却适合在烦闷时期散心。道路宽阔，每一条道路都通向不可知的遥远，车辆稀少，把这里当成练车场也没事儿。走着走着，走进了一个宽阔的峡谷中，往前伸展的公路是八车道，刚开通不久的道路，来往车辆稀少，悄悄自得其乐一下，无异于在走专车道。公路两边都是人工植被，慢坡上是草坪，陡坡上是草木，灌溉设施正在运作，激情四射的水花喷溅在植物上，颇有"天青色等烟雨，而我在等你"的景致。

走着走着，我发现这是回城的方向。北山通往城区的几条路都走过，哪有这么一条满目都是陌生感的道路呢。反正是出门散心，原本也没有什么目标。直到走出沟口，看见城区时，才恍然惊觉：这就是狼沟啊！

兰州的南北二山都挺高的，不过，南山要比北山高出许多，我们还是去南山看看吧。

这就牵涉到了一个地名：七道梁。

七道梁隧道没有打通前，这里曾经让几代司机噩梦滔天，这是兰州的南大门，一条公路悬挂在一道漫长的黄土沟里，渐渐爬高，高入云端时，七道梁到了。不要轻易鄙薄这条公路，抗战最艰苦的岁月，这条公路被紧急打通了，向南越过甘肃的定西、临夏和甘南，接上川西高原，再连通大西南，来自大西北的抗战物资，通过这条公路源源不断地输送到许多战场。

在七道梁上，行车最困难之处，还不在于山高路陡弯急，而是雨雪天气。哪怕是盛夏，些许小雨，都可让路面结冰，冬春秋三季就更不用说了。大约二十年前，乘车从这条公路去过一趟甘南草原。后来七道梁隧道打通了，就不用从制高点走了。在这个春暖花开的季节，忽然又想再上一回七道梁制高点。原以为老路早废弃了，或被封闭了。都没有。陡峻的山坡上挤满了各种灌木和杂草，草木大多还没有返青，若干耐心不够好的草木，从枯树枯草的严密封锁中绽露出绿尖儿来，像初看世界的儿童一样，眼神怯怯的、懵懂的，却是一眼十里的那种向往。一盘一盘复一盘，几十年过去了，先前的观感已经荡然无存。再说了，那时候生存所迫，急着赶路，谁还顾得上看风景。制高点是一道不足百米的山脊，推开车门，罡风四起，衣衫迎风抖动，回环四顾，天更高，地更低，回望兰州城，一线黄河，贯穿西东，高楼大厦如孩童积木，横陈于黄河两岸。南望是洮河川地，河山纠纷，田园错杂，雾岚缭绕，一目苍茫。低头看，一条公路如飘带，这头搭在山顶，那头飘向了雾岚深处。即便是这样一块褊狭之地，依然保持着交通要道曾经的尊严。几间东倒西歪屋，两个年老沧桑人。过往车辆依然很多。一个男人身穿绿马甲，在路口转来转去。一位老太太坐在一堵残墙下，大概是晒太阳吧，阳光倒是明艳，只是被无尽的罡风吹散了温度，她入定似的坐在那里，好半天一动不动。一大群人不知从哪里突然涌出，男男女女，吵吵嚷嚷，打开手机，哗哗地拍着那几间破房子。他们大约就是人们常说的驴友吧。他们闹嚷了一会儿，又乌乌泱泱从向东的一条公路上走去。那是通往阿干镇的公路。阿干镇在一条大沟里面。阿干镇是煤矿，还生产陶瓷，老兰州常说，先有阿干镇，后有兰州城。不知这个说法准确与否，早先那是从东面进入兰州城的驿道，我走过几次，一条弯路，一道急流，两山夹峙，几十里地界，最宽处也不会超过一公里。而这条已经破败的窄沟，曾经却是兰州城的命脉，从南边来的货物，东西奔走的人，供应本地的燃料和日用器皿，磨面碾米的磨坊，还有保卫兰州安全的要塞，各种物事，将一条本来的荒沟塞得满满当当，而北面的沟口就是兰州的腹心地带七里河。

七道梁上向西那一条公路是奔着关山乡去的。关山乡属于临夏回族自治州永靖县管辖，永靖县的县城在刘家峡水库的岸边。我去过一趟关山乡，不是从七道梁这一路去的。说实话，此前，我不知道这一条路。那年的初夏吧，关山乡派了一名副乡长驾车来兰州接我，请我去给他们的干部讲一次课。我们是从兰州西边西固区上山的。不用说，山道很窄很陡，这位副乡长却能将桑塔纳开到在高速路上的速度，一道道悬崖绝壁从眼前晃过，有一种凌空飞翔的感觉。

到了山顶平坦处，我由衷说，你的车技真高啊。他笑说，这么好的路，咱不能耽搁时间啊。这都算是这么好的路，不好的路又是咋样呢。回程时，我见识到了另一条路。还是这位副乡长，还是他的这辆桑塔纳，那条路是野路、土路，到处都是洪水冲刷侵蚀的陷坑。他在这样的道路上，仍然可以飞车扬尘。我这人有个特点，自己不会开车，也从来不计较别人的车的好坏和车技高低，我有一个自律条款：自己不会做的事情，便也不去评价别人做得好坏。如此，对于车辆本身和开车的人，我更是怀有一个无比坚定的信念：你敢开，我就敢坐。也因此，几十年来，乘坐过无数品牌品级不同的车辆，包括大卡车和拖拉机，当然，也遇到不同技艺的驾驶人，有的车技高到不能再高，有的低到勉强能够上路。也真是天生的流浪汉，几十年来，去过无数偏僻崎岖的地方，危险倒是遭遇不少，却从来都是有惊无险。感谢苍天！返程所走的路，距离兰州更近，到了山根底，就是兰州市区了。

关山乡以种植百合成名，每个山坳里，只要有炕大一片耕地，都是百合产地。兰州百合天下有名，关山乡的百合也挂着兰州百合的名号，其实，大可不必计较这些，兰州百合主要产区在七里河区的山地上，这与关山乡属于同一片山地，只是行政区域划分，让外界的人听起来似乎不怎么搭界。在关山乡讲完课，我利用一会儿空闲，走访了一位百合种植大户。他已经六十多岁了，儿女都住在兰州，他本来可以什么都不做，却闲不住。他独自经营着十几亩农田，都种上了百合。兰州百合为什么品质优越，这与此地的特殊水土有关。土地不能太平整，也不能太陡峭，雨水不能太多，也不能太少，总之，百合是一种很难伺候的经济作物，因为难伺候，品质也格外优越。

说起来，天下哪有什么真正物美价廉的东西啊。这位大户将名下的土地分为四份儿，一年收一份儿种一份儿，四年一个轮回。百合以四年生的品质为优，四年生的又以独头百合最优。种植大户经营的百合，独头百合的比例很高，他毫不讳言他一年的收入，他不缺钱，他的人生就是百合人生。这里环境苦寒，与所有西部农村一样，年轻人几乎没有愿意以种地为生的，他们都去城里打工了，闯劲儿大的，去了南方，较为保守的，就近去了兰州。长相和脑子过得去的女青年，都去了城市，不愿嫁给本地男青年，要嫁，也得满足她们的最低条件。一个是，顶不济也得在兰州西固区有一套房子，一个是，好歹得有一部轿车。也有满足不了这两项最低条件的男青年，每个村庄都有许多这样的男青年，都变成男中年了以后，眼看成了终身的光棍汉。乡领导苦笑着说，他帮扶的村庄有十多名光棍汉，他最发愁的就是这些人，怎么帮怎么扶，都解决不了根本问题，生活没有动力嘛。他知道，唯一能让他们重获生活信心的，就是给他们解决婚姻问题，可是，这事儿不好解决啊。他举例说，每年收获百合时，各村各家都急需劳动力，每个劳动力日工资也在一百元以上，主人家还要管两顿饭，都是村邻，知根知底，除了自身的体力成本，工资都是净收入。可是，他们宁愿睡懒觉，等着国家救济，也不愿劳动。只有当哪个单身妇女叫帮忙时，他们才会一跃而起，干劲那个足啊，还不要工钱。年轻的乡领导叹口气说，这就是人性啊！

　　站在山下看山，兰州周围的山都像一堵堵严整高耸的土墙，堵住了人的来去的路，也断了贼路。爬上山顶俯瞰，大地如一锅摔碎了的黄面馒头，众山嵯峨，杂乱无章，而且，了无生机。任意从一条看似没有缝隙，走到跟前，又有没牙老汉嘴巴一般的豁口钻进去，拐一个弯，又拐一个弯，拐着拐着，突然就会有一个村庄挡在眼前，好似谁凌空摔下一地泥巴。大多农舍都是土墙，还有不少农舍是用黄泥苫顶，即便是砖墙瓦顶，那砖那瓦也是多用当地泥土烧制，黄茫茫一片。这样的村庄大多都是镶嵌于黄土群山中的盆地，大大小小的，站在高处看，真的如一个个黄泥质地的瓦盆。马家窑有彩陶，也有无彩的黄泥器皿，盆儿罐儿钵儿碗儿的，要有尽有。如果一定要套用源于生活高于生活的艺术创作原理，那么，以先民们的眼界，便是将眼中所见，照搬照套，艺术地呈现于日常生活用品了。而彩陶呢，不了解当地实际情况的人，乍然来到这样一块地方，当即便被吓住了，山头无草木，河沟无流水，天苍苍，地茫茫，实在不是活人的地方啊。继而那些随身带着同情心悲悯心的人，不用做什么情绪酝酿，当下便会悲天悯人起来，更有那些怀有优越感的人，此时会暗中拊膺称庆，老天开眼，幸亏不是自己生活在这里。

其实，都是多虑了，也多情了。这些地方的人格外安土重迁，哪怕远行千里万里，一颗心始终都在家里。盆地间那一片片耕地，就是他们一代代人的生命依赖和情感所托，他们为养护土地所付出的血汗，足以感天动地。而屋舍周围，他们一定会栽种上梨树桃树杏树之类的果树，春天到来，一村繁花，夏秋季节，果香盈野。还是套用源于生活高于生活的艺术创作原理，各种色彩绚丽的彩陶图案，难道没有受到过日常生活的启示？

说起兰州北山地带居民对于土地的倾情付出，不得不说说压砂田了。

给农田里铺上一层卵石，当然是为了保墒。如今，这种农业技术不仅分布在兰州以北地区，甘肃的白银，宁夏的中宁中卫都有，统称压砂田。这一片地区，土地广阔，却干旱少雨，难得的一场降雨，雨过天晴，不一会儿雨水就让炽烈如火的阳光蒸发干净了。大地需要雨水的滋润，天空同样需要，而天空对雨水的吸附能力似乎比大地更为强大，在天与地对雨水的争夺战中，人往往成为弱者。黄河从这片土地上恣肆而过，但黄河并不打算主动滋养这片土地，黄河以深邃陡峭的河岸，对这片土地保持着面目狰狞的警惕。黄河不会主动奉献出一滴水，相反，黄河大张着千沟万岔，将所有因雨水而产生的大小洪流一并吸附，给大地涓滴不留。看看密布于黄河两岸的泄洪道吧，每一条泄洪道也许多少年没有见过水了，但它们失血的大嘴永远是大张的，水路永远是通畅的，以便于在第一时间，让自天而下的雨水尽数汇入黄河。

天有天的定律，地有地的公理，人有人的解题方法，而人最终做出的答卷，也许正好弥合了天地人之间的裂隙。在漫长的生存战争中，人在天地之缺中，发现的是天地之大爱，所谓雷霆雨露，俱是天恩，山川险阻，各含地利。

勇于并善于向天低头，恰恰是人的聪明和伟大之处，黄河在流经异常干旱少雨地带时，为了尽量多地吸附两岸的地表水，为了尽量不使自身干流受到损耗，便下死力深切河床，河水流经之地，两岸荒山高可摩天，河谷又如谁给大地做的身体切割手术，三生三世，相望而不相及，也让沿河大多地区，在旷远的岁月烟尘中，日夜听着黄河的涛声，却吃不到、用不到黄河水。人们还是想出了办法，在河岸相对平坦开阔之地，架起水车，让流水的冲击力带动水轮，用黄河水浇灌岸边干涸的土地，使得许多河滩地带，成为农业时代文明的汇聚点。而更为宽广的河岸地带，并不具备架设水车的条件，怎么办呢，生而为人，总是要活下去的，砂石是农田的大敌，只有清除干净了才可耕种，化敌为友，而这正是人的智慧伟大之处。在农业生产实践中，人们逐渐发现，砂石竟然有保墒的作用。同处一块田地，被砂石严密覆盖的部分，揭开砂石，土壤湿润，反之，则是沙土横陈，迎风飞扬。原来，砂石透水，将有限的雨水迅速吸附于砂石下面，雨后天晴，阳光像是千万支吸管，将刚才所降雨水一扫而空，但砂石却是一层阳光无法很快穿透的甲胄，将雨水保存起来。

　　发现了自然界的一种秘密，就像得到了一部武功秘籍，与获取秘籍要旨之间，还隔着一条不可轻易涉越的黄河。遍地砂石，但并不是所有的砂石都可用来覆压农田，必须是那种纯粹的鸡蛋麻雀蛋鹌鹑蛋大小的石子颗粒，这种颗粒透气性强，不至于将粮食种子憋死在石子之下，又有相当的覆盖面，隐藏于下面的水分，不至于被阳光很快吸附。现如今，沿着穿越兰州北山的不同等级公路行驶，可以看见两边黄土悬崖有许多洞窟，烂眼圈似的，在徜徉着来回飞驰的车辆。那不是别的，那就是旧时代的农人们掏取砂石的遗迹。在人力时代，人们找到可用的砂石层，用镢头掏出来，又用扁担箩筐，一趟趟运送到宜稼田地，往返一趟，往往在几里，乃至十几里开外。覆盖一亩地的砂石，用量都在数十吨，将自家田地覆盖一遍，需要整整一代人春夏秋冬夜以继日地不懈努力，而完成这样的工作量，再强壮的身体，基本上都废了。砂石也会退化的，给农田压一层砂石，二三十年后就不能再用了，需要将原来的砂石清理干净，换上新的砂石，如此周而复始。所以，耕种压砂田的人们都有一个说法：累死老子，养肥儿子，瘦了孙子。到了孙子这一辈，砂石退化，就该换新的砂石了，也就意味着，来自爷爷的阴德到头了，该着自己为下一代累死了。

累是累，谁活着都是一场累，不是这样的累，就是那样的累，只要心中的希望之火不灭，腰杆上的力量，今天用尽了，睡一觉，又有了，这一代人的力气耗尽了，下一代人的腰杆又硬了。

从兰州北山地带的无论哪个豁口出来，黄河都会迎面挡住去路。在市区的著名景观中山桥建成以前漫长的"有史以来"和更为漫长的史前时期，黄河从来都是一道天堑，河南河北隔河相望，乃至可以隔河聊天对歌，却是相望不相及，除非在冬天河水封冻期间。一条河，隔出不同族群，隔出两个敌对国家的情况，在兰州的历史上出现过不止一次。一百多年前，第一座黄河大桥建成后，黄河不再是将兰州阻断为南北两部分的天堑，而在近几十年间，兰州市区又建造了许多黄河大桥，隔一段路就是一座大桥。也就是说，从北山出来，穿过牛肉面一样窄狭的市区，就到南山根底了。爬上南山，下了山，就是洮河流域了。

无数次翻过兰州南山，来到洮河边。这个春天，我又来了，我要去洮河入黄河处的唐汪川峡谷去看看。

在洮河拐弯处，通往唐汪川的道路断了，看来是公路施工，要修新路，旧路就被断绝了，并没有按照规矩留出通行便道。下午返回时，还是不死心，心想都什么时代了，怎么可以这样搞呢。距离早上被阻截的路段还很远时，公路在一个村庄的一户人家门前又宣告不通了。这户人家正在建房，建材和车辆堵死了路面，一个中年男人上前两步说，你们另走别的路吧，前面正在修路，这条路都断了两个月了。

他说的正是洮河拐弯处。

看来，修路可以堵路，建房可以堵路，已经是这里的普遍做法。一个月前，要去距离这里不远处的一个村庄考察，好不容易爬上一条曲里拐弯刚够一车宽窄的陡峻乡道，"坦克"车已累得呼呼喘气，村口不远处一户人家正在建房，一边是悬崖，另一边还是悬崖，进出一条道，路上堆满各种建材，道路完全被堵死了，看来，要想进村，得等这栋房屋竣工了。心中还是有些疑虑，难道这个村庄没有车辆进出吗？在远处的山头，一边看风景，一边观察这个村庄，好半天确实无一车一人进出，鸡鸣狗吠声一概没有。

到处都是沉寂如死亡的村庄，而这样的村庄大多都有刚刚建成的新房和正在建造的房屋。

谁住呢？

看来汽车导航也看见这条道路被堵死了，在它的指引下，离开洮河峡谷，转出去很远，明明是一条只可行走小型农用车的乡村便道，导航语音却不断提示：走这里，走这里！那么，就从这里走吧。

乡道本来又窄又陡，村民们却紧贴着通道修建房屋，这家伸出来一个墙角，那家挺出来一根椽头，要在这样的八卦阵里不磕不碰，把车开过去，必须要有一流车技。我也懂得，这会儿村庄寂静如远古，只要车身刮擦到任何一堵墙上，哪怕是残垣断壁，立即会有很多人从各个院门里围拢上来，哪怕是走路颤颤巍巍颠三倒四的老大爷老大娘，此时便战斗力超强，而且，也不敢跟他们辩解，徒生烦恼。

不会开车的我，乘坐过无数的车，中土西土生产的大车小车，东南西北中的大路小路，东南西北中的男司机女司机，很幸运，在每一趟旅程中，每一位司机的每一台车，都没有出过什么事故。这是我的幸运，这是上天在眷顾我这个不会开车的时代弃儿。

这次也一样，一路有惊无险，战战兢兢穿过这个凶险暗藏的小村庄。出了村庄，山路更窄更陡，一个胳膊肘连着一个胳膊肘，每个胳膊肘都是拳头紧握要直通通挥拳的那种，一边是垂直向下的悬崖，一边是立正稍息的悬崖，万一对面来车来人怎么躲开呢。怕什么来什么，还真的迎面来了一辆轿车，待到彼此看见，两个车头都是对座晤谈的姿势了。双方倒车倒车，终于找到一个拐角，勉强错开。农田挂在山坡上，乡道宽窄的农田里，铺盖着白色的塑料薄膜，像是宾馆在晾晒床上用品。山路越来越陡，车身几乎要站直了，而眼前却是一道悬崖，笔直无坡度的那种，垂直高度约有二三百米。悬崖上挂满了水管，一根与一根有一米左右间隔，悬崖根底一片篮球场大小的平地上，有一座小小的泵房，显然水是从沟底的某处抽上来，再继续往高处接引。

终于绕上了悬崖，悬崖顶端是一片平台，直戳戳从更高的山体上伸出来，像是一个坐着的人伸出来的一条腿。就是一条腿，一条山腿，这边是悬崖，那边依旧是悬崖，直戳戳，孤零零的一条腿。费这么大的事引水上来干嘛呢。停车踏勘，这条山腿大概有二三百米长短，六七十米宽窄，山腿膝盖部位已经挖出一方大坑，坑里铺着塑料布，有半坑清水，旁边攒聚着一堆杨树苗，显然是要在这里植树的。

身后是一座更高的山头，飘荡着一条白丝线一样的道路，风从悬崖两边卷上来，山腿也有了迎风抖动的阵势。往远处看，沟壑纵横，一地乱麻，每片山坡上都挂着大大小小的农田，农田里都铺着塑料薄膜，就更像是一家宽广无边际的宾馆，正在晾晒床上用品了。

洮河在这里拐一个弯要去哪里呢，她要去投奔黄河，距离黄河不远了，却是颇为艰难的一段路程。这是两条河流的殊途同归，她们都源自青藏高原，黄河从青藏高原的腹地出发，洮河从青藏高原的边缘地带出发，再各自分头跳下青藏高原，在青藏高原与黄土高原的接壤地带，幸会幸会，相携而行。与其说是她们从一个高原来到了另一高原，毋宁说是她们区分了两大高原。在这两大高原和两河交会地带，远古的生物留下了无数的遗迹，恐龙蹄印，各种古脊椎动物化石，全须全尾的动物化石都不鲜见。而在曙光初照人类文明的时代，黄河东岸的马家窑、半山、齐家，等等，黄河西岸的喇家、朱家寨、卡约，等等，都听从二十世纪人类对文明之根的呼唤，一一破土而出，自负到刚愎自用程度的现代人大惊失色，她们一梦几千年，而我们虽然每天睁大着寻寻觅觅的眼睛，却为自己眼下的些许成就而老眼昏花。在这个以黄河为主线，以河东的洮河、河西的湟水为辅线，支撑起来的黄河大拐弯地区，我曾在牛羊满山的季节，山花烂漫的季节，秋实累累的季节，冰雪覆盖的季节，反复行走许多遍，不为了任何事情，不为了写文章，甚至不为了求知，不为了任何“为了”，仅仅是行走的愿望驱动着行走的脚步。想想在人类还没有发育为人的时代，这里是多么繁荣，鸟飞不下，兽铤亡群，而在人类文明肇兴时代，这里的先民在地阔天长中，河冰夜渡，掘地为炉，伐薪为火，团泥为器，一件件斑斓彩陶，撕裂当时的混沌世界，开启了万世荣光。马家窑在洮河边的半山台地上，背靠高山，俯瞰洮河，进可取洮河水利，退可避洮河水害的一左一右两条深沟，背后又是绵绵大山，炭薪不绝，河水长流，直到距离现在很近的年代，这里仍然是绿水青山，田园扰攘。我有意去了一趟马家窑的后山，本是为现代交通工具而新修的盘山道，又好像是有意拒绝现代交通工具的通行，也确实，无数企图一探古人生活究竟的人，只能熄灭那颗访古探幽之心，回到当下的扰攘红尘中去。马家窑的后山仍然是山，一山连一山，每一道山缝里，田园连片，屋宇参差，虽不闻鸡犬的喧嚣之声，分明的却是一方烟火人生。有人就会有路，一条条乡道将一座座大大小小的村庄串联在一起，从马家窑后山的黄土沟里，七转八拐，总能重回马家窑。因为这里所有小河沟里的流水，只有一个流向，就是洮河，而马家窑就在洮河边。

这是所有山地的机密，跟着流水的方向永远不会迷路，人类最初的通道都是流水开辟的，人顺水而行，傍水而居，因水而活，借水而兴。马家窑的先民们，为后世的人勾画出了生存的蓝图。

晓行夜记十四章

一

给每一朵花起一个芬芳的名字，给每一条河流起一个走向远方的名字，给每一块石头起一个坚挺冷峻的名字，让每一个男人担当起父亲的责任，让每一个女人在袅袅炊烟下笑容灿烂，世界因此成为我们每个人安放灵魂的墓地。

二

艰难困苦的人生，常常让人不忍回望，每每地回望，犹如重吃一遍苦再受一茬罪。可是，幸福愉快的人生呢，又让人无可回望，所有的记忆都会发生重叠，十种百种痛苦感，一种感受与另一种感受，性质不一样，不能互相取代，也不能叠加，就像被火烧和被刀砍，各有各的判然有别的痛苦感受。而十种百种幸福感加在一起，其实只是一种幸福感，说了半天，不就是一种愉悦感自得感。

难怪老托说，幸福的家庭都是相似的，不幸的家庭各有各的不幸。

每个人都有难以见人的部分，为什么会难以见人？是因为这是独属个人的机密，也就是通常说的隐私吧。为什么隐私需要"隐"，也可以"隐"得住？从物性层面说，每个人都占据着一片或大或小的物理空间，这个空间，有时候真的是风可进雨可进国王不可进，其实，家人亲属也未必可以随便进。更具有排他性的是心灵空间，一个人心里到底在想什么，其实只有本人知道，别人，任何别人，所谓知道，所谓知己知情者，只不过是自封自许，或误以为。哪怕是夫妻，对方身体的隐秘处哪怕有一个并不引人注目的特征，天底下知道的人，也许只有夫妻两个，或者极其有限的医生。即便这样，夫妻也不能坦然宣称，知道对方心里在想什么。心中的隐私，本人如果不说，真的也只有天知地知我知了，别的任何一个"你"，都无知道的可能。哪怕是多么高明的心理学家，对一个人心理的认知，也不过是一种貌似有理有据的推断，但与科学实验的结果，还存在着带有本质意义上的距离。

三

翻过每一座山垭口，不仅是看书时翻过了一页书，而是手头的那本书看完了，换上了一本新书。这本新书里写的是什么，事先有所听闻，但所得信息杂乱，意见不一。有人说，书中平淡无奇，无甚看头。有人说，书中文字佶屈聱牙，略无阅读愉悦。更有人说，此书中，毒草满纸，尽是邪说，为自身清洁安全，还是不要涉足为好。

在人生旅程中，让人视为畏途，因此裹足不前，或索性改弦易辙者，往往来自前行者所贡献的资讯和经验，而这常常又让后继者无所适从。完全无视前人鼓励或告诫的人，幸而闯关成功者，被人无限拔高，什么破除成见啦，什么勇敢无畏啦，自己被夸赞得有些无地自容了。不幸崴脚跌跤，甚至断腿送命者，本来自作自受，不以成败论英雄，但，身体的伤痛倒是其次，什么一意孤行啦，什么不自量力啦，等等难听话，刀不杀人尚可用来切菜剁肉，而恶语伤人，虽不见血肉横飞，却是死尸塞路。

当此进退维谷之际，对行路者的终极考验才真正开始了。在漫漫长路上，个人的体力、意志品质，以及运气，等等元素，其实并不是决定性条件，决定一个人愿不愿舍弃优渥生活，断然走出家门，敢不敢踏上危机丛生的旅途，能不能到达自己预订的目的地，对行路者的终极考验，并非在旅途之中，而在于起步之时。全部考卷的最难试题，集中在应考者是否真的具有自主精神。

贫寒与无耻往往是孪生子，穷生奸计，要活下去便得想办法，想一切办法，用一切办法，命比天大，命比理大，命比情大，命比法大。还有：命比命大。意思是说，自己的命比别人的命大。

人不曾陷于极限之境，便会生出高蹈之心，说出高迈之语，无须断然怀疑，其心之所系，口之所言，并非出自真诚。相反，我们应该坚信，其心精诚，其言铿锵。更无须与其争辩，争辩因立场相左观点互违而生，其人所怀之心是无法验证的，其所持之论却是表述分明的，对此而质疑，无异于陷人于说假话之不义。反观自己，所持之论不乏堂皇正大，前提却是猜测和武断，以无法验证之论反驳另一无法验证之论，从头到尾何止是荒谬。

只有一法，让论辩双方都处在极限境地，此时，所作所为所言，方可作为人性优劣之证据。

要求一个衣不遮体的穷汉举止高雅，要求一个食不果腹的饥者彬彬有礼，绝不是自己有多高贵的象征，恰恰是自己已经堕入毫无廉耻境地的铁证。

四

所有人的活着只不过是向死而生。人活着的真正悲剧在于，明知道每个人最终都要以死亡作为悲剧的结局，却都还在竭尽全力地无比悲壮地活着。

喜欢欣赏悲剧的人，只不过是在自己还活着的时候，通过剧情虚拟他人的悲剧，来舒缓和抵消对自己未来命运的恐惧感。就是说，在自己还活得好好的时候，便提前在理解死亡、练习死亡，并习惯死亡，试图让自己在死亡真正到来之后，坦然地握住死神的手说，你丫到底还是来了哈！

那些沉浸在喜剧中的人，除了那些从不思考活着的真相，以及死亡的不期而至的人，单纯意义上的喜剧热衷者，他们的人生理念也许更接近生命的本质，这就是：活着为王，快乐至上。

当年研读神学家云格尔关于死亡的学说时，那可真是有着开天辟地君真健，一语惊醒傻少年的强大震撼力。

少年时，经常见到一些老者在互相开那种让人有些惊心动魄的玩笑。说是老者，那是少年眼中的老者，少年眼中的人，哪怕只是比自己年长十岁，都是老者了。按实际年龄算，充其量只是人到半百，在那些不知老之将至者那里，还可以自称男生女生呢。他们开的什么玩笑呢，甲乙偶尔见面，甲对乙说，什么时候吃你的床子面啊，都快急死老子了。乙说，先吃你的床子面吧，不吃你的床子面，老子死不甘心嘛！

床子面是什么东东？我们那里婚丧嫁娶招呼客人的食物，在没有正式开席前，给院子里支起几口大锅，一帮精壮小伙子手把床子，往大锅里压面。客人不断，锅里的面不断，尽管吃，只要你能吃，哪怕缺粮，今天不丢人。有些地方把这种面条叫饸饹面，差不多我们都叫床子面。

丧事上也吃床子面，老者们所开的玩笑，直译就是一句大白话：你咋还不死啊，你不死，把我都快急死了哈。

听听啊，什么仇什么怨，直让人如此不共戴天。其实，能开这种玩笑的人，都是好朋友，稍有嫌隙是不具备消费这种玩笑资质的。

说话体面的人，互相的祝福语大多都是，祝你万寿无疆，福如东海，寿比南山，青春永驻，踏遍青山人不老，千岁万岁老不死。

各走极端，许多极端话语，其实际含义大约都会在话语的那一头握手言欢，真实所指，都是同一意思，都是互相祝福。

福寿永年的愿望无比美好，大地上的坟头却与日俱增，一个脱口秀演员说，别看我眼下一无所有，我也曾经有过一掷千金的日子，那是给我爷爷上坟的时候。

词曰：

> 山南山北雪晴，
> 千里万里月明。
> 明月，明月，
> 胡笳一声愁绝。

五

每个春天似乎都是一种重复，乍暖还寒，不甘退场的寒冬，行行顿顿的春风，复苏的挣扎，希望的召唤，一切都在告诫人们：这个季节不简单。

与春天相比，夏天和冬天显得比较单纯，或者简单。冷就是冷，冷起来，满天风雪，大地冰封，千山鸟飞绝，万径人踪灭。所有的生灵需要倾尽生命之力对付的只有一个敌人：寒冷。夏天其实也一样，无非就是热。冬天无衣又无火，等于一只脚已经踏进了地狱之门，而逃过夏天之劫的暗道比冬天要多许多。无非就是热。大树下，岩洞里，哪怕随手揪一把青草盖在头顶，或者跳进水里，也都可暂时熬过阳光的轰炸。万一断炊呢，让自己暂时返祖吧，大地上的生鲜野果，足以让你对付几天赢得生命的转机。

如果一定要为一年四季分出优劣等次，还是秋天最好。

六

天的枯草在等待一把火，如同人类要甩掉棉衣，轻装踏上生存的战场。如同兽类要脱毛，卸下寒冬的累赘，顺便连同寄生于毛皮的若干病菌和芜杂。然而，野草却失去了这份自由。哪怕是天火，人类都要以保护的名义，即使付出生命的代价，都要去扑灭。如果是人为放火为野草减负去疾，那是要被法律追究责任的。野草被精心呵护起来，犹如被圈养的野兽，自我防卫自我修复的本能逐渐退化，身在自然，而本身的自然属性却损失殆尽。

人真的能包办一切吗？

七

每一朵自由开放的花都是一尊自我圆满的神，每一声根源于生命本能的鸟鸣，叩响的都是一扇天国之门。不要以为枪炮的轰鸣可以覆盖嫩草的呻吟，你不妨看看，当枪炮的碎片成为废铜烂铁时，嫩草却在随风婀娜。

八

大地上的主人如风中鸟雀，去留不定，唯有大地永在。

九

原野上的花朵肆意地挥洒着芳香，在空寂无人处颂扬着一种古老的美德。而在人烟扰攘的城区，也是有花的，花儿也是有香气的。可是，所有的花都被挤压到偏狭阴暗之地，花儿倾尽古老的忠诚喷吐出来的芳香，也被各种混杂的气味所覆盖。油气燃烧的气味，厨余垃圾的气味，男人沉闷的脚汗味，女人尖锐的香水味，还有从每一个人身体上口腔里，以及灵魂深处，决堤一般溃散而出的毫不掩饰的欲望味儿。

这一切让每个人都感到窒息，但却每时每刻都在争相吞吐着这种不良气味。每个人都坚定地认为，这种不良气味每时每刻都在戕害着生命，自己的生命，他人的生命，所有拥有生命的生命。可是，每个人却都希望，别人少吞进一些，少吐出一些，唯独自己是个例外，不惜撑死也要吞进，不惜伤天害命，也要畅意排泄。

十

曾经有一个黄昏，晚饭后，百无聊赖，独自溜达到黄河边。正是夏秋之交，一川黄水，背负最后一抹夕阳，滔滔东去。每次到黄河边，我都下意识要点燃一根烟。那天，在往常摸出打火机的地方居然摸出了一盒火柴。不抽烟的人可能体会不到使用打火机和火柴点烟的区别。究竟是什么区别呢，那是一种无法区别的区别。点着烟后，看见一缕烟雾遁入微风深处，手中的半截火柴还在燃烧，微风吹偏的火苗，像是风中的一根红色草叶。那一霎，我的心底忽然涌上一丝我见犹怜的酸腐。但我明白，火苗很快会熄灭的，如同漂浮在河水上的一抹夕阳，都会被时间之风吹进夜色中。在火苗熄灭的那一瞬间，一个类似于诗句的念头差点脱口而出：我想用一根火柴点燃黄河。

十一

在这个世界上，在每个人的一生中，无论谁，没见过的人总是比见过的人要多，没去过的地方总是比去过的地方要多，没吃过的饭总是比吃过的要多，没有读过的书总是比读过的要多。

哪怕是在自己家里，住了一辈子的老屋，也是去过的地方比没有去过的地方要少。你看看，墙壁上，天花板上，印满了苍蝇蚊子的足迹，你却只能望苍蝇蚊子而兴叹。屋顶上，风儿天天去，雨儿年年去，鸟儿时而去，落叶偶尔去，你只能眼看着它们来来去去。

我们每个人的一生，只是在有限的时间，在有限的地方，做了一点点微不足道的极其有限的事情。

宋朝有一个叫张抡的，抡出来一首词牌为"西江月"的词：

有限光阴过隙，无情日月飞梭。春花秋
月暗消磨。一岁相看又过。

逢酒须成痛饮，临风莫厌高歌。虚名微利
两如何。识破方知恁么。

十二

无论男女，好人和坏人的终极区别是，好人：贪财好色，一身正气；坏人：贪财好色，一肚坏水。

十三

一刀秋风，万物成谶。

滞留于梢头的枯叶，终于耗尽了最后精气，被这一刀秋风斩落于地。出自泥土，借着泥土的扶助，在枝头炫耀许久了，她们深知，与所有母性一样，泥土的乳汁并非无限，哺育与反哺从来都需要双向奔赴。如今归于泥土，也算是一种良善的象征吧。莫把残花不当花，残花依然是花，花的宿命从来都是美丽而短暂。也许，正因为美丽而短暂，正因为短暂而美丽。蓓蕾孕育，盛开怒放，色衰凋谢，只要名列花谱，只要获得花的名号，每一个步骤，都是无花不美。哪怕是凋谢时分，正如那迟暮美人，即便是最后的告别，也是夕阳无限好的惊鸿一瞥。

十四

从山的豁口进入山里面，才懂得什么是山。山其实和人一样，有皮毛，有骨肉，有脏腑，有血液。我偶尔走进的这一条荒沟，就是兰州北山的一根肠子。离开黄河边不到百米，看见一个路口，试着拐进去，就是沟口了。如果不是住在附近的人，这样的路口轻易是不敢进去的。一条低沉沉的隧道，路面是大卡车碾压出的破碎壕沟，没有路灯，什么也看不见。摸索走出百米远近，忽然斜刺里透出亮光来。原来这是一个在中间拐弯的隧道，弯子接近直角，同时挡住了两个洞口的光线。

出了隧道是土路，那种洪水反复刮擦过的路面。左边望去是荒山，右边望去是荒山，荒山坡上是人工修造的梯田。大多的梯田仅有一尺宽窄，最宽的梯田也不会超过一米。我说这话是什么意思呢，是说山坡之陡峭。梯田里栽种着各种植物，树，或者草。兰州人为了绿化荒山，那真是下了老本的。我在另一座荒山坡上，多次修过梯田，种过草木，我知道其中的不易。

这条荒沟里，沟底是平整的，甚至算得上宽阔，十几里深浅，一二里宽阔。看样子原来是有居民的，居民不知因为什么原因，在何年何月搬走了，集体搬走了，留下的一片片枣树林没有经过修剪，争相将枝叶野蛮伸展。没有屋舍，屋舍的遗迹都没有，像是这里从来没有过居民。山根的崖壁间或有那么一孔两孔坍塌的窑洞，我知道这种土质的窑洞是绝对不能住人的，太危险了。我从小在窑洞里长大，我知道。这里可能是挖过沙子，或者堆放过柴草，多年不用就坍塌了。老话说，人是窑洞的楦头，窑洞和砖瓦房一样，断了烟火气，精气神也很快会断的。

这是一条南北向的荒沟，东边的山根下有一片坟地，此时夕阳西照，明丽的阳光笼罩着，虽是寒冬，阳光却播撒着春天的温暖。两只喜鹊鸣叫着，一前一后，分别落在两座墓碑上，啾呀啾呀，不知在说些什么。

岁月风尘怯

农历二月底，吹过河西走廊的风还是急急忙忙的那种，风头上仍然安装着利刃，从身边经过时，并不是人们形容的春风拂面，而是在脸上手背上一刀刀划过。这种风携带着满满的流氓气，无论谁身穿的衣服，只要有一丝一毫缝隙，它们都会稳准狠地实施突袭，给人造成一个个突如其来的寒颤和惊悸。在这样寒意流荡的天地中，阳光还谈不上什么春光明媚，总是被一层浮云缭绕着，又被一层浮尘混沌着，阳光便显得暧昧而颓丧。大地上呢，树木看起来比冬天要清爽一些，鲜亮一些，但还没有达到远看有近看无的程度，只是冬天的那种枯焦色铁灰色淡了些许，摆出了要活过来的姿势。也因此，大地一片苍白，原有的沙漠戈壁在颓丧而暧昧的阳光之下，雾岚一样的浮尘在四处游荡着，贴着地皮，既不升空为扬沙，又不落地为尘埃，甚至好半天一动不动，悬浮在固定的地方，与大地怅然对望着。

这是一片古墓群，大约埋葬着汉朝时某个人物的家族成员。有些年代了啊！确实有些年代了。盗墓贼的盗掘也有些年代了。考古发掘也有些年代了。不远处逶迤一线的明长城也有些年代了。近处的一个小村庄拙朴孤傲，看起来也有些年代了。一切都在表明，这是一片有些年代的地方。

所谓古墓群也就是留下了几个沙土堆，若非历代盗墓贼的不懈光顾，一般人是绝难分辨出来的，埋葬着古人的沙土堆与风沙堆积起来的沙土堆究竟有些什么样的区别。按照流行的风水理论，这不是一块可以埋人的地方，极目四望，天地的尽头都是一派漠漠平沙，已故之人四面都无依无靠，真个是孤零零的天地飘浮者。这是无可奈何的事情。不过，也用不着为古人过度伤感，虽然前不见古人，后来者却是摩肩接踵。也许，后来者比较迷信前行者的风水眼光，纷纷将古人的安息之地当成自己的墓园，一座座新的坟头排列开来，为平旷无际的沙地平添了无数的高度，或障碍。

想想也是的，如今的一座号称有着千年建城史的城市，在城区的每一块土地上，房屋建了毁，毁了又建，不知经过了多少轮次，无数考古现场就是在为新建筑打造地基时重见天日的，而那些旧遗址之上覆盖着好多米厚的黄土，大多并非人为掩埋，仅仅只是岁月尘埃的堆积。阳宅如此，阴宅的遭遇何尝不是如此呢，有的阴宅上面摞着阳宅，中间只隔着一层薄土。新的阳宅或阴宅，也许对这块土地先前的情况不知情，其实，知情又怎样，古书在代代传抄、新刊，古人的血脉在繁衍流转，每一片土地都是古今叠加，每一段历史都是新旧转换，每一个人的身上都奔流着古人的血液。

在我离开河西走廊的第二天，一场颠倒乾坤的沙尘暴袭击了整个走廊。从人们发布的图片视频看，天地浑然一体，仿佛无数座沙丘顶天立地，填塞了天地间原有的空隙。沙尘暴与我昨日行走的路线具有很高的重合度，都是穿过走廊，翻越乌鞘岭，在兰州上空遮天蔽日。区别只在于，沙尘暴行走的速度比汽车要慢许多。在我离开河西走廊的第二天中午，位于河西走廊西半边的人们开始发图片视频，晒沙尘暴的景观，一路逐次向东，向我靠近。晚上十点左右，朋友聚会结束，出了酒店大门，冷风将大街上的设施刮擦得嘎吱嘎吱乱响。夜色满天，街灯昏暗，看不清是干净的风，还是那种携带沙尘的风。一夜西北风，早上凭窗望去，天空的沙尘满满当当，好似一个容器，马上要被撑破的样子，近在眼前的街区楼宇，影影绰绰，依稀仿佛。我推断，我还在河西走廊的荒漠原野上溜达时，沙尘暴已经在罗布泊整装待发，正在听候全线出击的号令，在我动身返程的同时，沙尘暴也已擂响进军的战鼓了。

想起前几年与沙尘暴的一场赛跑。那是一个冬天的黄昏，我与朋友在敦煌雷音寺喝茶，在这个宏敞的寺院里，大家为我烹茶送行。那会儿，风刀已经变得刚劲凌厉，寺院廊下的风铃发出一阵阵破碎音，墙头上各色旗帜的旗面被寒风撑得平直，像是布店里摆在柜台上的布匹。快到火车启动的时间点了，出了寺院大门，还没有到天黑时分，天却黑了。向西瞭望，太阳落山的地方，也就是阳关和罗布泊方向，平添了一座将天地连成一体的大山。山体是黑云色的，不像别的大山，再大约山总是有山阙的，风在山阙里穿梭，山阙里有亮光的流动，这种黑云一样的大山是没有任何空隙的，就像我们见过的那种黑云压城的阵势。大山挤压着空气，风速在加快，我坐在朋友的轿车里，感觉像是一叶扁舟在浪奔浪涌的江河湖海里飘荡。

天黑发车，天亮到兰州，原想着，这样横霸的沙尘暴，一定会击穿两千里的河西走廊，兰州城早已一地狼藉。出了火车站，兰州却一眼碧空，一街清亮，人车熙攘，满眼日常。在出租车上翻看手机时，河西走廊中部地区的人们，正在发布沙尘暴的图片视频，那阵势正是昨日黄昏所见。这是怎么回事呢，难道沙尘暴东行千里以后，走不动了，或不愿走了？其实，沙尘暴并没有停下野蛮扩张的脚步。中午时分，走廊东段的人们开始晒沙尘暴的图片视频了，依然是黑云压城的气势。直到黄昏时分，兰州上空才黑雾缭绕，不过，比起昨日黄昏所见，沙尘如远行的旅人，已经精疲力尽了。不用说，这要归功于横刀立马，阻断东西通道的乌鞘岭。而从此，我知道了，无论多么浩荡的沙尘暴，其行进速度是赶不上火车的，哪怕只是绿皮火车。

沙尘暴赶不上火车，同样赶不上汽车。古墓群的旁边是一个村庄，土地面积广阔，但人口较少的村庄，比我见过的所有大平原都辽阔，都平坦，要不是大地有弯度，有碍眼之物，不知道会一眼望去多远。我知道，往西是祁连山，这里看不见祁连山，目光的尽头是平原；往南是祁连山的余脉乌鞘岭，可是，望穿平原依然是平原；往北，往东，都是腾格里沙漠，这是一片横跨三个省份地界的沙漠，站在平地上将目光穿越沙漠，就像隔海相望一样，望见的只能是海水。地广人稀，全在于这里已经是绿洲的尽头，灌溉渠是有的，却不能保证水渠里有足够的水。地处绿洲边缘的村庄，在渠水水量充足的年份，灌溉不存在问题，如果本年度雪山的雪水供给太少，渠水流不到这里已经枯竭，那也是没有办法的事情。所以，一眼望不到边的平地，都是一眼望不到边的荒地。散落于平地上的一个很小的村庄，大块的荒地中，间杂着小块的耕地。这里大约以种植牧草为业，去年没有卖完的牧草，城墙一样码在平阔的沙滩上，我试图抽出一撮牧草，与在城墙上抽出一块砖一样困难，我抬脚踹了踹，草垛与城墙一样坚实稳当。

远远的，沙尘缭绕中，看见高出平地的一线土墙，我知道那是长城。

地理书中说，黄土高原就是大风刮来的沙土堆积起来的。我生长在黄土高原腹地，从河流下切的断口看，整个黄土高原的土层都在二百米以上，而地理书中也是这样介绍的。童年时，从课本中就获得了这一知识点，每到刮风天气，我就盯着天空看。天空是有浮尘的，若有若无，桌面上落下的土粉，也说明了大风是可以刮来黄土的。可是，太少太少太慢太慢了吧，一年刮不了几场大风，每场风，看似声嘶力竭，撒落在桌面上的尘土也就那么淡淡的一层。而每下一场暴雨大雨，山河变形，无数黄土随流水而去，也就是说，黄土高原的黄土是逐渐变少的，而非增多。长大后，经历了一些另外的事情，明白了某些原理后，在某一天突然认定，黄土高原就是大风刮来的。想想啊，一场沙尘，落下一张纸般厚薄的浮土，亿万斯年，亿万张纸摞起来，不就是堆积如山么。

大风搬运沙尘的旷世工程还在进行，可以畅想一下，如果天体运动规律没有被打破，那么，这项工程则永远不会有宣告竣工之日。既然是一个搬运沙尘的工程，那么，沙源部分的大地应该越来越薄，抛沙之地会越来越厚。华夏的北方大地，以黄土高原为核心，就是更北方沙漠地区的重点抛沙之地，这是一个排除了个体经验的漫长过程，其缓慢的程度，任谁有着多么巨大而辽阔的耐心，都不会真切地感知到这个变化过程。我们如果活得仔细一些，认真一些，更有耐心一些，可以感知到自身生命的成长与衰老，可以感知到身边人的成长与衰老，可以感知到一棵树木的荣枯轮回。当然，日出日落月圆月缺之类，虽是天上的事情，却是我们开展生命大合唱的指挥，我们不仅真切地感知到了，而且，我们必须依据其指挥棒，出演自我生命的乐章。有关生命的事物，总让我们时刻保持着一颗敬畏而警惕之心。但是，对于承载养育了我们生命的脚下的土地，我们却怀有一种理所应当的淡漠感，落脚于大地，于大地中获得活下去的资源，然后魂归大地，似乎大地本来如此，应该如此，自己与大地的关系也不过如此。其实，哪怕是一位终生以经营土地为业的农民，日常关心的重点，不过是来自土地的收获物是多了还是少了，而不是这片土地的土层厚了还是薄了。事实上，如果没有发生什么天翻地覆山河易形的重大灾难性变故，一个人以终其一生的生命长度，是无法测量一片土地上的些微变化的。大地上的这种强烈的、显而易见的变化，大多发生于沙尘暴的源头部分，还有沙尘暴途经的中心地带。一场沙尘暴过后，许多村庄没有了，大片田园没有了，原来的低洼地带隆起为沙丘，原来的沙丘好似安装了双腿，一夜之间逃逸，不知所踪。只有在这种地方，当事人才会懂得什么叫大风刮走家园的悲凉无奈，局外人才会感知到大地的坚实与脆弱。

有些事情真的需要千年万年的时间，才可度量其轻重厚薄的啊。古诗说，路遥知马力，日久见人心。路遥与日久，其实还是一个相当短暂的时间段，百里长路，马力如何，大体就可测度出来。共同经历一件事情，一个人也许会显露一星半点底色，共同经历两件三件不同的事情以后，一个人的大块底色就会亮出来。而大地深处到底有什么，普通人或一无所知，或知之甚少，即便是专门的地学家，对大地的了解也只是局部，也只能是局部。

有一个科普专题片，说是地表以下多少多少米有什么，也仅仅是下沉到地层千米左右，并没有将整个地球洞穿。不妨想象一下，哪怕是有朝一日给地球来一个透心凉，那也只能在一个或几个点上，而地球的各个组成部分，并不见得是完全相同的。就以兴盛了二百年的考古学为例吧，在我们脚下的地表以下，曾经发现了大量的过往遗存。那么，不说距离自己比较远的地方，就在自己当下所站立的位置，地表以下到底还有没有值得考古学重视的遗存，谁敢做出斩钉截铁的断言呢。

　　说什么呢，我想说的是，我们其实是相当无知地活着，活在一个我们知之甚少的天地中。我们每个人终其一生，夜以继日，耗尽全部智慧和精力，所知仅是某个点上的某个更小的点，饶是这样，自以为，或公认的，所知的那一小点儿，也未必是真知，也未必能够经得住岁月风尘的考验。在滚滚沙尘那里，我们面露怯色，在岁月风尘面前，我们心怀怯惧，也许才是一种真的担当，一种真的自信。

祁连山阙

兵法上说：围城必阙。意思是说，一座城市无论如何被严密包围，事实上都是存在突围的缺口的，看你能不能发现缺口所在。城市如此，山脉更是如此，我们见过的所有的山，都在明明白白地告诉我们：山必有阙，小山小阙，大山大阙。

是啊，一座山本身就是一个具有极大自足性和自我完满性的生命体，而其拥有生命的主要象征，便是一个个大大小小的山阙。无法想象，我们的面前会出现一座完全没有山阙的山脉，那将是多么令人无望和无趣。正是因为有山阙，这座山才是一座活着的山，也正是大大小小的山阙，往往成为众生欢唱的天堂。山阙是水的通道，风的通道，花粉的通道，飞禽走兽的通道，草木种子的通道，众生的通道，希望和自由的通道，所有形而下的通道，或者，也是某种形而上的通道。

此前的三十多年间，我无数次来过祁连山，甚至可以夸口说，我够得上祁连山的老朋友。但这次不一样，我是祁连山的不速之客，祁连山是我注定了的永远得不到其真传的老师。

正是七月天，在这一个月里，我踏访了祁连山的众多山阙，大者如大通河、黑河、布哈河、哈尔盖河、天棚河，等等河流谷地，去过的小型河流谷地不胜枚举。可以这么说吧，凡是车辆能够通行的河谷，都要进去看看，凡是车辆不能进去的谷地，遇到了就是缘分，总要看一看，试着走一走，能走多远走多远，走不下去了，返回来罢了。

找着黑河源头的那天，早上从祁连县城出发时，便不是一个适合出行的理想天气。雨滴时而稠密，时而稀疏，太阳时而从云层露出脸来，朝大地飞一个眉眼儿，便迅疾隐去，如同古书中描写的那种绝世佳人或风尘女子，"相见争如不见，有情何似无情"。

其实，如果甘愿放弃对大自然一厢情愿的畅想，这样的天气最适合无目标浪游。虽是盛夏，在祁连山地，却是明明白白的秋高气爽。下雨时，山坡牧场的牧民都穿上了羽绒服，红绿黑蓝，如月夜之星，散落于黑云之下，白雾之中，青草之上。雨停后，太阳一定会出来，牧民们又立即脱下羽绒服，换上各色民族服装。蓝天那个蓝哟，白云那个白哟，青草地上雾气蒸腾，在青草与白雾之间，牛羊吃草撒欢儿，宛如步虚蹈空。

太阳在晴空也就悬挂那么一会儿工夫，或者仅仅是露个脸，向大地人间表示太阳还活着，还没有忘记身为太阳的职守，神龙一闪，隐了首尾。太阳隐去是因为云来了，太阳露出脸面那会儿，云就在周边等着，像是已经完成四面包围的队伍，在等待指挥官的命令，随时可以收缩包围圈。或是一群热情的观众，太阳是在场唯一的演员，那些云头，白的云头，黑的云头，在演员演出时，已经在纷纷扰扰，只要演员谢幕，便会在第一时间蜂拥上前，将自己心仪的人淹没在滚烫的热情之中。总是有一颗颜色最深的云头抢在最前面，就像那些热情过头而流于霸蛮粗鲁的粉丝，张开黑色的大氅，将意中人揽入怀中，消受那独自拥有的快意，无论意中人愿不愿意，更不去理会别的粉丝们的沮丧。都是在场者，没有谁甘愿成为旁观者，所有的云头似乎也反应过来了，一哄而上，太阳像是一个沉没于深潭的溺水者，霎时水波不兴，好似什么都不曾发生过。

在盛夏的高海拔山区，头顶悬着太阳，必是火烧火燎的盛夏，太阳一旦被云遮住，必然要降雨或降雪。一山有四季，十里不同天，一天换四季，冬夏春秋如同谁在不断压着遥控器的电视屏幕。而且，只要空中飘过炕大的一片云，便获得了兴云作雨的资质，就有可能给地上撒下足球场大小的一摊水。此时，仅仅一箭之地以外的草地上阳光如火，拓印了太阳阴影的那块草地，或者冰雹晶莹，耀眼远近，或者水花四溅，花瓣纷飞。即便是兴起大雨滂沱的满天乌云，都不会给山川草地造成黑云压城的末日感。相反，天空只是比晴好时低了一些，云雾盘旋在山坡，云头与山头觌面低语，好似在商量，到底下不下雨，到底下多少雨合适。

在人烟稀少之地，人更仰仗天，人更信赖天，人有事儿，大事小事，必须要与天商量，得到天的首肯，人的一切行为才是合规的。天在俯视着人，人也在仰望着天，互相对视，互相照应，也互相监督。人违背天的规定，当然为天所不容。天如果不察世事人情，一味刚愎自用、一意孤行，时日一长，也会失去人的信赖和敬仰，那么，天的尊贵便会荡然无存，变成一个虚无空洞的存在了。也因此，在大高原，在祁连山地，任何天象的出现，都无异于天与人灵众生的一场合谋。

在祁连山南坡，有一块草地名叫阿柔。多么温暖曼妙的名字！这是一个藏族部落的名字，从久远的历史中一路走来，走进今天的现实中。这里的地势显然已经很高了，往北看，必须将身体调整为仰视的姿势，一座祁连雪峰似乎就搁在头顶，满山坡的牛羊在用犄角支撑着雪峰。这是牧人的夏季牧场，那会儿，天降大雨，我驻足观景之地，大雨如注，茂密的牧草已经容纳不下雨水，水流从草丛中一团团冒出来，在开辟或寻找通道。而牧群所在的山坡，与我脚下的距离近在眼前，却是大雪如潮。不是日常所见的那种雪花飞扬，在空中翩翩起舞，然后不情愿地跌落尘埃，而是一个个雪团使劲砸在草地上。套用大唐诗人张打油的诗句"天地一笼统，到处黑窟窿，黑牛身上白，白羊身上肿"。黑牛是高山黑牦牛，白羊是高山白绵羊。牧人早已习惯了山地气候的突如其来，牧群对山地气候的说变就变也已习惯了无动于衷，大雪搅动天地翻覆，而众生安之若素。

多年前，我从另一条通道，由北往南翻越祁连山，也是盛夏季节，也是艳阳高照时分，突然，空中飞来一片乌云，接着，大雪如潮，而我只穿了一件单衣。那次过后，我又从这个漫长而狭窄的山阙，多次穿越祁连山。时间都在盛夏，而每一次都遭遇大雪。同样的，每次我都是单衣。这是隋炀帝当年去河西走廊巡视，召集万国博览会所走的山阙，也是在盛夏。史书记载，风雪突至，军士冻死者十之六七，后宫佳丽冻死者十之三四。就在几十年前，解放战争已到了扫尾阶段，一支解放军部队从这里北上河西走廊，突遇暴风雪，冻死将士一百五十八人。那都是能征惯战，打遍华夏九州的勇士啊，区别只在于，他们通过这里时，已是九月底。

伫立风雨中，回环四顾，目接虚空，神游过往，我那时候年轻，风里雨里，无所畏惧，只知道到处追寻绝世美景。一个恍惚，多少年的光阴如同一场场无来由无去路的发呆。今天我依然单衣。我对天气冷暖向来不怎么敏感，常常令我张皇失措的只是人世冷暖。

转身朝南看去，祁连山坡继续下垂，到了谷底时，又突兀隆起，我知道那个突兀隆起的所在，便是我接下来行程的必经之地。弥天的白雾，遍地的水花，天地虽然如此混沌暧昧，能见度却是出奇的高。距离这么远，这么远，黑牦牛每前行一步激溅起的水花依然如在眼底，打在黑牦牛身上的水花，好似源自它们蹄下的青青牧草。羊儿来到世上，唯一要紧的事情就是吃草，阴晴风雨，冰雪寒霜，生命不息，吃草不止。风雨中，它们正在忘乎所以地吃草，青草得到雨水的灌溉，猛可可活跃起来，张扬起来，不用羊儿追寻，青草主动伸过鲜枝嫩叶，以便尽快完成自身的生命轮回。

天有天道，地有地德，人灵万物，各有性情，生活在哪一方天地间，天地生灵之间，各自墨守成规，也是谋求各自安好的不二法门。我知道，我所在的正南方就是大高原的灵魂青海湖。这里是看不见青海湖的，前面那片高地就是远眺青海湖的障碍。不过，青海湖就在天上，就在脚下，就在一片片草地中，天上的雨水，地上的水珠，都会听从一种神秘的召唤，在某处汇聚成流，以河流的名义和气概，一路欢歌，兵分三路，分别奔向需要水的三个方向。向北，汇聚为黑河，冲破祁连山，让广袤的河西走廊中部成为一片膏腴之地。那个宽阔深邃的山阙名叫梨园口，红西路军最后失败之地。我第一次拜谒那个山阙时，也是盛夏，同伴也是第一次来。远望一面绝壁，在阳光下，红砂岩质地的绝壁红血淋漓，如一把带血的铡刀向天直立，而绝壁之下是一片熊熊燃烧的火海，这简直是刀山火海啊。到了跟前，我问当地人，他说这个地方俗名就叫刀山火海。立即，令我们心头震颤不已。向东，无数涓流形成大通河，然后汇入湟水，再涌入黄河，成为黄河在上游地区的重要水源。那个山阙名叫三河口，许多个冬春交替季节，我都曾赶往那里，观看途中在此打尖驻跸的白天鹅。向南，无数涓流集合而成的众多河流，则居高临下，分头割破祁连山地，从一个个山阙直扑青海湖。

青海湖真的算得上一个海，在古代算得上，当下更是大海汪洋，静卧大高原，滋养着一方天地生灵。看吧，在刺目的阳光照射下，水汽蒸腾，冉冉升空，在南风的欢送下，爬上祁连山坡，凝结为雨雪，雨雪又汇流成河，如此周而复始，无限循环，一方典范意义上的小气候，就这样营造而成。

祁连山地就是一座巨大的水量充盈的水塔，一片广袤天地，因此而众生喧阗。该离开这里了，我不是安身立命于此处的牧人，我也不是牧民守护的牛羊，我只是一个因瘟疫阻隔于旷天野地的浪游者。

距我现在伫立之地的不远处，有一个岔路口，那条路是不久前才开通的，以前是一条草原便道。还是草原便道那会儿，我就搭乘一辆拉煤大卡车走过一趟，那已经是三十多年前的事情了。那时候青春热血，盲目乐观，第一次来大高原，就敢于一头扎进对周围环境一无所知的天地茫茫的祁连山地中。前几天，我给同行的伙伴说起过这件让我后怕又自鸣得意许多年的奇葩经历，他路过这里时，特意下车，拍了一段视频给我炫耀，说他找到了我青春迷失之地。我说地名是对的，可是，那时候没有房子呀，荒沟里只有一座私人小煤矿，旁边只有一顶卖饼干和格瓦斯汽水的帐篷。还没有说完，我就知道我说错话了。这几十年神州大地哪里不是沧海桑田呢，原来古朴的城市，幻变成让人摸不着边际的城市森林，原来的小城镇，扩展得比那时候的省城还庞大，而原来只有几间平房一面红旗，只是表示该地行政级别的地方，现在都有了堵车的烦恼了。

　　果不其然，当我看到这个深深刻印在我生命履历中的路标时，我真的怀疑我的记忆是否发生了错乱。当年的一切了无痕迹，当年绝无的各色建筑挂满山坡。此时，下了一上午的冷雨，善解人意般停了。我在这个比我那时见过的所有的西北地区县城都要大出许多的镇子上，一圈儿一圈儿，走了好几圈儿，我没有发现任何我曾见过的遗迹，甚至没有闻到一丝当年曾让我陷入绝望的气味。依稀仿佛，恍兮惚兮，庄周梦蝶，蝶在梦中。镇子不远处有一个小小的山阙，那应该就是当年小煤矿和帐篷所在地，而阙口那里曾经有两间快要倒塌的平房，我在其中的一间房屋里苦等奇迹的光临。那是我的诺亚方舟，一位给煤矿工人做饭的来自河北省的年轻女性收留了我，房间里没有床铺被褥，只有一块破烂的木板，一早一晚，房间阴冷如冬天，而这样的待遇已经超过传说中的总统套房了。如果流落在野地，或沦为野兽一餐，或冻毙于野草闲花丛中，流落在这样的野外，什么样儿饱满的青春，都会化为孤魂野鬼的标本。每天早晨起来，当踏着门外草地上的冰雪迎接朝阳时，我真正感觉到了恐惧，我当即便相信了史书记载的隋炀帝一行的遭遇，并无什么夸张。修习历史的人总会被一种内心的杯弓蛇影所困扰折磨，当我读到这一段历史记载时，越发怀疑，我们的古人对待隋炀帝缺少最起码的友善，他已经将一把举世无双的好牌打得稀烂了，将自身的绝世之才演绎成了一部卷帙浩繁的笑话集，后人还用得着以这种意外变故继续埋汰他么。我正是为了验证前辈史官的诚信与否而踏上这一条不虞之途的。还好，我没有变成实证史学的一份代价，也没有让自己成为现实版的笑话，只是每当想起这段经历，便会无端地发出一声两声回荡着青春盲动的苦笑。我很想找人问问当年这里是否有一座小煤矿，在街上转了几圈，一切都是新的，新街道，新马路，新房子，新人。这才过去多长时间啊，经历过这段历史的人还可以兴致勃勃回到历史现场，而历史现场却已经找不到历史遗迹了。那时候，我二十岁出头，青春才刚开始，但我将青春丢失在了祁连山阙，从此后，我虽然持续浪游山野三十多年，但我面对无知不再无畏，面对无限不再盲动。

我在这个找不见当年任何遗迹的镇子上吃了一顿饭，还不到吃午饭的时候，但我决定在这里解决午饭问题。究竟是什么心理在主导，说不清楚，也许只是为了多停留一会儿找一个合理借口。由煤矿兴起的小镇，所有的设施，包括街道马路，以及天空，本色是什么，已经不重要，最为醒目的，并无所不在的是煤炭的颜色。在一家小饭馆要了一碗炒面片，当年困居此地时，多么渴望有一碗热乎乎的炒面片啊。这是一家藏族人开办的饭馆，他不是本地人，也就再没有什么可问。炒面片的厨艺还凑合，高海拔地区的饭菜，不会有多么可口，这点我早知道。饭馆还算干净，饭桌上有煤色，但没有煤灰，安置在饭馆正中间的炉火正旺，我有意坐在靠近火炉的饭桌边。在气温只有几度，而且是阴雨天的野外，身着半袖流连了大半天，并没有觉得有多冷，当炉火在身边激情燃烧时，反倒有了周身寒彻之感，仿佛自己本来是一块冰，自己对此并无明确认知，炉火的烈焰提醒了自己。一杯热茶下肚，亦如热茶浇灌在冻冰上，体内有一种白雾喧腾的热闹感。服务生是一位藏族姑娘，她的表情一直是笑笑的那种，友好的，和善的，甚至讨好的。吃完炒面片，藏族姑娘又端上一碗热面汤，这是西北地区传统的典型的吃法，俗称灌缝儿，雅称是原汤化原食。我将面汤倒入我刚才用过的碗里。小姑娘抿嘴笑了，轻轻地，亲亲地那种。只有西北人才这样吃饭，一碗吃到底，说法是：换碗换婆娘。意思是吃饭中途换碗，预示着夫妻不到头。曾经与诗人第广龙一起吃面，我就是这种吃法，他在《马步升吃面》一诗中说，吃面原来是有法律规定的。

吃饭的当儿，雨彻底停了，吃完饭，雨又起了。满街的饭馆，就餐者廖廖，用脚后跟都想得到，这都是做拉煤车司机和过路客生意的，可是，往常车水马龙的公路上，时下好半天也遇不到一车一人。我又在旁边的商店里买了两盒烟，我不抽这种烟，我抽的烟，箱子里还有一些。这是我挥霍过青春热血的地方，如今青春虽不再，热血却难凉，我为这个地方能做的也只有这些了。

这是一条通往青海湖的近路，我要去观赏湟鱼洄游。湟鱼是大高原特有的精灵，每年在固定的季节里，都会从青海湖出发，溯河流而上，产卵之后，再返回原籍。那是一种绝世壮观的场景，生命之枷锁，生命之自由，一并体现于这小小的精灵身上。当此之时，正是湟鱼洄游的高潮期。此前，曾就近观赏过这种生命的循环之旅，甚至还吃过几次，那是自以为懂得了生命的真谛，实则断断不然的年纪。"少年不识愁滋味，爱上层楼，爱上层楼，为赋新词强说愁"，倒是赋得新词一堆，但仅是一个个新词的排列组合而已。生命远不是我们看到的那些，也远不是自己亲身经历的那些，湟鱼需要一代代洄游，方可实现种群的生生不息。湟鱼如此，别的生命不都如此吗？群体的、个体的生命都是在无间断洄游中，巩固记忆，积累经验，历史不正是人类频频洄游自身过往运行轨迹的产物么。"横看成岭侧成峰，远近高低各不同。不识庐山真面目，只缘身在此山中。"

置身于生命的洪流中，我们只不过是随波逐流的漂浮物，被洪水呛死淹死，或是幸而被托举上岸，谁敢说自己对自己的命运有十足的把握？真诚地感谢命运之神的眷顾吧，彳亍于洪流之岸的人们，这是多么阔绰的幸运啊。

就在这次出门远行的前一个晚上，我忽然回顾自己以前的人生，我在日记中坦诚承认，如果说一个人从呱呱坠地到长大成人，需要一百种理由的话，那么，有九十九种理由，都会万分冷峻地告诉我：这个世界并不需要你！可是，正是剩下的那一个理由却让我活到了现在，在有些人的眼里，我似乎还活得不错。这个唯一的理由到底是什么，我用兵棋推演的规则，琢磨再三再四，每次推演的结论都大相径庭，而剩下的那个唯一可能的理由，事实上也是不能自圆其说的。

让我们坦率地承认命运之神的存在吧，哪怕她是有限的存在，哪怕她真的是一种经不住诘难的虚无。或者，你去问问湟鱼吧，待在广阔安全的青海湖中繁衍后代不好吗，非要冒着被飞鸟掠食的风险，躲过种种劫难，洄游到河流的浅滩上，去完成自身生命的传承？对于这些，科学家已经给出了相当有说服力的答案，可是，湟鱼同意吗？在没有见到湟鱼签字认可的法律文书前，任何结论都有可能只是一种兵棋推演。

现在，让我们在弥天雨雾中，顺着这条盘山道，在遍地金露梅的加持中，去问问湟鱼吧。

是的，当进入天棚河的河谷地带时，大地上最为耀眼的色彩是金露梅，而最为著名的那个祁连山阙的得名，就与金露梅有关。祁连山中段和东段，最具历史意味的自然通道名叫扁都口，隋炀帝时代名叫大斗拔谷。大地上隆起一道阻断交通的高山，必然会让高山裂开一道缝隙，这道缝隙注定是要经受历史车轮反复碾压的通道。无端端地，巉岩狰狞的大山，平白裂开一道缝隙，直杠杠几十公里，沟通了河西走廊和大高原的联系。据藏语专家说，扁，为边麻简称，都，路口之意，合起来就是：生长边麻的路口。边麻，就是金露梅，藏语边麻梅朵。在祁连山南坡，名字中带"边"的地方很多，而那些地方，一般都盛开着金露梅。我曾多次穿过扁都口，第一次是不期而遇，后面多次都是专程造访，每一次大约都在盛夏季节，而每一次都突遇暴风雪。对此，我无怨无悔，乃至在心底深处，还期盼着与暴风雪狭路相逢。前几天，又来扁都口，而这次是大晴天，刚参观完俄堡古城墙和博物馆，天气变了。这次是天降大雨，不是雪。当地陪同的人万分欣喜地说：贵客把雨带来了哈！今年这里缺雨，从春天缺雨到盛夏。犹如一团乱麻，终于找到了线头，我被困祁连山的一个月里，几乎无日不雨。

现在，我依然走在雨中。天棚河的河谷完全是谁在巨大的山体上划了一道伤口，道路的一边紧贴着望不到顶的石崖，一边是垂直的河岸，只听得飞流击石声，却看不见水影子。在一段稍许宽阔的峡谷里，牧民们将帐篷搭在河边，牛羊悬挂在陡峭的山坡上吃草。看见有两个藏族小伙身穿羽绒服，在帐篷边闲庭信步，两个小孩在旁边玩耍，帐篷里冒出袅袅炊烟，飘来牛粪燃烧的气味。我跨过湿漉漉的草地来到帐篷边，帐篷里一老一少两个藏族妇女在忙碌。一个小伙子正在州里的职校上学，另一个小伙子也很年轻，旁边玩耍的是他的两个小孩。当下，许多藏族家庭都有一个传统，也可叫作规矩，家里如果有两个男孩，一个必须去上学，一个必须留下看家放牧，而被选中看家放牧的男孩往往喜上眉梢，去上学的男孩则一定愁眉不展。

这与先进落后之类的大词毫无关系，在现实生存面前，越是大词，越显得渺小，越是豪华的词汇，越是枯燥乏味。我和那个上学的小伙子很快聊得投机，我说了几个当下藏族作家的名字，他居然都知道，还读过他们的若干作品。这令我万分惊喜。我穿着半截袖与兄弟俩和两个小孩在帐篷前合影留念，我把照片发在朋友圈后，朋友们纷纷留言说，这两个藏族小伙子真是帅，真是精神，真是洋气。

不错，大家都没有说错，我们只是江湖邂逅，没有任何刻意选择，更不是摆拍。而在几十年前第一次来这里时见到的情形，一个叫作恍若隔世的成语从心底呼啸而来。

出了峡谷，来到开阔地，一眼望去，极目处，全是金露梅那黄灿灿的花朵。雨雾缭绕中，河滩地带，山坡上，金黄的光晕与乳白的雨雾混合在一起，伸展到无尽的远方。

这是牧民的冬季牧场，牧草趁着雨水的滋润，正在欢快生长，牧群是冬季牧场的贵客，牧草在时刻准备着盛情款待。走近一大片金露梅平地，忽然发现，平地并非平地，而是乱石磊磊，遍地人工开掘的坑洼，如同大地上狰狞的伤口，金露梅只是一个爱美的人，用自己的身体和美丽的容貌，在遮掩着曾经有过的暴戾和罪恶。是的，这是淘金客所为。几十年前，搭乘拉煤大卡车路过这里时，几十公里的地界上，人山人海，摩肩接踵，破烂的帐篷一顶连着一顶，仿佛百里连营。据说极盛时拥有十万之众，他们来自全国各地，他们在这里淘金，他们让河床遍体鳞伤。如今，举目远望，空旷的草地上空无一人，而低头看，受伤的草地还在默默疗伤。草地在以金露梅遮掩丑陋的伤口，金露梅在以自身的坚韧和非凡的美丽，抚慰着身受重伤的草地。每走出一段，哪里金露梅最为集中，最为耀眼，我便去看看，无一例外，凡是金露梅丰饶之处，那里必是遭受过重创的草地。

好在，这一切，都是尘封往事了，正如我那随风而逝的青春岁月，正如现时现地举目可见的绝美山川。

这条通道的尽头是刚察，而刚察就在青海湖边。这里是青海湖周边最大河流布哈河的入湖口，这也是湟鱼洄游的最佳观景点，而我在那一刻，却再无观赏湟鱼洄游的兴致。让自然的复归自然，让自然岁月静好，这也许才是人的真正意义上的岁月静好。

雨过天晴，正是夕阳西下时分，回头瞭望自己这些天走过的路，只见一座雪峰赫然耸立，夕阳下，一边是白雪红晕，一边是红雪白雾，看起来如在头顶，其实在几百里以外。这是无数祁连雪峰的其中一座，众多河流扎根于雪峰，而那座最高的雪峰之下，就是那一孔名动古今的祁连山阙。

好吧，我们去天堂转一圈吧

　　多次去过天堂，这次却把路走错了。走错了路也不要紧，闲着没事出来玩，走哪儿算哪儿，才是玩的顶级状态。可是，今天是说好的去天堂，便也有了预定的目标。一个目标事先装在心里，如同被一道绳索捆绑，目标时刻萦绕在心头拂之不去。那么，我们调转方向，走上正确路线吧。

　　这一周折，便是大半个早上的时间。过了华藏寺，进出天堂就剩下一条路了，想错都错不了。我给朋友说，去天堂的路上，必须经过五台岭。那是一座山垭口，海拔很高，即便大夏天，也可以在路边的雪地里玩一会儿。那儿还有一个敖包，终日彩旗迎风飘荡，风马像雪片洋洋洒洒。何况，此时正是初春。城市里，一个冬天没有下几场雪，偶尔下一场雪，还没有来得及看，雪已经融化了，像那惊鸿一瞥的昙花。车子在深邃的峡谷里穿行，两面悬崖壁立，缓坡上正是快要返青的冬草，不是绿色，不是枯黄色，也不是灰黑色，而是近似于赭色。有些阴坡地带，还有积雪，那积雪不是白色，也不是黄色，而是土黄色，空茫大地一般的颜色。车到五台岭下，却无须上山了，隧洞打通了。现在打通一道隧洞似乎太容易了，就像一个搞重大工程的院士开玩笑给我说，他们打通一个隧洞，相当于开着盾构机，从山的这边开进去，从那边开出来。

那么，就进隧洞吧。隧洞很深邃，地狱一般深邃。要不是里面有灯光，那就是传说中的地狱啊。想着这隧洞也浅不了，原来翻山走是要大约一个小时车程的。隧洞让复杂艰险的路途变得平易，但却把人与自然风景隔绝了。人世间，两全其美的事情本来就不多，十全十美的事情只是听说过，臆想过，有谁真正见过？只有传说中的天堂才是十全十美的所在。隧洞这边阳光明媚，想象中春天的阳光是明媚的，这里的阳光就是你想象中的那种明媚。出了隧洞，却是大雪。雪片随风涌入隧洞口，离洞口很远，在恍惚的灯光中，都能看见飞舞的雪片了，都能感受到寒意了。出了隧洞，天是白的，山是白的，路是白的，寒风将地面上的雪片卷起来，扔到天空中，雪片再跌落下来。一枚雪片，好似腿上安了弹簧，落地，升空，至少需要两次弹跳。这就是有名的风搅雪。当风与雪结盟后，真可谓，战罢玉龙三百万，败鳞残甲满天飞。

冒着风雪往前走吧，出了这一条峡谷，就是天堂了。

路面很宽，却不是封闭的高速公路。随你的意吧，只要你有停车坐爱枫林晚的雅兴，只要公路边有空地，你随时都可以停车遛遛眼睛的。正好，必须要停车了。公路两边都是高山牧场，一大群羊，一大群牦牛，还有几匹马，乌乌泱泱，正在横穿公路。牧群不着急，牧人不着急，行人也不着急。难得路遇风雪，难得见到这么大的牧群。也没有多少行人，前后出现在这里的，也就七八辆或新或旧的车，也就男女老少十几个人。人们纷纷掏出各色手机，对准牧群咔咔咔。牧群像明星一样，早已习惯了处在聚光灯下，这下更不用着急过马路了。它们站在马路中央，向着拍照的人，尽量都把脸部露出来。有些行人来了情绪，跑过去站在牧群旁边，摆出各种姿势，催着同伴给他们拍照。他们一般都选择羊群。羊是一种随和的动物，羊比人身量低矮，人混在羊群中显得高大。其实，牦牛更具有画面感，但却没有人选择就近与牦牛合影，都是离远些，再离远些，以牦牛做背景。牦牛这种动物，身材高大威猛，眉目也不像老黄牛那样和善，在高山旷野中狂野惯了，假如一下子不能理解生人靠近它们的良好愿望，牛脾气发作了，后果可真不好预料。人其实在有些方面做得真的不够好，牦牛强大，脾性不可测，他们便对牦牛敬而远之，对于相对绵软弱小的羊，不征得它们同意，侵犯肖像权倒也罢了，有的人，包括有些看似羸弱的女人，还把手随意搭在它们身上，甚或扳着它们那一对儿也堪称锋利的犄角，吆吆喝喝地，嘻嘻哈哈地，起码的礼节都没有——这可是在去往天堂的路上啊！

风雪不停，人可以停下来。此时的高山牧场，那就是一幅巨大无朋的水墨画。人世间没有这么大的厅堂，这幅画只能悬挂于大天大地之间。有了雪片的点染，漫天的雪雾成为画的背景，让画意飞向遥远不可及处，随风飘洒的雪片便是对画面精心的点缀。山坡上各种潜伏的色彩随风雪溢出，赤橙黄绿青蓝紫，种种色彩在白雪的映衬下，明暗交互，层次自现。没有人能描绘出这样的画，但是，天可以，地可以。我和朋友不约而同地说，要是哪个画家这时来这里写生，原模原样画出来，就是一幅好画。随即又不约而同地说，最好不要有人此时来这里写生，哪怕丹青高手，只要经了人的手，都是对天地造化的亵渎。

风雪还没有停下来的意思，路面上的积雪已经很厚了。往前走吧，既然目标是天堂，通往天堂的道路注定了是风雪之路。路面很滑，轿车宛如一叶扁舟，摇摇晃晃，飘飘忽忽，两面高山牧场，也恍恍惚惚，依稀仿佛。恍惚依稀中，车前的路边仿佛有人。缓缓停下来，一老人，一妇女，一小女孩。小女孩的脸色是那种典型的高原红，风雪中，其红如淤血，青而紫，紫里生黑。妇女说，我们等不到班车，把我们带上吧，我们付车费。我问他们去哪里，妇女说去天堂，这条路只能去天堂。朋友说，不要你们的钱，上车吧。

还是风，还是雪，走了一会儿，我试着回头看，小女孩的脸色正常了，那种青紫的颜色淡去，高原红鲜艳如花。二三十里后，来到一个巨大的盆地当中，这块盆地的名字就叫天堂。紧靠一面高山悬崖下，一座辉煌寺院依山而建，这就是天堂寺了。在空地上，车子刚停稳当，风雪欻地停了，就像一副性能良好的车闸，说停就停了。有人会认为我这是夸张，我知道，夸张是作文的一种必要的修辞手段，是为了达到或加强某种表达效果。但，此时此刻，我真的没有夸张，只是白描。风雪和汽车同时停了，一颗惨白的太阳从浮云中露出头来，就像一张刚生完孩子的女人脸。三个乘客依依下车，道谢不绝口，那个老人摸出一根烟卷递给我，我没有犹豫，接住了。我烟瘾很大，但十几年来只抽一种价钱极其低廉的烟，别的烟，无论天价烟，还是劣质烟，我都不抽。熟人朋友抽烟时，也不会礼让我，我抽烟时，也不会礼让熟人朋友。但是，对于陌生人，尤其抽劣质烟的人，我一般会接住他们礼让的烟卷，生怕让人误会。我接住了这支烟，他们是附近的农民，我顺手点着烟，他们三个喜气洋洋回家了。

风雪中，来到了天堂，望着辉煌的天堂寺，朋友略显迟疑，我说，还去不去寺里？朋友说：你说。我说，如果用最简明的一句话表达佛祖的初心，你用哪句话？朋友说：与人为善。我说，我也是这句话，除此，想不起别的话。那么，我们今天已经看到了天地间的绝世风景，又做了善事，此行已经完满了。我们选择在寺外看寺。天堂我们来过许多次，对于没有来过天堂的人，客观的信息网上都有，你随便查阅吧。我只说一些网上查不到的主观感受。当然，还得说几句客观内容。这是甘青两省交界处的一座藏传佛教寺院，初建于唐朝，历经千年烟云，成为格鲁派重要寺院。这块名叫天堂的盆地，乍看是完全封闭的，真的像一个盆子一样，四面高山悬崖，举头是一片圆圆的天空。其实，哪有这么封闭的地形，大通河贴着南面山根，飞湍急流，将盆地拉开两条豁口，只是水在拐弯，山随着水拐弯，水拐得急促，山也拐得急促，便看不见豁口了。要说真的有什么天堂，天堂寺所在的天堂，也许就是天堂的模板。

对于任何一个佛教寺院，若非专家，也就是转转看看，以示自己来过罢了，或者有什么心愿，对着某个冥冥的神灵，说一说，祝祷一番，要真的弄清楚其中的古往今来阴阳两界，则是千难万难的。那么，我们看看天堂周围的山川形胜倒是明智的。按大的地理方位说，天堂属于祁连山东端的余脉，群峰嵯峨，岩石峻嶒，大通河是黄河上游重要支流，将坚韧山体强行划开一道缝隙，水量不算大，但却气势非凡，远闻之，步履虚怯，近观之，心胆俱寒。几十米宽阔的水流，划开巨大山体，隔出甘青二省，在距今不远的时代，无疑是天河遥望。四外都是高山，一侧是湍流，偏偏有这么一坨平地，平原一般的平地，在这天造形胜里，如果没有人文繁盛为对应，便是一种辜负了。也因此，有了天堂寺。既然决定不进寺院了，那么，沿着寺院周围走一走吧。风雪停了，风雪制造的业绩还在。山根下，积雪盈尺，石崖下，灌木丛里，抑或空地上，只要有立足之地，必然有鹅卵石堆砌，大者如牛头，小者如鸡蛋。本来都是大通河边普通的鹅卵石，现在已经不普通了，大大小小的鹅卵石上都画上了六字真言。在一面面石壁上，各种表示特殊意义的画像和文字，让整个山体尽显神秘肃穆。绕着山根盘旋的木质栈道上，白雪耀眼，在白雪映衬下，一颗颗被涂上图案的鹅卵石，像是人身上的某些器官，而且，这是一些正在演奏着生命旋律的器官。

天造形胜之地，必有人文精神加盟，人文精神之感召，必有稀世珍奇呼应。多年前，大通河水利工程截流，河床露出一块重达四十吨的巨石，宛然一副鬼斧神工的砚台。大约因为圆石滞留于石面上，水流可以催动圆石，却不足以将其冲走。日月轮回，圆石旋转，在石面上磨出一个巨大的圆坑，成为天然砚池，旁边有一个较小圆坑，显然为较小圆石磨出，成为天然笔洗，而原本突出部位，如雕刻时在石料上预留之屏风，正好作为笔架。此石出世，轰动周边百里地界，一时观者如潮，种种传说铺天盖地，所有传说无不指向神祇。起运出来，放置在天堂寺前松林中，信奉者如大通河之激流，很快地，整个石砚，以及松树，都被吉祥哈达围裹。如今，大通河边开辟出一片公园，专门供奉石砚，成为天堂寺又一景观。

不说这些了，天堂是造物主的杰作，天堂寺是因山河形胜而造就的人文经典，一个地方的灵气，上离不开天，下离不开地，地上离不开山河生灵。那么，我们说说为天堂注入生命之源和灵气的大通河吧。从我居住的城市去天堂，至少有两条道路，一条就是刚才走过的路，来去都是翻山越岭，另一条路是沿大通河顺流而下。大通河是甘青两省在这一地段的界河，河谷最宽处，也不过一箭之地，河流占据着峡谷中心，两边奇峰接天，壁立万仞。伟大的人们沿着石崖下，硬生生凿出一条大道来，而这条大道，遇山绕山而走，遇水桥梁相接，于是，这一脚油门，在甘肃地界，另一脚油门，则是青海地界。峡谷逼仄，河流和道路占去大半，但也有可供停车玩耍之地。大通河里多奇石，以前与朋友来过多次，也捡到若干罕见石头。而今天，时值初春，冰封湍流，只能听见水流憋屈的吞咽声，冰雪覆盖着河床。想起多年前的一次大通河之行。时值隆冬，真个是泼水成冰呵气成霜，与朋友奔驰数百里来到大通河边。所有能够着脚之地，都被冰雪吞没。天气冷到让人内心发狂的境地，尴尬之时，朋友指着眼前露出手掌大石面的石头，摸出一支烟说，你把这支烟抽了，我把这块石头挖出来，如果是奇石，我一定亲自送到府上去。我是从不抽这种烟的，却鬼使神差接住了。朋友挥镐奋力，在冻土中，挖出一块石头，翻过来一看，一只形神毕肖的猴子，重达六十八斤。

这只猴子至今还蹲踞在我书房的显眼处。

人与人有缘分，人与石也是有缘分的，既然有缘分，缘分必定是可遇不可求的稀罕交集。那一次，我与那只石猴有缘分，这次，我不再寄望有什么缘分出现，我只愿意在冰封的大通河边，看天看地看山川生灵。路边，一只麻雀飞走了，两只麻雀飞走了，一群麻雀飞走了。它们落在自以为安全的地方，或低头觅食，或嬉戏打闹。山涧里，一只呱啦鸡飞走了，两只呱啦鸡飞走了，一群呱啦鸡飞走了。它们本来不善于飞翔，但飞过大通河没有问题。它们飞到河的对岸，继续叽里呱啦，闲庭信步。天空中出现一只鹰，平白无故地出现一只鹰。风雪过后的天空，只有阳光和蓝天，浮云都没有几朵。所有的天空只有那只鹰。不知道这只鹰在一无所有的天空干什么。它只是飞翔，好像也没有目标任务，就像一个遛弯的大爷，或者无处消闲愁的小媳妇。它就是一个富贵闲人，天空就是它的后花园。它不讲速度，也不追求姿势，像一具漂浮在静水上面的浮尸。它索性一动不动了，悬停在空中。原来，鹰还有在虚空中悬停的本事。行动时，迅疾如闪电，休憩时，寂静如死尸。那只鹰，也许要居高临下，以身作则，给依附于大地的生灵示范一些什么。

离开天堂越来越远了，我知道，拐过眼前这个弯道，再也看不到天堂了。停下车，回身望去，雪山之下，湍流之滨，阡陌如画，生灵安妥，这不就是天堂的镜像么。

三万盘石磨

　　十几年前的敦煌，城圈与鸣沙山和月牙泉之间，有着一望无垠的戈壁滩。戈壁滩上除了稀落苍黄的沙生植物外，就是这种地貌上独有的大如牛头小如米粒的砾石了，砾石的色泽杂而乱，一律都散发着远古蛮荒的气息。无论冬夏春秋，敦煌都是不缺阳光的，阳光打在砾石上，而几乎所有的砾石都是会反光的，一星一点的反光汇聚起来，好似亿万颗小太阳，平躺在地上，向天空散布着目迷五色的光芒。

　　现在，这一块万古旷地已经被各种各样的现代建筑覆盖了。最令世人瞩目的当然是敦煌文化博览园了。那一片浩大的古代宫殿式的建筑，在一年一度的敦煌文化博览会期间，世界各地的客人云集于此，仿佛典籍记载中的汉唐时代的敦煌，辉煌而容纳，因容纳四海而辉煌，因辉煌而敢于迎接世间万有。在敦煌文化博览园的旁边还有一个盛大的博览园，取名：天赐一秀。天赐，取譬再也明白不过的，而一秀之"秀"，则是创建者赵秀玲名讳中的一个字。秀自天赐，以秀答天，正是天人互补的礼数。在这占地一千多亩的戈壁滩上，十二个建筑面积都在两千平方米以上的展览馆，既非传统的庄重典雅的中式风格，亦非以金碧辉煌为能事的现代式样，而是从古希腊罗马的神庙建筑吸取灵感，门脸不事张扬，里面却宏阔敞亮。

展品以西北风物为主体，涵容古今西东。各个建筑的框架为混凝土浇筑，装饰却是就地取材。把戈壁滩上的砾石用水泥搅拌以后，技工们随手摔在墙上，凝结后，凹凸有致，与周遭环境浑然一色。

最具创意的莫过于园区的路面了。广阔的园区空地仍然保留着戈壁滩的质地和底色，砾石与黄沙相伴，微风拂掠，细沙如小蛇在砾石间游动，阳光朗照，一条条细细的沙流，便是一道道泛射着金色的光芒。而人行道却是用磨盘铺成的。磨盘是圆形的，大小不一，厚薄不一，一盘盘拼接起来，一圈又一圈。薄一些的磨盘，下面用沙土垫起来，与厚一些的磨盘组合为大体平整的路面。那么，磨盘与磨盘之间的空隙怎么办呢，或者任其自然，或者以砾石填充，因材赋形，随形表意。每一盘石磨都是由上下两扇磨盘组成的，在上的那扇磨盘，都有着两只磨眼，那是待加工的原粮进入两扇磨盘之间的通道。磨盘平躺在地上，两只磨眼像人的两只眼睛，躺在大地之上，仰望昊天苍茫世事纷纭。下面的那扇磨盘有一只磨脐，形状活像人的肚脐眼儿，讲究的呢，箍一圈儿铁片，大多的，凿出一个孔罢了。一盘完整的石磨，下面的那扇磨盘，磨脐上要镶嵌一根短短的铁柱，将上下两扇磨盘链接起来，其作用类似于车轴。有的铁柱被拔掉了，露出一个圆坑，二三寸深浅，也像磨眼一样，仰望着无际空宇。随风而起的黄沙飘落在磨眼和磨脐里，有的已经被填满了，人们肉眼看不见这个过程，但却从中能够感知到沧海桑田从来都是由细微而达于剧变的。

至少在北方的农村，在漫长的农业时代，一家一户都是有一盘石磨的。而广阔的黄土高原，形形色色的黄土举步皆是触目，皆是行走于黄土之上，耕作觅食于黄土之中，寄身于黄土窑洞中，缺衣少食，缺水缺柴火，唯独不缺的是黄土。一切的生存资源，包括生存灵感和智慧，无不取自于黄土。在种种短缺中，还缺石头。不仅缺可用的石材，如有恶狗突然来袭，急切间连一块打狗的烂石头都找不到。而生活中不可或缺的石磨，却需要上好的石材才可敷用。亿万斯年的流水将松散的黄土层下切上百米，乃至数百米，才可露出岩石。而黄土高原的岩石层与黄土层类似，石质松散而破碎。往往，在一方横阔百里的范围内本身是找不到岩石的，即便有岩石裸露，其材质也未必可以用来打造石磨。在农业时代，人们的工程能力是极其有限的，不可能深入岩石深层去开采石材。也因此，一盘石磨几乎是所有农家的一份必备的重要的家当。每户农家，一盘石磨就是家中的一口人，而且是顶梁柱式的那口人。石磨在家中享有尊崇地位，磨坊一般都被安置在与家长同等地位的那孔窑洞里，而且给石磨编制了许多带有重大禁忌的民俗，代代流传，代代强化。一个人在懵懂时，已开始接受这样的训育，犹如对待祖先和鬼神那样的禁忌，都是植根于心灵深处的，家中哪怕再宝贝的孩子，无论如何淘气霸蛮，要是对石磨有所不敬，同样会遭到严厉处罚的。

人们依靠土地活命，粮食凭借石磨加工，农人们像崇拜土地那样敬畏石磨，这是对生存和生命本身的敬畏啊！细细看这些集结于展览园的三万多盘石磨，无异在阅读三万多个家庭曾有的生命。一盘石磨，往往要服务几代人，一百年，二百年，都属正常。想想看，粮食从下种到长成，打碾入仓，再到加工成米面，将是多么漫长而艰辛的过程。人们习惯说，一颗汗水换来一粒粮食，而人们往往把这句话当成形容词，言下之意，一粒粮食是用不了一颗汗水的。其实，只要在传统农业时代的黄土高原当过农民的人都知道，一颗汗水是换不来一粒粮食的，如果真可以一对一交换，粮食将是多么的丰裕，基本是不会频繁出现饥馑现象的。冬小麦从今年的中秋下种，到来年的秋初收割打碾完毕，几乎要耗时一个整年，玉米等大秋小秋作物，也需要长达半年的生长期。也许，广大的北方天寒地冻，土硬水硬地气硬，因此粮食颗粒也硬。原粮在石磨的转动中，从磨眼鱼贯而入，在上下磨齿的啃咬下，发出巨大的轰鸣声，被咬碎的原粮从磨缝中喷吐出来，磨面人收入笸中，筛下面粉，再将原粮碎片重新灌入磨眼，循环往复，榨尽面粉，直到再也榨不出面粉的麸皮。

　　如此坚硬的原粮，便需要比原粮坚硬多少倍的石磨。摆放在博览园的石磨，石质不一，大多是粗麻石。有的呈暗红色，有的为青白色，大多为土黄色，一如黄土地的颜色。大多的磨盘直径为七八十厘米，厚度为二三十厘米，不用说，这是小门小户人家用的，三五口人，一头毛驴拉磨，一人磨面，一天可以加工大约百八十斤原粮，可供一家人一周的用度。而这种规格的石磨，占去整个收藏品的八成以上。这也符合漫长农业时代北方农村的实际。大号的石磨，直径大约有一米，厚度有四五十厘米，不用说，这是大户人家用的。这种石磨必须要役使身强力壮的马匹或骡子才可拉动，有时，一头骡子也坚持不了一天，中途需要别的骡子换班。这种规格的石磨，一天大约可以加工二百斤原粮。

　　在漫长的农业时代，农人艰辛，与农人为伴的牲畜也艰辛，人和牲畜从年头到年尾，从天不亮到天全黑，不懈劳作，也未必能够活得下去。然而，艰辛的生活，并不能消弭农人们追求美的天性和愿望。大多的磨盘上只有必具的磨眼磨脐磨齿，简洁而实用。有的磨盘上则雕刻着各种各样的花纹，有阴阳鱼，有荷花牡丹山丹花。

还有一盘石磨上，錾刻着一条壁虎，头部硕大昂扬，尾巴细长灵动，不知这是什么讲究，是出自主人的要求，还是石匠的率意而为。石质再坚硬的石磨，半年，顶多一年，都要再錾一次的，习称为錾磨。原因是磨齿老了，石磨将原粮啃碎，也磨损了自己的牙齿，正如所有的人，啃咬食物，也会磨损牙齿。这就需要石匠重新将磨齿錾磨锋利。在磨盘路上，一眼可以看出，有的石磨已经用过很长时间了，百年都不止，在石匠的反复錾刻下，磨盘表面已经深深凹陷，而有的石磨，大约服役时间不长，就废弃了。这也正好折射出时代的信息，四十年间，中国农村发生的巨变，恐怕此前连神仙都未必预料得到。

石磨是必需品，錾磨石匠也成了北方农村受人尊敬的匠人，在所有的农家都会受到崇高礼遇。每当农闲时节，石匠们一个个走村串户，农家妇女像招待贵客一样，拿出自己最好的手艺最好的食物，对石匠殷勤备至。因为，磨面的活儿主要由她们承担，对石匠招待不周，那些心术不正的石匠稍微在石磨里耍一些手腕，这一年，那就惨了。当然，这是例外，主要源自对石磨和手艺人的敬畏。

三万盘石磨落户敦煌，却是来自北方广大的农村，遍及华北平原和黄土高原。多年前，当机器加工粮食在农村普及之时，每个农家对占据一间磨坊的石磨，弃之不忍，又用不着，在这众多农户心有千千结的当儿，赵秀玲女士的"天赐一秀"也在山清水秀的陇南刚刚起步，此时，她已敏感到，传统的农村彻底转型的时代来临了。此后，便是泱泱农业人口涌入城市的世纪性大潮。一个个原本饱满的村庄，一个个眼看着空瘪了。而这是千年剧变，并且是不可逆的大趋势。农业时代结束了，农村转型了，或者，有的农村可能会从此完成自己的历史使命。那么，几千年的农业记忆，以及承载这些记忆的农村风物,也要被随手丢弃么?她开始收集农业时代的用物,马车牛车,门扇门窗,各色劳动工具,还有石磨。起初是就近,然后,呈圆圈形向四周延伸。敦煌从开埠以来,便是世界性的,在汉唐时代的近千年间,曾经是人类文明的重要交汇点。到了新时代,敦煌以世界的眼光重现辉煌。赵秀玲千里迢迢,从锦绣陇南,转战西北荒漠,斥巨资打造新的天赐一秀。在这样一个广阔的舞台上,上演什么样的剧目呢,留住乡愁,留住中国传统文化的根,留住中国人的精神家园,这是大踏步前行的时代最为理性的声音。

石磨,只是广袤北方农村在漫长农业时代的一个象征物,搬来石磨,如同吹响了北方农业文明魂魄的集结号。而敦煌,向来被誉为世界的敦煌人类的敦煌,石磨在这里集体亮相,无异于将中国北方农业时代的魂魄搬上了世界的舞台。留住传统不是为了滞留于传统时代,而是让现代更为丰富,让现代的脚步走得更稳当。磨盘拼接起来的园区道路,长达几公里,人们的脚步踏在峻嶒的磨齿上,脚心传来隐隐的硌痛,那一阵阵硌痛,是在提醒人们,所谓的现代生活源自深幽的传统。而石磨道路的尽头,则是足球场大小的剧场。剧场设在一块天然的洼地里。周边用石磨砌成堤岸,过去用于建房的柱石,则是观众的坐凳。石磨虽然尊贵,但重在实用,而柱石则是一栋房屋的支撑点,既是一户人家居住安全的保障,也是供人观瞻的脸面。柱石的石质多样,以汉白玉为主,柱石周边大多雕刻着各色图案,其意旨大体指向福禄寿喜,还有对天时地利人和的祈愿。赵秀玲在收集石磨的同时,也收集了数千枚大小不一的柱石,同样的传统时代的用物,在这里珠联璧合,堪称绝配。更绝的是,供模特出演的,长达几十米,高约两米的 T 台,全部用磨盘搭建。模特身穿最时尚的服装，走在古老的磨盘上，在高科技的声光电照映下，百娇千媚，尽显时代风流，观众的尖叫声呐喊声，混合着千变万化的声光电，古老的大漠，古老的大漠中的古老的敦煌，会是一种什么样的景致。

不妨做一个浪漫主义的设想：假如让三万名身着各色花布衣裳的女生，坐在三万只筛面的面柜前，身旁三万头大牲畜，拉着三万盘石磨，在同一时间，同一场地，同时工作，那将是多么浩大的，足以感天动地的场面啊！而能够提供这么空旷场地的，也许只有西北的戈壁滩。最具备资质的是敦煌。敦者，大也，煌者，盛也。敦煌自开埠之日起，都是面向世界而容纳世界的象征。

第一次踏上园区石磨道路时，敦煌刚下过一场雪，阳光如清粼粼的冰碴子，寒风如见血封喉的利刃。远眺，原本金黄色的鸣沙山一派银白，园区的沙山覆盖着一层白雪，移植来的，几人才可合抱的胡杨林，在阳光下，将倒影铺排在雪地上，一株胡杨的阴影下，足可掩藏五六个人，白雪与暗影，虚幻而真实。山下的石磨路，在白雪下，或隐或显，宛如一个个若有若无的古老的精魂，而有着看不见却能感觉得到的精魂的护佑，所有的寒冷都被一种遥远的暖流所温暖。一位来自华北的青年女子，在她留洋期间，老家的土地被征用了，哥哥全家也移居城市，老家没了。她想把家中的石磨搬走，留下对父母、对故乡的念想。哥哥说，咱家的石磨卖给了一个敦煌人。她冒着风雪，千里辗转循迹而来，她不是为了赎回石磨，只是想最后看一眼那盘助她成长并走向远方的石磨。当然，她没有找到自家的那一盘石磨。在寒风中，三万盘石磨从眼中依依而过，她忍不住泪流满面，而再度举目伫望这一片博大天地时，她心安了。她家的石磨落户敦煌，就像磨盘的形状一样，也许是一个最为圆满的句号。

而今再度拜访三万盘石磨，已经是另一年秋天的尽头，立冬的第一日。没有雪，只有风。敦煌落雪是罕见的，而敦煌刮风却是日常的。风不大，也不甚寒，但也是冷风。冷风刚够吹动内心那种沉潜的古老的情怀。行走在石磨路上，慨然时，一步跨过一盘磨盘，好似我们大步走过的通往现代的迅疾脚步；沉郁时，轻移碎步，好似三万盘石磨同时转动，磨盘啃咬原粮的破碎声，声声从历史的深处轰轰响起，那就是古老文明的回声啊！

祁连山阙

鸠摩罗什的法种与舌头

这是寒冬凉州古城的深夜，一年中最寒冷的一个冬夜，我去膜拜一位大师的舌头，鸠摩罗什的舌头。这里只有他的舌头，没有别的，一根供奉在石塔下一千六百多年的舌头。虽然，我无数次来过凉州，春夏秋冬，每来一次，必须要看一眼鸠摩罗什塔，哪怕只够匆匆遽一瞥的时间。

大街上人车皆空，只有自由主义的寒风。它们从来都是自由的，而今夜，它们的自由达到了极限。街边排列着两行人，行与行之间隔着一街宽的距离，每行的每个人之间，相隔着互不干扰的距离。他们或站或坐，向空旷、清冷，乃至虚无的天地，展示着各自职业的招牌性形体动作。文人一手持简牍，低眉顺眼，谦恭维诺，却做出抑扬顿挫向天诵读的样子，一手抓一杆毛笔，似乎要对简牍评点、眉批，或者修改。武人少不了刀枪剑戟，或背或挎，或怒目远方，或剑指脚下，而张弓搭箭者，因引而不发，更让人生出冷风穿心之感。比较平和的是那些贤孝歌者。贤孝自诞生起，从业者从来都是盲人，这是上苍赐予盲人的一碗饭，盲人用自己的歌喉和手中的三弦琴，向人间宣介着上苍的好生之德。他们坐在街边，与身边的文人相比，多一些谦卑，也多一些诚实，与身边的武人相比，在他们的歌声弦声的声声断断中，所传达的似乎只有一个永远不变的主题词：世界永远属于世界，生命永远属于活着的生命。他们的眼睛一律都是两个黑夜一般的墨点，他们什么都看不见，便也什么都不用看，天色，脸色，面前有人无人，给钱不给钱，给多给少，他们看不见，便也不用看。忠孝贤达，奸邪宵小，在他们的吟诵中，在他们的旋律中，一一剖划分明，两个阵营没有看得见的营垒，却势如冰炭，绝无通融。

这是凉州地界上千百年来的杰出人士，以青铜雕像的形式，把凉州人的价值观念宪法一样固化在大街上，如同那逶迤于千里河西走廊的一洞洞石窟，一身身佛造像。什么是法相庄严，什么是善从心生，识与不识者，信与不信者，遵与不遵者，一目了然。但，这其中没有鸠摩罗什。按理说，鸠摩罗什是凉州大地上有史以来留下足迹的最伟大的人物，他要是晦暗不明，如同照耀凉州的日月遮蔽在深重的乌云中。从来崇佛，至今佛意仍然浓重的凉州，断不至于怠慢了鸠摩罗什。或许，拐过这条街头，就是鸠摩罗什寺吧，或者，鸠摩罗什留给凉州的只有他的那根舌头吧。

鸠摩罗什西来凉州，成就了佛法弘扬史的一桩不朽传奇。因为争夺他，而爆发两场规模甚大的战争，并导致两个国家的灭亡，这是这位尊者的不世荣耀，亦是他永恒的悲哀。前秦君主苻坚在扫平北方后，又挥军南下，企图一鼓而下偏居江南的东晋，从而完成华夏一统的伟业。发兵前，他命令镇守凉州的大将吕光，出兵西域，从龟兹那里夺取鸠摩罗什。大军南侵，他有必胜信心，如果再得到这位旷世尊者，那便是，在世俗威权上一统天下，在精神领域里将真理的化身罗致于自己的帐下。此时的东土大地已兵连祸结多少年，真的该天下一统了，也真的需要精神抚慰了。一切如愿，吕光灭了龟兹，俘获了鸠摩罗什。只是东土这边出了意外，苻坚在淝水大败亏输，狼狈逃回长安后不久，又让原来的部属篡逆了。吕光在回军途中，得知此消息，他索性羁留凉州，自己开创后凉国，自己做起了后凉天子。而鸠摩罗什正好在手中，还有他从西域掠夺而来的，要用两万峰骆驼驮载的各色宝物。

有大作为者无不以旷世尊者为天下至宝，此时的吕光，手中有天下第一尊者，又有掠夺而来的充裕的俗世财宝。而凉州又是一个外有山河雄关捍卫，内有广阔平畴生息的宝地。但吕光并非一个虔诚的佛徒。

好在他也不是一个仇视思想精英的土皇帝。鸠摩罗什被羁縻在凉州长达十七年。这些年，他依然拥有国师的身份，间或也做些弘法敬佛的功课，可他的主要业务，似乎是在为吕家小朝廷谋划军国大事。对于鸠摩罗什而言，在这个漫长的岁月里，也是有收获的，比如，他本来就不错的汉语，此时臻于炉火纯青，比如，他对纷繁世事的参与、观察和体验，使他对佛家经典的领悟抵达化境。

时光在凉州的大地上默默地行走十七年，鸠摩罗什也从一个西来时的而立青年变成了知天命的中年人。佛祖似乎觉得这个难得一见的天才佛徒，此前在人世间走过的所有脚步，以及对佛法真谛的领悟过程，都太过顺利，佛法恰好是建立在对人世间的苦和恶的认知和体验之上的，否则，日诵千偈，胸藏万卷，不过还是从经卷到经卷，参不到什么佛法真谛的。这个佛徒从童年起，便为西域诸多君王座上客，少年时，便被西域的达官贵人像圣贤一样顶礼膜拜，而其声名如同那横扫过万里流沙席卷东土大地的西风，上至帝王将相，下讫凡人百姓，无不翘首西望。真正的佛徒都是从一个个劫难中诞生的，而所有的高僧大德，其佛法修为的高低，无不与其所受劫难的深浅相关。肉体的劫难是外在的浅层的劫难，内在的心灵的劫难才有望触及灵魂。此前，鸠摩罗什已经受到过一些劫难了，而强加于他劫难的人，正是他当下的主人。龟兹国破灭，吕光如愿俘获鸠摩罗什，军阀的眼里看见的永远都是强权和财宝。在吕光的眼里，眼前这个三十岁就声闻天下的佛徒，与凡人无异。吕光不是佛徒，可他知道佛徒的软肋在哪里。他强令鸠摩罗什与龟兹公主成婚，鸠摩罗什大惊失色，拒不从命。凡夫俗子的坏点子永远比圣徒要多，如果这个凡夫俗子手握强权，一个随意生出的坏点子都有可能制造出翻江倒海的动静来。他将鸠摩罗什灌醉，与龟兹公主一同关进一间密室。鸠摩罗什破戒了，而先前有西域高僧预言，鸠摩罗什如果三十五岁前不破戒，将功德无量。鸠摩罗什破戒了，时年三十岁。而吕光并未尽兴，他让鸠摩罗什骑乘烈马犟牛，以此出这位佛徒的洋相。

这一切，鸠摩罗什都挺过来了，他的心中只有一个信念：他是为佛而生的，佛法未弘，肉身何用。回军途中，鸠摩罗什给这位劫持他的军阀出过不少主意，有些主意可以说是挽救这位军阀于覆亡之际的奇谋神计。为人谋而不忠乎，这是儒家的做人标准，地狱不空我不成佛，这是佛家的理想。经了许多事，吕氏认识了鸠摩罗什的价值，在俗世待遇上，应该说，也是不薄的。但，他们的俗眼，只能看见这位世外天才的俗世价值，真正让鸠摩罗什时时因内心痛苦而灵魂震颤的，是他的弘法大愿搁浅在这片四周被流沙包围的天堂般的绿洲上。如何毁灭一个思想家，愚蠢的强权者，往往会从肉体下手，以为这样简便彻底，头颅落地后，再也不会生出什么蛊惑人心的想法了。而精明的强权者，则会留下你的头颅，但让你闭嘴，你的头脑里爱咋想咋想，你的想法不要说出来，或者不给你说出想法的机会，犹如让你锦衣夜行，没有观众，有也看不见，你尽情显摆吧。"罗什之在凉州积年，吕光父子既不弘道，故蕴其深解，无所宣化。"《晋书》中轻描淡写的几句话，鸠摩罗什生不如死十七年啊。

　　吕光死了，吕隆袭位，鸠摩罗什的俗世待遇没有受到触动，可弘道之舟依然搁浅在凉州的戈壁滩上。而此时的长安，前秦国号陨落，后秦旗帜升起，苻氏国姓由姚氏取代。这个原为"罢黜百家独尊儒术"文化理念的发祥地和大本营，城头的旗帜几经更换，当此之时，儒冠凋零，佛光正炽。礼请不得，便发兵强取。长安姚兴如愿攻破凉州，也如愿俘获鸠摩罗什。此时，应该为那两位因为鸠摩罗什的缘故而导致身死国灭的君主说句公道话。龟兹国王白纯和后凉国主吕隆都完全有能力，甚至有理由，在国破身亡之前杀了这个灾星的，但是，他们都没有这样做。翻开华夏文明史，我无法拥有，你也别想拥有，毁灭你极力要得到的，甚至与你玉石俱焚，也在所不惜，这几乎成为惯例。然而，也有例外，一个是龟兹国王白纯，一个是后凉国主吕隆。在中国古代的帝王谱中，他俩既无大作为，亦无大名头，然而，他们不约而同，放过了鸠摩罗什，有此一举，足以称得上大作为，足以配得上任何大名头。

　　留给鸠摩罗什在俗世的时光还剩十二年。对于怜惜自己俗世寿命的俗人而言，十二年是一个相当冰冷残酷的数字。十二年能干点什么呢，十二年后，自己将弃世而去，这个世界不再跟自己有关了啊。可对于鸠摩罗什来说，这点时间已经足够了。需要他做的，他想做的事情当然很多，再给他五百年，也不一定够。可是，他知道，人这种精灵，在宇宙天地间孕育，无数的人，汇聚为宇宙天地间的一条滔滔不息的大河，一代人有一代人的事情，一个人只能做一个人的事情，得过且过虚度一生，是对自我职责的亵渎，也是对自我生命的辜负，但却不能因此越俎代庖包办代替。此时，鸠摩罗什已年过半百。好在，他是一位天纵之才，童年时，即可日诵千偈，三万余言，胸中装满了佛学经典。少年时，又遍访西域高僧大德，辩难释疑，佛学功底一时天下无双。凉州十七年，虽无法正常开展弘道宣化的事业，但一个智者的头脑只要没有停顿，那么，无论身处何时何地，他都是一个思想者，思想者需要日益精进，更需要反刍，在反刍中精进。

鸠摩罗什官拜国师，入住长安的欢乐谷中，他率领八百弟子日夜畅游于佛学的汪洋大海中。《摩诃般若波罗蜜经》《妙法莲华经》《金刚经》《维摩诘经》《摩诃般若波罗蜜大明咒经》《佛说阿弥陀经》，还有《中论》《大智度论》《十二门论》及《百论》等论，凡七十四部，三百八十四卷，后世中土佛教几乎所有的宗派或学派，其渊源都在这里。思想者的价值从来就不限于思想者本人。身未死而学说已废，本来就不配思想家的称号。身与学说同死者，最多也只能算作御用学者，他只属于"御"他"用"他的人，仍然与思想无关。真正的思想家，其思想的光辉未必能够照亮当世，但，一定是能够照亮后世的。以此而论，鸠摩罗什当之无愧。

然而，在佛家戒律那里，鸠摩罗什的肉身却是不洁的。据可靠史料记载，他有着三段破戒史。第一个是吕光，这位成心让他难堪的军阀。第二个却出自"好心"。《高僧传》说：

> 什为人神情朗澈，傲岸出群，应机领会，
> 鲜有论匹者。笃性仁厚，泛爱为心，虚己善诱，
> 终日无倦。姚主常谓什曰：大师聪明超悟，天
> 下莫二，若一旦后世，何可使法种无嗣。遂以
> 伎女十人逼令受之。自尔以来，不住僧坊，别
> 立廨舍，供给丰盈。

这位"姚主"，大约就是后秦国主姚兴。这位同样出身军阀的君主，很傻很天真，也不乏可爱。他内心有着长远打算，也为这份长远打算付诸了切实的行动。在他的知识系统中，"法种"可以来自生命的遗传。当然，这不能怪他。"王侯将相宁有种乎"，虽有这声发自大地深处的质疑和呐喊，虽有无数的改朝换代命运沉浮成为俯拾皆是的证据，但是，一旦戴上天子冠冕，一朝跻身王侯将相阵容的人，哪怕明知天命之说不靠谱，但也不愿意就此相信，至少不能让他人相信。何况，鸠摩罗什本人就是"法种"，一时无二的"法种"。他的父亲鸠摩炎，他的母亲耆婆，同为虔诚的佛徒，同为得道高僧。法种绵绵，代代不息，得一人，而天下优良法种尽在欢乐谷里，如那不懈江河，自然流淌。

鸠摩罗什与姚兴配给他的那十位伎女，到底有无"法种"育出，史无明载。但，鸠摩罗什确实有两个儿子。这便是他的第三段破戒史。这次，似乎是他主动破戒。《晋书·鸠摩罗什传》说：

> （什）尝讲经于草堂寺，兴及朝臣、大德
> 沙门千有余人肃容观听，罗什忽下高坐，谓姚

兴曰：有二小儿登吾肩，欲都须妇人。姚兴乃召宫女进之，一交而生二子焉。

大师就是大师，对平常人耻于启齿的事情，他说得尽在佛理，做起来也如同做佛事。他说，他的精神遭遇障碍了，而这个障碍来自性欲，只有女人才可克服。姚兴不含糊，他老早都在这样想，这样做，后宫又有那么多闲置的青春女子，只要"法种"可传，保障供给。大师更不含糊，"一交而生二子焉"。看来，从先前的两段破戒史中，大师获得了性经验，而这种经验，并非身外之物，予取予求，可以自由处置，它往往会变成自身的一部分，召之一定来，挥之未必去。这不，大师在这样庄严的场合，肉欲这个孽障，像凡人一样发作了。

只是，那一举而得的两个儿子，并没有成为大师，至少史无明载，至少没有成为乃父那样的大师。看来，龙生龙凤生凤，从血统和外形上大体不会有什么差错，但，是龙的形体未必一定有龙的精神，是凤的外形，未必一定有凤的仪态。大师的形体骨血可以遗传，而大师之为大师，却不在于其形体骨血。家学渊源，其来有自，并非虚构，同样，君子之泽三世而斩，亦是常见的风景。那些名冠千秋泽被百代的圣哲，其思想衣钵由自己血亲后人传承者少之又少，以至绝无仅有，他们的衣钵在他们的门生手里，门生复有门生，代代沿袭，代代推陈出新。弟子门生是他们真正的"法种"，比如，孔子有"法种"三千人，贤者七十有二，鸠摩罗什有"法种"八百人，贤者有所谓的"什门四圣""什门八俊""什门十哲"，这里面没有他的那两个他与宫女生出的儿子。

中国人给译者的事业设置了一个最高标准：如翻锦绣，背面皆华。而鸠摩罗什以他的几百卷佛经译典，成为这个至高标杆的最早践行者。他的心智，他的思想境界，他的现实贡献，都可力证，他是佛学史上屈指可数的大师，都是与日月经天江河行地的，都是不朽的。然而，他的三段破戒史，无论被破，还是自破，却说明他的肉体仍然是血肉之躯，与俗人并无本质差别。于是，他的肉体生命无可阻挡地走到尽头了。也许，他深知，破戒对于一个佛徒是多么地重大，多么地致命，尤其像他这种对佛法事业贡献巨大，因而其一言一行具有强大号召力的高僧来说。这绝非危言耸听，在他享受俗世待遇时，许多佛徒早已按捺不住起而效法了，只是他以自己高超的佛法修行，使"诸僧愧服乃至"罢了。可是，他死后呢？对此，他是一千个不放心，一万个不放心，以他的绝顶高超的修行之功，尚且三番破戒，遑论那些一身袈裟一心俗念佛门混迹者呢。也许，是对自己破戒行为的忏悔，也许，是对佛门弟子的劝诫，抑或是为了证明，自己的破戒，只是肉身之破，而非灵魂之破，圆寂前，他将众弟子招呼前来："今于众前，发诚实誓：『若所传无缪者，当使焚身之后，舌不焦烂。』"

　　奇迹出现了："以火焚尸，薪灭形碎，唯舌不灰。"

　　这是思想史上的奇迹，古今中外，仅此一例。而让人颇为费解的是，鸠摩罗什圆寂前嘱托，将他的那根烧不化的舌头运回凉州安葬。于是，人世间有了这座唯一的舌舍利塔。这同样是思想史的奇迹，古今中外，仅此一例。

　　是否，肉身破戒，因之肉身也是速朽的，只要在思想上严守戒律，从不妄言，那么，那根传播思想的舌头也会不朽？

谁能说得清楚呢。

在寒风中，在凉州的寒风中，在这个冬天最冷的夜晚，我穿过只有寒风出没的街区，来到鸠摩罗什塔前。我知道，这里供奉着一根不朽的舌头，而我的舌头业已冻僵。

我无语，我欲语不得。

敦煌夜行记

　　第一次踏上河西走廊地界时，我便恍然觉得，此生我与河西走廊有缘，而我的前生一定幽居在河西走廊的某个地方。那个地方大约是，或者最好是敦煌。尽管，此时我还在河西走廊的最东端，西行千里才可抵达敦煌。而我此行，注定了只能在河西走廊的大门口挂上号，向敦煌遥致敬意，然后，落寞东归。因为落寞而西行，西行不行，落寞东归。

　　然而，与河西走廊肤浅的一次近距离膜拜，河西走廊的根便扎在我的内心最柔软的部位，或者，我的根扎在了河西走廊最适宜扎根的地方，沙漠，戈壁，绿洲，阳光下，月色中，洞窟里，或者，某一丛骆驼刺扎根的地方，都行。那是我从未见到过的阳光，极尽少年的想象力也不曾想到的阳光。此前，在语文课本中，在文学作品中，对阳光的描写不外乎火辣辣的，或者，火炉般的。沐浴在河西走廊的阳光下，我猜想，这些描写阳光的人，一定不曾在河西走廊阳光下的沙漠戈壁跋涉过，一定不曾见识过沙漠地带有着怎样的一种阳光。

　　其实，我也不知道，我不知道以怎样的语言才可准确描述河西走廊的阳光。这与才学，或者语言的局限什么的无关。天地间有些事物是可以形诸语言的，有些则天生拒绝语言的参与。语言是有边界的，正如人用来说话的那张嘴是有大小尺寸的，且有着有些话可说有些话不可说有些话此时此地可说有些话永远不可说的讲究。在河西走廊的阳光下，我只感到，内心积久的阴郁霉烂都被晒干蒸发，恍惚间，自感像头顶的天空那样灿烂透明，像脚下黄沙那样灼热洁净。我记住了这一切，也从此，能够拯救我的只有河西走廊。十几年后，我再次来到河西走廊，而且横穿千里，直抵敦煌。此间，我已经游历了大半个中国，被欲望焚烧的都市，被时代遗弃的小镇，喘息着挣扎着的乡村原野，最大尺幅放逐着个人肉体和灵魂的人群，在这个波澜壮阔或泥沙俱下的时代洪流中，我寻找，我彷徨，我迷失，我沉沦，我自救，前途无路回头无岸时，河西走廊的太阳像一道惊雷在头顶轰响。我想起了十几年前我曾对河西走廊的期许，或者，河西走廊对我的承诺。我以刚愎自用的心态，在此行尚未启动之时，已为此行设计了一个完满的结局：河西之行，我将是一个永远怀抱阳光的人。

正是盛夏季节，白天头顶烈日，我穿行跋涉于沙漠戈壁间，眼前只有黄沙，只有被亿万斯年的烈日烤焦的黑戈壁，晚上回到任意一个距离沙漠戈壁最近的绿洲小镇。然后，在月光下，怀想白天走过的地方。月光如水，如水的月光让长空和大地变成一片漫无边际的秋湖，那月光就是荡漾着的秋水涟漪，天地都在秋水中漂浮，而月光照射不到的地方，留下一片片阴影。那不是我们所常见的那种被称之为阴影的阴影，层次分明，浓淡相间，浓重之处黑云压城城欲摧，淡薄之地云破月来花弄影，看得见的地方空蒙幽远，看不见的地方正好放飞无边遐思。明知月光照射不到的阴影部分不是绿洲，却宁愿赋予其绿洲的全部意义。白天所见绿洲，那是太阳为河西众生提供的庇护所，而夜晚月光下的每一处阴影，却是月亮为河西众生开辟的心灵绿洲。在无边的遐思中，阳光下的绿洲与月光下的绿洲拼接在一起，沙漠戈壁有多浩瀚，绿洲田园便有多么广阔。

此时，我已经幡然憬悟：阳光下的河西走廊是一个用眼睛可以看到的世界，而月光下的河西走廊则是必须用心灵才可看见的世界。把眼睛和心灵连在一起，把太阳和月亮连在一起，把过往和如今连在一起，也许，这才是一个完整的河西走廊。

我决定夜行。

在那些个日子里，每个白天，每个夜晚，我都在行走状态中。千里地面上，以驿路中轴线为基点，旁涉两边，所有的城市，几乎所有的小镇，一一涉足过来。白天，在永恒的烈日下，沙漠戈壁中废弃的古城和各时代的长城遗迹，城镇的大街小巷，绿洲中的田园屋舍，能够涉足之地不遗余力。夜晚回到小镇，有月之夜，在月光下行走，无月之夜，在夜幕下倾听。河西的风从来都是夜行者，像那些千古以来跋涉在这条驿路上的旅人。而河西走廊的风是从不空手闲走的，时急时缓的风捎带着或远或近时急时缓的信息，千年间与镌刻在古驿路上绵密的脚印同样绵密的信息，切近着与古驿路同样生动鲜活的信息。过往和如今在这条古驿路上叠合，如那声声断断的阳关三叠，还有那苍凉千古的凉州曲塞下曲。大漠孤烟，长河落日，醉里挑灯看剑，沙场秋点兵，行人刁斗风沙暗，公主琵琶幽怨多，马思边草拳毛动，雕盼青云睡眼开，男儿西北有神州，莫滴水西桥畔泪。空旷之地，心神如天地般空旷，而正是这般的空旷，古人仅凭天性便可洞穿茫茫沙尘，向西，向西，向极西之西。太阳每日东升而西下，太阳落在了哪里，这照亮世界的太阳，每天西下之后的那一段时间里究竟藏身何处？距今一千七百年前的某一天，一个名叫乐僔的内地僧人，万里西来，当行至敦煌三危山下时，他发现了那颗每日都要丢失一回的太阳。

那个时候，生活在东土的人，敦煌已属地理概念中的极西之地了，却原来，太阳的家在这里。乐僔来到太阳的家里，找着了太阳。他要为太阳建造一个永久的家，敦煌便是一个唯一适合太阳安家的所在。三危山寸草不生，唯有火焰般的阳光，任何生命都得凭借太阳的温暖而生，但在太阳的家里，太阳是唯一的起落轮回的生命。沙山高耸，在天地间逶迤不绝，阳光铺洒上去，每一缕阳光便是一颗完整的太阳，每一粒沙子便是一颗完整的太阳，地上的沙粒以反光的天性，让天上的一颗太阳幻变为地上的无数颗太阳。天上的，地上的，所有的太阳都汇聚于敦煌。这是太阳的家啊！而宕泉河却从沙山的缝隙中奔突而出，水流到处，一派草木恣意葳蕤。天上的太阳，地上的黄沙，生命的咏叹，在这里达成了梦幻般的共识。这里，只有这里！乐僔在沙山尚未彻底覆盖的沙沟里，在宕泉河涟漪可以间或温存的岩壁上，以一己之力，动手开凿第一座石窟。他把阳光和佛光看成是一种光。本来这也是同一种光，阳光照亮黑暗的天地，佛光让阳光抵达不到的心灵深处也沐浴在阳光之下。阳光，佛光，人的心灵之光，在三危山下宕泉河畔的一洞石窟中，融合为一种光，敦煌从此成为光的象征。

在那段日子里，我已经走遍了敦煌城区的大街小巷，也将与敦煌关联的各处圣迹悉心膜拜一遍。近处的莫高窟、鸣沙山、月牙泉，远处的古阳关、古玉门关、榆林石窟，诞生天马的渥洼海，还有那只有魔鬼才可创造出来的魔鬼城。我专程去看过古玉门关的日出。那是需要在夜半时分便要飞车追赶，才有望获得一眼之幸的距离。白天，磨洗过千遍的白刃一般的阳光，万道银针直刺身体的各处，体内的水分似乎已经被吸尽榨干了，而深夜的戈壁滩却寒风刺骨。天地鸿蒙未辟时的黑暗，能感觉到四围戈壁滩的无边无际，眼前却只有被车灯刺穿的那一溜天地。天地无声，而天地喧嚣，漠风掠过夜空，如万千海螺同时鸣响，漠风划过沙滩，大地如同一张坚硬的牛皮纸正在被撕裂。一座羊圈样的土围子出现在车灯撕开的天地间，突兀，孤独，孤傲。这就是那名闻古今的玉门关吗？是的，这就是玉门关。回到汉唐时代，你便是一个居心叵测的深夜闯关者，守关将士会因为你的唐突而严阵以待。如今，唐突的是玉门关，而不是深夜闯关者。一天一地都是空旷，看不见什么，亦无须看，只需倾听那来去无挂碍的风，便知这一片天地是何等的空旷。

太阳还没有出来，东边往常太阳升起的地方，此时升起的是被人们习称为鱼肚白的那种亮光。语言对人的思维的约束力真是太巨大了，而语言在描述事物时给人的思维造成的误区，几乎占据了人的生活的所有空间。我们生活在一个个误区中，一个个自己给自己精心设置的误区中。从古玉门关看出去，那片标志太阳升起的光亮根本不是什么鱼肚白，而是如同脚下黑戈壁一般的铁黑色。那是阳光照射在黑戈壁之上后的反光，青光泠泠，缭绕于青光之上的那片云彩，如同铁器淬火时激射出来的那种烟雾。正是黎明前的黑暗时分，可是古玉门关在这个时分，黎明是真的黎明，并不存在黎明前的黑暗。透过薄薄的夜幕，毫无遮拦的天宇无尽，毫无遮拦的大地无尽，在天地无尽处，那座羊圈似的土筑古城堡残迹，赫然天地的中心，以无尽空宇为顶，以无尽大地为基，俯瞰四方八面，俨然天地之砥柱。晨风一波波刮过，像是无羁的孩子，在无边无际的戈壁滩上无羁地奔跑着。而一个白天，阳光积存在戈壁滩上的温度早已被一夜的漠风驱赶到了比远方更远的地方，留给古玉门关的只有寒冷，彻骨的。是以气象温度衡量仍算得上高温，实际感受却是寒冷的那种寒冷。瞭望太阳升起的地方，还是一片清冷冷的铁灰色，而天地之间如同一座被清空的无边无际的仓库。无边无际的苍茫，一无所有的空旷。而在这里，无边无际与无穷无尽同义，一无所有而包含万有。明明看见太阳已经离开了东边的地平线，却不见那种冉冉的，光线逐次铺展开来的日出。太阳有被云层遮蔽的时候，这是正常的天象，古玉门关独立于天地空旷处，却并未独立于天地之外，看来，只能看一场看不见的古玉门关日出了。

　　就在一错眼间，天地忽然一片炫目的灿烂，恰似在一座巨大的光线暗淡的空屋子里独自摸索前行，一支巨型火炬爆炸般点燃，轰然而至的明亮足足吓人一跳，或者，像是一个顽童在跟大人玩失踪，在你焦灼寻找而不得时，突然间从某个完全出人意料的所在闪身而出。我去过许多以看日出而闻名的地方，那些地方的日出，其实与大地上任何地方见到的日出并无多少特异，太阳从地平线上冒出些许射向空宇的光华，太阳露出半边脸，全部露出来，光华顺着苍穹逐次下移，逐次在大地上铺展开来，如此而已。而古玉门关的太阳却是猛不丁从地平线上跳起，在你错眼或错愕时，已经升起一人高了。跳起后，悬浮在距离空宇和大地等距离的虚空中，然后，长时间地悬浮在一个位置。像是漂浮在水中仍在燃烧的火炬，火焰映照着水波，水波承载着火焰，又像是谁在那里托举着一盏红灯笼，风吹灯笼，火苗俯仰，灯苗摇曳，不是太阳在冉冉升起，而是大地随着阳光的逐次铺展而冉冉升起。收回目光，四望大地，黑戈壁一派红光潋滟，近处的古城堡，远处的残破烽燧，如一个个到死心如铁的守边男儿，没有得到撤防的命令，历经千年风雨，他们的哨位也不曾移动半步。

一次夜行，让我恍然知觉，敦煌的白天和夜晚不仅仅是晨昏之别，不仅仅是看得见和看不见，而是，白天看得见的，夜晚一定也看得见，夜晚看得见的，白天一定看不见。看不见的那些，也许才是敦煌的魂魄所在。在白天，自然之光照亮了敦煌，而自然之光不仅属于敦煌，凡是沙漠之地，阳光都是那样奢侈，而敦煌的夜晚，仍然给人一种明澈如白昼的错觉，头顶永远有一颗不落的太阳，每当心头升起黑夜将临的警报时，一束光亮便会适时照临。也许，那就是佛光，千年前照亮佛徒乐僔的那束光芒，被佛徒乐僔留驻在敦煌千年的那束光。那束光曾经照亮了无数东来西去旅人的黑暗旅途，他们将这束光留驻在心口，每当黑暗来临时，眼前便光芒四射，心头顿时昭昭然，天地顿时昭昭然。

那一晚，我去了鸣沙山。距今不过十几个寒来暑往，可那时的敦煌相当开明。当然，除了莫高窟。那是绝对的，任何人都得谨守规矩的禁地。而鸣沙山这些自然景观，在夜晚，却还处在自然状态。在白天，购票，行走路线，出入时间，一切都井然有序。到了夜晚，让自然的回归自然。也许，这是管事者对怀有自然情怀者的一种恩赏。不公开主张，也不严格限制。敦煌城区距离鸣沙山大约六公里路程，一条黑色的马路相连，马路两旁都是戈壁滩。夜幕降临，一切交通工具停运。不算远的距离，荒凉的戈壁滩，在默默地考察着你是否真的有一腔自然情怀。大批游客返程时，我迎着游客而去，夕阳依依下沉时，我来到景区大门外。一道简陋的铁闸门，不足以阻挡我的夜游之心。鸣沙山下的阳光已然褪尽，阳光将最后的光晕涂抹在沙丘顶上，艳阳下的白沙此时变为金沙，一朵朵沙丘浮泛着迷离的金光，向西天无极处延展。沙丘与沙丘的每个折角，却形成一片片浓重的阴影，每道折角好似刀刻或者精工雕砌出来的，那道折线明暗严谨，丝毫不乱。而蜗居两座沙山夹角之地的月牙泉，已经采摘不到任何来自天上的光线了，形成一道月牙状的幽深的阴暗。可是，谁都认得出这是月牙泉，不是凭事先的经验，而是眼见的风景。鸣沙山制高点的一片光晕，好似一轮初升的羞羞答答的月亮，正好将一弯光亮，飞洒在月牙泉中。我不知道这是造物主施展了怎样的一种手段，我只有震撼，然后静默。

我沿着一条直达鸣沙山山顶的折线攀援而上。我攀爬过无数沙丘，却不曾见过这样的沙粒。我只能称之为沙粒，找不出描述此类物质另外的更准确的词汇。没有颗粒，只有沙。是沙粉，面粉一般的沙粉。细嫩的，柔软的，温暖的，缠绵的。我看见一缕缕涓流一般的沙粉，却不是水往低处流的那种流向，而是人往高处走的走向。白天，无数的游人将沙坡踩烂，沙坡坍塌下滑，沙粉堆积在山脚下月牙泉旁。有些游人有意落在今天的最后，在沙坡上留下自己的印迹。第二天第一个前去观察，却发现，鸣沙山一如远古地平滑，沙丘尖儿溜直，沙坡上的沙纹如水纹般舒缓有致，昨日的故事被尽数抹去，与未有人迹前的原初状态一般无二。我是事先知道这一奇观的，而此时却是亲见。我目睹了晚风从空旷的戈壁滩来到月牙泉旁，完成集结后，分批从不同的方向，从山脚向山顶推进，将人为倾泻下来的沙粉，再一层层顺推上去，直到将一切恢复原状。并且，也不忘盖上印章，如同小时候在粮库见到的，每一堆粮食上都有的印记。水波纹的，莲花瓣状的，枯枝状的，禽鸟的爪痕，走兽的蹄印，斑驳万状，好似一座艺术展馆。回头看，自己刚才踩出的脚印，正在被一一抹平，有些沙粉走在我的前面，修复他人留给沙坡的创痕，有些沙粉则跟在我的身后，替我遮掩我的冒昧闯入的罪过。

爬上制高点，回环四望，一边是无垠的戈壁滩，戈壁滩的深处便是华灯初上的敦煌城，而另外一个方向，则是那无尽的沙丘。只有个别沙丘的顶部，还可触摸到阳光的余晖，一座拥有余晖的沙丘，便是一颗在云层中忽隐忽现的月亮，月光则被云层完全遮断，给周边形成无边的浓重的阴影。脚下的鸣沙山山顶却是一团金光迷离。只有一团，农家打麦场大小的一团。仰首向西，依然能够看见紧贴在地平线的一溜夕阳。鸣沙山算不得高峻，即便在敦煌这样的一抹平畴之地，也不过是一座再也普通不过的沙丘。然而，当周围的大地都被夜幕笼罩之时，鸣沙山却可独享一日最后的阳光。我猜想，此时，如果敦煌城内有人正好遥望鸣沙山，一定会看见这一片一日最后的光彩。晚风来自四方八面，而四方八面的晚风却只有一个目标，都在向鸣沙山顶汇聚。沙粉随着晚风，像是婉约的湖水，一波波向山顶漫卷。你能感觉到自己正在慢慢升高。白日里，被无数的人踩踏崩塌凹陷的山顶，被填补，被垫高，沙粉不会掩埋你正踩在沙山顶上的脚，沙粉从你的脚底渗透进去，山顶被逐次修复，你也被逐次抬升，你随着山顶一起升高。

这是纯粹的自然现象，人们早已根据自己所受的科学训练，赋予了合理的科学认识。可是，人却宁愿相信在自己所处的看得见的世界之外还有一个自己看不见，且对世界，也对自己产生着重大影响的世界。而且，人们宁愿在这个世界面前保持无知。无知是人们在世界面前应有的一种谦卑，一切都知道，一切都明晰，那么，便要因此承担责任。为世界担责，为自己担责，而有些责任却不是自己愿意或能够担当的。重要的是，自己无力担当。现在有了无知作为挡箭牌，以此为护佑之盾，种种的推脱、延宕、顺从，乃至顺其自然，似乎都是可以被理解和原宥的。人在不知不觉间，变得无比强大，甚至无法无天，眼里看见眼前某些完全自然，也并未对自己造成什么不便的事物，心中油然而生的，往往是征服、改变。而有些征服改变行为，纯属损人不利己，纯粹是为了满足内心某种不可告人的欲望。这是一种恶念，根深蒂固，带有原罪意味的恶念。正是一个个这样的恶念，倾覆了自然界原有的平衡态，从而也毁灭了自己原本和谐的生存环境。鸣沙山脚下的月牙泉，便曾遭遇过出自人们的恶念带来的厄运。在人定胜天的口号如摇滚乐般达到癫狂状态时，曾有那么一批自小生活在月牙泉边的人，当他们得知，在这流沙千里地界，所有旺盛的生命，所有清澈的水流，所有坚固的城堡，都在流沙的侵袭下湮没无存，而月牙泉却在洪水、干旱、沙尘暴的频频肆虐下，亿万斯年，从未发生过任何改变，小小的一汪清泉，从不曾因为洪水而增一分，亦不曾因为干旱和沙尘暴而减一分。这让那些立志征服整个世界的人心下很是不爽。他们调来几台大型抽水机。他们胜利了，月牙泉水位下降了，没有足够水量护佑的沙堤崩塌了，从那以后，月牙泉再也没有恢复到先前的规模。而无数类似的疯狂行为，让亿万斯年独力撑持着方圆千里地界生命平台的敦煌绿洲，缩身为茫茫沙海中的一叶孤舟。

　　人是需要约束自己的能力的，为了别的生命，更为了自己。在当下的生命界，人已成为绝对的主宰。可是，人有能力主宰别的生命的命运，却唯独不能主宰自己的命运。当一种生命强大到不受任何生命的制约时，毁灭是必然的。自己毁灭自己。人什么时候在字典中、在内心里，彻底抹去征服的字眼，那才是拯救，或自救的态度。在敦煌，自从汉武开埠、乐僔开窟，千百年来，在反复的盛衰荣辱中，人们已经知道了该怎样善待敦煌。不是征服，亦非改变，而是改良。

过了几年，又来敦煌。那是一个第二天便要进入冬天的秋夜。黄昏抵达，穿过城区，尚未来得及观赏敦煌的变化。车子出了城区，直接往鸣沙山方向而去。夜色朦胧中，恍然惊觉，城区与鸣沙山之间原来的空旷被什么东西填充了。原来的戈壁滩里成长着大片大片的树木，有果树，有各色沙地草木。在树林中，赫然矗起一座辉煌的古典式建筑。这就是今夜要下榻的酒店，位于城区和鸣沙山的正中间。饭后，来到马路上闲走，原来的空旷被填充后，变成真的空旷。原来的空旷是无物之空旷，人可以把自己以往在生活中存储过多的杂物，一一卸载在这空旷之地，趁便歇歇肩，喘口气。可现在没有空旷了，负载着的还得继续负载。在来敦煌的路上，我已经给朋友讲了夜行敦煌的高妙。

正是淡季，这个季节敦煌本地人许多已离开敦煌去外地度假了，而外地人像外国人那样稀少。我和朋友决定夜游鸣沙山。两边是草木，秋风扫落叶，万木萧疏。秋风在草木林中任意穿梭，沙粒被草木禁锢了，秋风便拾起枯叶，随手挥洒，仿佛整个敦煌城都被秋风抬起，悬浮在虚空中。草木夹持的宽阔的马路上，只有我俩。秋风把我俩当成了莫名其妙的人，在一个不适合的节令和时间造访敦煌，而我俩也将敦煌的秋风当成莫名其妙的风，一叶落而知秋，在这条空寂无人的马路上，并没有人需要知道现在是什么季节。到了山门前，铁闸门关闭着，却留下大狗可以出入的空隙。凡是门，要不完全关闭，要不大开大门，半开半闭，显得有些暧昧，甚或有故意招徕的嫌疑。我俩钻了进去。秋尽冬来，月亮不知何时已然挂在半空。像是一张血色耗尽的女人脸，苍白，寡白，僵死的那种白，月光洒在地上，仍是那种铅灰色的没有生命迹象的灰白。灰白的月色，灰白的沙色，灰白的遥远，灰白的切近。返身看看我俩洒在沙地上的身影，竟如同传说中的鬼魅，过度地膨胀，虚浮缥渺。有时候，影子距离身体过于远了，好似不是我俩的身影，有时候影子却与身体过度贴近，好似还有另外的人，另外的影子。我俩同时发现了这个机密，几乎同时毛发直竖。而蜗居在山坳的月牙泉，在灰白的月光下，似乎变成一条巨大的发射着幽光的怪物，沙丘折射出来的阴影，则堆砌为一座座倒立的黑色的金字塔。

没有人说出内心的惊悚，也没有人说返回的话，但两双脚同时改变了行走的方向。出了山门，回头再看刚才抵达的地方，月光清凉，沙山静谧，而月牙泉则隐身在沙丘之间。一切如常，一切如秋尽冬来之敦煌之常，只是先前没有在这个节令来过敦煌。已近子夜，秋风搜刮尽了体内储存的温暖，而此时，头顶正上方的虚空中突然传来人的说话声。细看，细听，却是一只高音喇叭。广播的内容是某个品牌的啤酒广告。突兀而滑稽。四顾无人，夏天的单衣已无法抵御秋杪之寒冷，仿佛谁真的将冰冷的啤酒兜头浇下，身心内外都是彻骨的冰冷。我说，这是专门给咱俩做的广告，这是多大的抬举，咱俩该领这份情。朋友是个着实人，郑重说，应该。沿着来时的大路返回，静夜的秋风如同失去管束的顽童，肆意地啸叫着，肆意地混闹着。大路边，树丛中，一豆灯火明灭，试着查看，果然是一间家庭杂货店。要了四瓶广告中的啤酒，一人两瓶，仰脖囫囵灌下，彻骨的冰冷，五脏六腑，连同骨头，似乎都被彻底清洗了一遍。都是在红尘中烦闷到崩溃地步的人，谁料想，一个自虐式的恶作剧，竟会生出如此神奇的结果。敦煌式的幽默，敦煌式的救赎，如同王道士打开并出卖的藏经洞经卷，以恶噱始，以善果终，因果如此相悖，因果却宛然互证。

东土之人西去的最后一站，西来东土之人的第一站，最初和最终在敦煌高度重合。鸠摩罗什被西凉大军劫持至敦煌时，他的坐骑，那匹将一代高僧从西域驮来的白马，耗尽了生命的最后气力。大师给爱马举行了隆重而悲怆的葬礼。党河边上，一代大师，一匹白马，西域东来的大师，注定了要为中土之人注入精神活力的大师，西域东来的白马，主人的体重不会超过同行的任何一个赳赳武夫，但它也许觉察出了主人的真正分量。七万大军，横渡千里流沙，专为它的主人而来，这是何等的世间盛事啊。无比的荣宠，无比的庄严，无比的荒诞。承载主人走完大地上最艰险的数千里路途，主人踏上了繁华东土的第一站，主人的演出开始了，仆从退居历史的幕后。无法猜度鸠摩罗什当时的心情，但，白马死于此时此地，又何尝不是对主人的某种暗示呢。鸠摩罗什还要继续东行，数千里征程还在等待着他的脚步去丈量，而此次东土之旅，于他，于他弘扬佛法的心中大愿，休咎吉凶，实在难以逆料。指令劫持他前往东土的中原王朝，在他艰难跋涉于茫茫沙海之际分崩离析了，当下统领大军劫持他的人，已经生出自立河西的王霸之心。大师在党河边择了一块闲地，安葬了与自己同生共死的伙伴。白马塔是后人修建的。鸠摩罗什羁留凉州十七年，在长安译经弘法十二年，佛法因为他而在东土的面貌为之一变，境遇也为之一变。追本溯源，白马与有荣焉。民间传说，那匹白马是西海小白龙的化身，专为鸠摩罗什的东行而幻变为马。人世间从来都没有过真正的公平，也因此传播众生平等的佛法得以弘扬。但，人世间又从来都是公平的，或在身前，或在死后，即便是一匹供人役使的马，后人同样会为之叙功记劳，铭石不朽。白马塔矗立在敦煌大地上，塔分九级，八角相轮为座，仰莲花瓣围绕塔身六角坡刹秀盖顶，每只角悬挂一只风铃，有风叮当，无风亦叮当。

初夏的一个深夜，我前去膜拜白马塔。白天的敦煌是阳光之都，而夜晚则是佛光照耀之都。佛祖西来何意，这是历代佛徒都在冥思追寻的问题，其中的深意从来无解，也许永远无解。但，西来弘法的路上，西去求法的路上，无尽的雪山大漠，无尽的艰难险阻，高僧们靠的是什么一次次只身穿越，一次次化险为夷？他们的双脚，他们骑乘的马匹，从来都是踏在坚实的大地上，千锤百炼的肉体，千磨万击的意志。我本俗人，有着俗人的懒惰。大街上出租车要有尽有，敦煌城不大，五块钱的起步价可以通向城区的每一个角落。但我要步行而去，不知道白马塔的所在，我要问路前行。即便如此，在古人那里，不过是饭后消食散步之劳。一条条通衢大道，一条条逼仄小巷，党河大桥横亘在月光树影下。当头明月朗照党河碧水清波，天上之月只有一轮，水中之月如空宇繁星，无风，河边旱柳枝条垂挂，而水中倒影却婆娑摇曳。桥那边便是乡村了。在敦煌，无水之地，砂石磊磊，寸草不生，只要有水，草木疯长，田园扰攘。

静谧如远古的村庄，农舍掩映在高大树木之中，月光飘洒在树梢和屋顶上，而乡村道路完全处在浓荫下。偶尔有农家狗被脚步声惊动，它们只是例行公事吠叫几声，并无认真对待之意。在村庄的深处，一片用围墙转圈围拢的果园里，一塔兀然耸立，明月之下，树荫之中，风铃泠泠作声，一千六百多年前的一个明月之夜，一代大师，一匹白马，曾于此诀别。

继续往村庄的深处走去，那里还有敦煌古城的一截残垣。敦煌城始建于汉武时代，而最早的敦煌城早已复归于敦煌大地。这段城墙是西凉王李暠所建王城。李暠乃大唐李家天子先祖，二百年后，他的后代举起了华夏历史上最耀眼的大唐旗帜。这个家族肇兴于陇西，西行流沙之地，积聚数百年，又东行千里，在郡望所在的关陇大地，开辟了盛唐伟业。一头是河西走廊的最西端，一头是河西走廊最东端的延伸之地，河西走廊如同一根扁担，挑起了李唐家族的过去和未来。月光下的这段残垣，便是大唐李家的奠基之地。流沙湮没了多少曾经辉煌无比的城堡，漠风曾经摧折了多少纵横天下的英雄旗，而这段残垣，却残破了千百年，耸立了千百年，注定了，还要如此残破下去，如此耸立下去。

这就是历史啊，残破着，耸立着，耸立着，残破着。一位南方作家在游历了敦煌之后，沉默许久，然后写下三个字：圣敦煌。而另一位声名如日中天的南方诗人在游历河西走廊后，一行诗都不曾写出，他沮丧而又油然说：河西走廊让我感到自卑。三十年间，我踏上河西走廊的土地不下二十次，膜拜敦煌不下十次，我已从一个黑发扰扰的懵懂少年，变成一个如河西走廊般沧桑的人，而阳光下的河西走廊仍是那样一览无余，月光下的敦煌仍是那样高古幽远。最近的一个月间，连续三次河西之行，其中有两次抵达敦煌。初夏季节，我亲眼看见了河西走廊如何由冬季、春季到夏季的转换过程。一个月，三个季节于此辗转腾挪，立夏后的某一天，河西走廊的几个地方突降冬天的大雪，河西走廊的另外几个地方，则刮起了春季的沙尘暴，河西走廊还有几个地方，却正在宣告夏季的瓜果熟了。这就是河西走廊。流连敦煌的几天里，照旧夜访鸣沙山月牙泉，照旧夜访白马塔，走着去，走着回，深夜去，黎明回。最后一个夜晚，敦煌本土书法家张无草邀请去他的画室坐坐。敦煌是草圣张芝的故乡。张无草的画室在露天，那家距离鸣沙山最近的酒店的楼顶。三层楼，城堡式，三楼楼顶平台供游客喝茶聊天，另一栋楼房的二楼楼顶平台是表演敦煌歌舞的场所，坐在三楼看二楼，一切尽收眼底。尽收眼底的还有鸣沙山。月色下，几公里外的鸣沙山宛在目前，月光下的沙丘，沙丘间的阴影，山下的果园，共同构成一幅卷帙巨大的山水画。

敦煌古乐奏响，敦煌飞天舞翩跹，张无草展纸泼墨，应节挥笔，一个个佛字在乐舞中翩然宣纸上。这是他独创的字体，名为：一佛九写。无论谁的名字，无论笔画繁复简约，都可在一个"佛"字中一笔而成。不是牵强附会，而是妙合无垠，谁看了那个"佛"字，都会认出那就是自己的名字。而且，一个佛字，同时含有多才，多子，多福，多田，多寿，多龙，多祥，多喜，多多。有这九样，你还缺什么，你还需要什么？而这九样却是融会在佛字的笔画中的，这一笔，一心向佛，这一笔，三千佛，这一笔，阿弥陀佛，这一笔，心中有佛。真个是，笔笔向佛，字成佛生，一字成佛，你在佛中。我也在佛中。单立人那一笔，是人身半跪，双手合十，一心向佛，而构成"步"字，其余二字，则尽在"弗"中。此前，我自学书法，曾反复练习三个字：弗，拂，佛。取义为：勿要拂了佛意。完全随心随意，而今细细寻究，莫非真的会有什么来自冥冥之中的启示，或警示？佛都敦煌，阳光之下，一切昭昭然，月光之下，一切又昏昏然。

可是，追寻自己不知道也不该自己知道的事物，既是人之天性，亦是人性幽暗之明证。佛祖西来何意？敦煌乃佛祖西来首站。问敦煌，敦煌曰：敦者，大也；煌者，盛也；佛者，万有无缺也。

风从祁连来

日落磨坊

　　从高山峡谷中顺流而下，水边有许多磨坊。当然，外人是不知道这里有磨坊的，经村里二十岁以上的人指点，哦，这里曾经有座磨坊。磨坊是水磨坊，凭靠奔腾的河水激荡磨轮，然后磨面榨油的。

　　在漫长的岁月里，河边的人谁家有一座水磨坊，那是财富和权势的象征。在乡人的指点下，水磨坊一一呈现。曾经的引水渠，曾经安放磨轮的地沟，从磨坊上拆解下来的、无甚用处的石块。一切都是曾经，一切的曾经组合起一座曾经的磨坊。

　　终于找到了一座构架完整的磨坊。磨坊依地势跨在一道断崖上，水流自上而下，突如其来的落差催动磨轮。两抱搂不拢的松木柱，一方方巨石砌起的墙，木质磨轮早已被人拆了，安置磨轮的地沟还在，还是那样的深幽。磨坊的大门是锁着的，将军不下马的老锁锈迹斑斑，看得出，多少年都不曾打开过了。不知谁从哪里钻进去过，钻进去过的人一定很多，在很长时间内有很多人钻进去过，里面到处都是人的粪便，新鲜的，陈旧的。磨坊主大约是怀旧的人，把曾经标志着家族辉煌的巨大的磨盘保留下来，顺手砌入自家的田埂，既废物利用了，又显得别致。十多只磨盘拼成一道威风凛凛的石墙，十多孔磨脐，像是某种怪物的巨眼，并排站在路边，看世事兴衰，日月轮回。磨齿看似刚用钢钎錾过不久，棱角飞耸，青光凛凛，想象得出，再坚硬的粮食搁进去，都会粉身碎骨的。

可是，水磨的废弃绝非一朝一夕的偶然决定，为何不在磨齿老钝时，而把磨齿錾锋利了才做决断？可知，对一个家庭来说，錾一次磨齿是一项巨大的工程，要把石匠请来，好吃好喝，工钱开足了，这么大的磨盘，錾一扇是要花费几天工夫的，把眼前的这十几扇都錾了，谈何容易啊。我绕磨坊转了很多圈，此时，夕阳西下，一抹落日余晖泼洒在摇摇欲坠的磨坊上，我忽然明白了：磨坊主人把磨齿錾锋利了，等待顾客上门磨面的，等啊等，等啊等，等来的却是燕雀聒叫，门前荒草。机器磨面的时代无可阻挡地来临了，水磨停转的磨轮，给一个时代画上了沉重的句号。

我无法猜度磨坊主人当时的心情，磨坊的废而不弃，已经说明了一切。磨坊旁边是一个打麦场，各式农用机械在忙碌工作，一群半大孩子在麦秸垛上蹿来蹿去，吵闹声盖过了机械的轰鸣声。一同去的画家给磨坊画了一幅素描，孩子们围上来，齐声说：画得真像。他们说，这是谁家谁家的磨坊，那家人是地主。从孩子的嘴里说出这个恍如隔世的名称来，我心里不由一紧，转过身去，只见夕阳依依下沉，身边的河水从容流逝。

天空的主人

包袱快要抖开了，现场所有人的两只耳朵都耸立着。说话的人是一个讲笑话的高手，他讲的笑话曾经把一位见过大世面的人当场笑死了，为此还吃了一场官司。当然，与那个人过度肥胖有关，今天的听众不胖也不瘦，具备了听笑话的先决条件。人在野外，抬头是雪山，脚下是一条河流的河源，四周都是参天松柏。这样的环境适合说笑话，适合听笑话，笑话开讲前，大家都像英雄那样，昂首挺胸表示：万一把谁笑死了，就地埋葬在雪山下，河源边，松树林里，女人永垂不朽，男人永垂不起！

最后时刻来临了，一人忽然叫道：快看，鹰！说笑话的人，听笑话的人，不约而同抬起头，仰望天空。阳光是白刃闪闪的那种阳光，雪峰是哈达抖动时涟漪款款的那种雪峰，流水是秋夜古筝的那种流水，松柏是万古长青的那种松柏，鹰却不是鹰击长空的那种鹰。四只鹰。飞得很高，看似在雪峰之上，其实在雪峰之下，人要是站在比鹰高的位置看，就知道，鹰的位置与雪峰的半腰是平行的。四只鹰的翅膀披满阳光，可鹰仍是黑的，雪峰的白光映照在鹰的翅膀上，可鹰仍然是黑的，鹰的影子撒在河畔，影子是虚幻的黑影。鹰不像是在空旷的天空飞翔，而是在清澈如虚空的湖中漫游，看不见翅膀的扇动，听不见尖利的嘶鸣。它们好像没有什么事情，像我们一样，没有什么事情，找一个安静的地方休闲来了。中流击水的泳者堪称弄潮儿，有足够的勇气，有足够的泳技，就够了，人在中流，却似闲庭信步，必是泳中之王者。翅膀一动，长空为之碎裂的是雄鹰，在没有任何支撑的虚空中，许久可以保持一动不动的姿态，冷眼翅膀底下的风云变幻而不为所动，以空中王者喻之，也没有什么不可以。

天空本来是鹰的领地，鹰击长空本来是再也寻常不过的眼中风景。可是，不知在什么时候，因为什么，天空真的空了。在这片天空中，见到了鹰。鹰仍然是天空的王者，天空仍是鹰的领地。鹰不用戾气滂沱，不与谁争夺什么，所以，也用不着弄出什么鹰击长空的动静来。优游从容，独往独来，在自家的田园里，尽情消受那蓝天白云，无边风月。

空旷已久的虚空，原来的主人回来了。这是一件重大事情。笑话是用来填补空虚的心灵的，天空不再虚空了，心灵也没有理由空虚了。鹰不期而至，笑话戛然而断。

到过的地方

车过五台岭时，看见路边的积雪，我说，咱们停车放风吧。敖包耸立在雪峰顶端，五彩经幡迎风呼啦飞动。时令还是秋天，我们来到了雪线上。这个季节身披暖阳，打一场雪仗，是一件相当奢侈的事情。

翻过五台岭大坂，另一面是一条十里长坡。白雪覆盖道路两边的陡坡，路基露出厚厚的黑土。是那种焦黑的，只有在雪线上才会有的黑土。消融的雪水挂在路边的悬崖上，滴滴答答，在阳光下，一滴水就是一团清冷的白光。我忽然发现，这是我曾经来过的地方。某个炎热的夏天，我从这里经过，没有这么多的雪，没有这么多的雪水，道路我却是认得的。我清楚地记得，我在前面那个弯道撒过尿，车上有女士，我因此多走了几步路。对面就是那座山顶有五个平台的五台岭。有了这个缘故，加深了我的记忆。我的记性本来就不错。所不同的是，这次是下坡，那次是上坡。

我把这个情况说给了同伴。他们都是当地人，无数次路过这里。

他们问我是从哪儿到哪儿，我说了从哪儿到哪儿。他们异口同声说，那不可能，从那儿到那儿，绝对不可能走这条路，走这条路只有一种可能性，就是今天要去的地方。今天要到达的地方，我是第一次听到，此前也没有来这里的任何理由。我们要去的地方是一个死角，只能从这头进去，然后，原路返回，那头没有出口。

可是，我确实来过这个地方。大家分析说，是否与哪个梦境重合了，我说，再真切的梦境也真切不到这个程度。又说，这片山地高原，相似的山峰和路面很多的，说哪里哪里还有一个几乎与这里一模一样的地方，我说那里我根本就没去过。又说了几种可能，但，这些可能都是不可能的。

问题出在哪里呢？我找不出一个能说服自己的理由，大家也找不出一种可能的可能性。但是，这里我确实来过的。也许，有些地方真的到过，却与真的没到过一样，有的地方真的没到过，却与真的到过一样，如同有的人你真的没见过，一见面却像上辈子的朋友那样心心相印，而有的人，一起厮混了一辈子，却满眼都是陌生。

摘棉花的女人

一地花白，这头望不见那头，与遥远的祁连雪峰相呼应。从这里到祁连山相隔至少百里，可祁连雪峰的白依然那样清丽眩目，如同眼前棉花的白。棉花似乎生来与女人有关，女人似乎专为棉花而生的。在漫长的岁月里，棉花经由女人的手，温暖了天下苍生。

女人的家乡不产棉花，她们来到产棉花的地方，她们为别人摘棉花。大红大绿的头巾将脸包起来，身上的装束大红大绿，她们弯着腰，一朵，一朵，一筐，一筐。摘去花朵的棉枝，像是终于解脱了的样子，可是，刚伸直腰杆，就感到了失落；还挂着花朵的棉枝，借着相当温和的秋风，腰肢颤颤，花朵摇摇，看着渐渐靠近的飞舞的女人的手，兀自有些把持不住。是渴望，还是惊惧，秋阳秋风知道，在秋阳下，秋风中，摘棉花的女人知道。

我们帮忙给其中的一个女人摘了一片棉花，她很高兴。同行的摄影师说，我给你拍张照片好不好，女人嘴上说，我长得又不好看，不是浪费你的胶片么。却习惯性地抬手把头巾扶端正，把衣襟捋展了，但表情却僵硬了。摄影师说，你放松点，保持平时的样子就行。越这样说，女人的表情越僵硬。无奈，摄影师说，你摘棉花吧，我不拍了。女人感觉很对不起人，有些失落，也如释重负。在这一刹那，快门响了。

摘棉花女人被装在相机里带走了，也许会出现在各种媒体，或橱窗里。女人的形象被带走了，女人还在棉花地里。大红大绿的头巾，大红大绿的装束。远处是白光耀眼的祁连雪峰，身边是白雪一般的棉花。

割燕麦的大娘

今年的雨水好，到收燕麦时，又遇到了长达一个月的连阴雨。燕麦的秆儿长势旺盛，和黄豆秆儿一般粗细。麦穗很长，麦粒却不甚饱满。往年的这时候，燕麦早已打碾完毕，农人们也该安闲休冬了。大娘已经相当老了，一头华发，满脸褶皱，手持一把弯月镰刀，一下，一下，面前的燕麦不情愿地倒下去。

抬头，山梁上的积雪在阳光下闪射着森森白光，低头，积雪将平川消融得一派精湿。头顶的太阳虽然艳丽，却是快要入冬的太阳了，如同一个热情的老人，热情是感人的，热度却是有限的。燕麦是湿的，大娘的镰刀斫倒一行行燕麦，也斫出一溜溜露水。我说，大娘，我给你割。她看看我，问，你行吗？我一手抓住燕麦，一手抡起镰刀，嚓嚓嚓，燕麦倒下一片。大娘再看看我，说，没想到你还会干农活儿。我说，农民的儿子嘛。我弯下腰，又挥起镰刀。却听大娘惊呼：停下，停下！我诧然回头。她指着我的裤脚说：把衣服弄脏了。那天，我穿了一套质地不错的衣服。裤脚被露水打湿了，衣襟被露水打湿了。不只是露水，还有被露水打湿的泥土。我笑笑说，没关系的。大娘却不让我再割了。她反复说，衣服弄脏咋办嘛，出门在外，没办法清洗的。

大娘住在女儿家，女儿正在生病，家中无人干活，她给女儿看门，眼看入冬了，燕麦还撂在地里。燕麦虽然熟得不够饱满，却是一季的辛苦，不能白白撂了。走出好远了，回头看，大娘依旧弯腰挥镰，一下，一下，阳光下的白刃一闪，阳光下的燕麦倒下一缕，阳光下的白发随风一甩。

山梁上站着几头犏牛。犏牛是公黄牛与母牦牛杂交的产物，雄壮得让人无法理解这是牛，是被人役使的耕牛。一头牛站在那里便是一座小山，一头牛移动了，是拉起一座小山在移动。而大娘是苍老的，孱弱的，但她仍然是强大的，用不了多长时间，她面前的那片燕麦就会倒在她面前。

燕麦是用来喂犏牛的。吃饱燕麦的犏牛，就可以帮大娘拉扯岁月了。

不是魔幻

面包车在一条沙漠便道上趴窝了，司机折腾了半天，什么作用也不起，顺势坐在沙地上抽烟。

这是一个严重的问题。左边是连绵的祁连雪峰，看得见的只有耀眼的白雪，隐隐的青松，还有乌鸦一声两声的聒叫。离开前面那个居民点已经五十公里了，到下一个居民点还有五十公里。便道的另一侧，是纵深百多公里的流沙。走这条路的人和车很少，印在路上的只有一道车辙，是朝相反方向去的。

时近正午，艳阳将路边的沙子晒得吱吱乱叫，阳光是惨白的那种，沙漠是火焰红的那种，没有做充分的准备，不过一百公里路程嘛，说话就到了的，储存的矿泉水还剩不到一人半瓶了。着急只能是干着急——无用的着急被说成是干着急，沙漠里的着急，才是实至名归的干着急呢。手机没有信号，叫人帮忙没有可能。与其干着急还不如不着急，大家精脚片子爬上沙丘，像是铁板火烧上的鸭子，惊叫着，跳跳蹦蹦，眼看脚心冒烟了。穿上鞋，站在沙丘顶上，沙漠风像火焰，呼啦啦的，但没有沙丘下面那样闷热。站得高，看得远，看看有无过往的车，最好有与我们同方向的车。闲着没事，大家便说闲话。说，一定会过来一辆大卡车的，而且是同方向的，咱们还没说话，人家主动要求为咱拖车，吉人自有天相嘛，这地方的人个个都是活雷锋。又说，要是女司机过来，帅男要主动上前搭话，要是男司机，靓女胆子要大些。又说，赶天黑要是没有车过来，山里的狼出来觅食时，大家都要为保护野生动物争做贡献呀。

口干舌燥，闲话说得无趣，却看见同方向一股沙尘荡起，大家欢呼雀跃。这样空旷的地方，一眼可以望出去至少二十公里。来车离这里还远，看不清是大车还是小车。都沉默了：人家不愿意帮忙怎么办？一直沉默不语的领导发话了，司机是我的小学同学。大家都笑，闲话又续上了。说，一定是女同学，班上最漂亮的那个大眼睛女生。又说，还是同桌呢，你给递过条子，老师批评你早恋的那个同桌的她。领导微笑不语。大家都知道，领导的老家远在千里之外，这里是农村，当农民的小学同学不可能来这么远。而且，他已经年过半百了，小学同学即使见面也是相逢不相识的。

车子渐渐近了，是一辆东风大卡车。意志力已接近崩溃了，大家蜂拥上路，说什么也要把车拦住。大卡车停在几十米外，女司机跳下车，笑呵呵地说，是不是车坏了？忽然，她大惊失色，指着领导说，你是不是某某？领导笑呵呵地说，我就是某某，你是哪位啊？女司机说，连老同学都认不出来了？我就是某某嘛。哦，老同学！两人同声说。两双手握在一起。他说，你怎么在这儿？她笑道，女人嘛，腿长，千里姻缘一线牵呗。你来我们这儿干什么？他说，去山里引水工地参观，想抄近道，不料，车坏了，没想到会碰上你。她说，我家就在前面的村子，去羊场拉羊粪，返回来了。他说，离那么远，又几十年不见了，你怎么会一眼认出我？她坏笑着说，你猜。他举头想了半天，无头无绪。她说，我去省城送孩子上学，在你们单位的橱窗里见过你照片。他说，那你怎么不找我？她哂笑着说，你是城里人了，还认我这个一身泥土的农家妇女么。

领导钻进大卡车，我们乘坐面包车，大卡车拽着面包车，车后荡起一股久久不息的沙尘。告别女司机后，我们说，领导，你是不是知道你的女同学在这儿？他说：真的不知道，小学毕业后，从来没有联系过，也不知道她的下落，就是知道她在这儿，也不会碰得这样巧啊。

大家叹息了一路，一位有过沙漠生活经历的同伴，故作高深地说，在人烟罕至的地方，出现不正常的事情，才是正常的。

偃卧河床的水牛

谁家的水牛丢了，在大通河里卧了无数亿年，还不牵回家去？

水牛是这样横空出世的。大通河的名气似乎不够大，却是黄河上游最大的支流之一。河床狭窄，湍急的河水奔流在高山峡谷中，大有惊涛拍岸，卷起千堆雪的气势。有那么一段，河水被水利工程截流改道了，亿万斯年深藏于水下的河床，乍然裸露于世人面前，不知把多少人惊呆了，又不知有多少人发财了。

湍急的河水携造化神功，打磨出了无数奇形怪状的石头。河床里到处都是睁圆两眼，低头寻觅的人。我见过一头水牛，卧在残留的水渍中，要是不到跟前细看，不爬上牛背骑一回，还真以为是谁家的水牛跑丢了呢。那是一块质地坚硬光滑的石头，重约四吨。牛脊骨骼雄奇，嶙峋嵯峨，线条苍劲张扬，仿佛大画家潘天寿先生把他那头著名的牛，浓墨重彩复原为活着的牛，放牧于大通河床的。四肢偃卧，牛头缓缓从脊梁延伸出去，悠然低头做饮水状。

在河边居住的一位老者，在牛背上用红颜色涂上了属于自己的标记，开价一万元，由他负责从河床弄到公路上，装上卡车，就算成交了。这是一方罕见的奇石，但，时间很长了，看的人多，却没有买主。这么庞大沉重的牛，是要有较大的院子安置的，农家是有院子的，可农民谁玩这个呀，玩得起与否，暂且不说，以当地人文状况而论，哪个农民谁要是花一万元钱，把这个弄回去，非让人骂臭不可。远处的农民也许资金不存在问题，也有足够的雅兴，可如何运输呢？城里人有玩石头的金钱和雅兴，可是，谁也没有能力和胆量把这个庞然大物弄到阳台上去，弄上去，一个单元的人都别打算活了。公园或机关单位的院子倒是可以容纳这头水牛的，摆放在那儿，再没意思的地方都会马上有意思的。但是，如果没有个人利益在其中，多一事，不如少一事，为这么一头水牛，让人说三道四，实在不划算的。

至今，那头水牛还卧在那里。我与牛的主人签订了一份口头协定，我买了一套旧房子，倒是有几米见方的院子的，可如何把它弄进大门去，如何隔墙搁到院子去，对个人来说，仍存在着难以克服的技术问题。

离开水牛后，时时想起那头卧在数百里之外的大通河床的水牛，觉得这头水牛只有卧在原地是最好的，与两岸摩天青岩和谐，与四季风雨和谐，自然的造化搁在任何非自然的场所，看起来，都是不自然的。此时，不禁为那头水牛生出了一种感慨：大有大的难处，大也有大的好处啊。

采自石羊河的风

有水的地方

许多年了，乌鞘岭在秋冬交替时，山色是灰暗的，像遭过山火一般。山火烧过的树木和山火烧过的土，颜色是不一样的。乌鞘岭像是刚从炕洞里挖出来的那种土堆起来的。

这是往年的情形。

今年的这个时候，乌鞘岭的上半截身子被白雪覆盖了。人说，女要俏，穿身孝。积雪退去的乌鞘岭是男性的，犷悍而可憎，雪中的乌鞘岭像是那种只可远观而不可亲近的女人，俏丽而冷峻。一座座山头挺拔而敦厚，与蓝天离得很近，与白云若即若离。雪线以下是枯黄的青草，枯黄的底色上涂了一层隐隐的青色。一条高速公路缠绕在山裙基上，把山和平地隔断了。平地的那一面仍然是山，山叫马牙雪山，是祁连山的一部分，整个河西走廊的东端，大多的河流都源于她的积雪融水。所以，方圆几百公里的绿洲平原上，用不着关心天气预报，用不着过多考虑另外的因素，抬头看一看马牙雪山有多少白色，大体就知道今年的收成了。今年的马牙雪山像一个摩登女郎，把一身的粉白一直展露到腰部。公路的一侧是农民的庄稼地，连绵一个月的阴雨，把收割了的庄稼留在庄稼地里了。人们在等待晴天的到来。十多捆小麦堆成一旋，左右每隔五六米远近便是一旋，一旋旋延伸到肉眼看不到的远处。

这一条川名叫抓喜秀龙。金强河从马牙雪山流下，从马牙雪山和乌鞘岭的空隙中向东流去。这条河是兰州西达乌鞘岭之间二百公里地界的生命之河。在距离兰州城西数十公里处注入从青海赶来的大通河，接着又注入黄河。所以，乌鞘岭是黄河与石羊河的分水岭。石羊河是内流河，方圆数百公里的武威绿洲全要看她的眼色荣枯盛衰了。

金强河把抓喜秀龙分为两半，河那边，河这边都是农田，河那边的农田沿马牙雪山的山腿延伸到河边，河这边的农田就是乌鞘岭的延伸部分，一台比一台低一些，直达河边。台地上白杨树成林的地方一定是村庄，以树林的大小可知村庄的大小。当然，也不尽然。河堤上和河床里栽满了白杨树，有的白杨树雄壮而傲慢，把树梢伸向无尽的虚空，有的白杨树以低调的姿态，守护着渐行渐远的流水。越靠近河边，白杨树的叶儿越绿，都经受过冷雪的拍击了，叶儿还是绿的，如同血气旺盛的后生小子，在风雪中，仍然可以敞胸露怀，身上仍然热气腾腾。离河边越远，树叶的绿色淡了，一半淡绿，一半淡黄。到了山根下，树叶全都枯黄了，但还没有掉下来的意思，冷风袭来，发出悉悉窣窣的响声。同一棵白杨树两种颜色，面朝阳光的那一面是枯黄的，在阳光下，发出清冷而又热烈的金光，背向阳光的那一面是淡绿的，在那半面枯黄色的映衬下，苍凉而超然。

金强河流出一段路程，变名为庄浪河。庄浪是羌语音译，意为野牛出没的地方。庄浪河畔原本是水草丰茂的草原，野牛不知在哪个年代远去了，代替草原的是炊烟袅袅的田园农舍，代替野牛的是一川伫立的小麦旋子。我不知道这可以象征什么，但，要我说，只要庄浪河里的水量不要减少，象征什么都是可以的。有水，就有生动。

断而又续的河流

过了乌鞘岭，就算河西走廊了。可是，这只是大概念。要看见广袤的走廊，还要穿过天险古浪峡。古浪峡和千里河西走廊都是东西走向，都被南北二山夹峙。不过，夹峙河西走廊的山互相离得很远，最远处达千里之遥，也许北山和南山并不知道，它们之间有一条著名的走廊。古浪峡很窄，最宽处，站在这边可以看见那边的人脸上的麻子坑，最窄处，一只麻雀从这边飞往那边，要敛了翅膀慢慢地飞，飞得猛了，撞在那边的石崖上，会很不好受的。

这是由东向西进入河西走廊的第一个关口，长约二十公里。乌鞘岭是堵在峡口的一堵高墙。高墙挡住了东来的暖风湿雨，成为西北半湿润半干旱地区和半干旱半沙漠地区的气候分界线。但，再高的山都挡不住人的脚步，何况，乌鞘岭的海拔只有三千多米，在众多的大山中是排不上号的。因为一山之东西，气候风物大为不同，在漫长的时代，人们在由东向西翻过乌鞘岭时，不由得生出苍凉悲壮的情绪，而由西往东过了乌鞘岭时，又会油然生出种种的感恩。

其实，真正考验人们的是古浪峡。想想在那漫长的时代，靠脚步行走的人们，乍然进入一条逼仄的峡谷，两岸山峰直薄云天，松柏遮天蔽日，身旁湍流喧嚣，飞禽走兽在幽暗处发出连绵的怪叫，而这是脚力优良者一天的路程。如果不幸被耽搁了，是要夜宿峡中的。幽峡变通途，不过数十年的光景。路通了，两边陡坡上的树木

也不见了。二十年前，我第一次去河西走廊，古浪峡的公路如同一个人正在闹病的大肠，处处溃烂，施行手术的医生和过路的车辆一样多。那时候，我还是一个毛头小伙子，第一次独自出远门，一腔都是探险的情怀，并不着急赶路，睁大一双好奇的眼睛，看见什么都令我怦然心动。我看见峡谷里的溪流在路旁漫漶，有时从路面上漫过去，所有的车辆小心翼翼，歪歪斜斜，破浪而前。不幸一辆装满货物的大卡车趴窝了，西来的、东去的大车小车全被堵住了，警车嚎叫着，一时却无法靠近现场。上路的人似乎早已习惯了，司机和旅客纷纷下车，撒尿的，用不着回避谁，撩起衣襟，便撒出一场激情来。更多的人挽起裤腿，露出或黑或白的腿来，冲进溪流，给浪花翻滚的溪流增添无数的浪花。

后来，我又多次经过古浪峡，路面一次比一次宽敞，溪流一次比一次荏弱。终于，有一次，我发现，河床没有水了。终于，我发现，干涸的河床变成峡谷里一道正常的风景。而在干涸的河岸上，多了一尊雕塑，主人是当年罹难的西路军红军战士。红军在古浪峡打过一场悲壮的仗。我不知道，这些红军战士如若在天有灵，看到已经无树无水的峡谷，会作何感想？距上次来河西仅有一年半时光，峡谷里那条溪流又欢畅了，又听到了二十年前那种哗哗的流水声。随水流蜿蜒伸展的公路上，奔驰着形形色色的车辆，一辆车以正常速度穿过峡谷，大约只需半小时。水流与车流之间，隔不多远，便有一方警示牌矗立，上面书写着同样的文字：涵养水源，加快石羊河流域改造步伐。

人就是这样，丢了的东西，才觉出这是好东西，于是，便花费十倍百倍千倍的努力去寻找。这个时候，谁都会悔不当初地说，当初为什么不看管好呢。亡羊补牢,犹未为晚。道理是说得通的,不过,有些东西丢了,未必还能找得回来。比如,眼前的这条河流。今年的雨水罕见地充足,断了的河流又续上了,明年呢,后年呢?如此干旱的地方还会有这么多的雨水吗?而这条河流在亿万斯年中,断流只是近年的事情,断流的原因在于上游植被遭破坏。

这条河,名为古浪河,发源于乌鞘岭深处,河不算大,却是古浪绿洲数千平方公里唯一的水源。古浪,是藏语古浪哇尔的简称,意为黄羊出没的地方。黄羊当然是难觅踪迹了,留下一条断了又续、时断时续的古浪河,还有一块宽阔平坦,但却时时在沙漠压迫下痛苦呻吟的黄羊川。令人稍感安慰的是,在河源那里,数十万亩天然林和人工林正在恢复和建设。在这里,砍伐一棵树,只需几分钟时间,栽活一棵树,与养育一个孩子的代价差不多。

牢记啊,这片土地上的人们,今后在做任何事情时,首先应该想起,古浪河的得名与黄羊有关。哪一天,逃走的黄羊又回来了,人也许才可避免黄羊那样的命运。

两个老骑士

见到宋德福老人时,我马上想起了堂吉诃德。不过,堂吉诃德先生是手执长矛与风车作战的,悲壮而滑稽,宋老爷子却是抓起铁锹与风沙对抗的,没有滑稽,只有悲壮。他们都是骑士。滑稽的骑士也是骑士,悲壮的骑士则是骑士的本来风度。

这是古浪县海滩子镇上冰村,古浪绿洲处在沙漠最前沿的村庄,前面就是如大海一般浩渺的腾格里沙漠。乘车离开古浪县城,朝沙漠的方向走去时，和往年见到的情形大不相同。绿洲农田的庄稼已经收割了，空旷的田野却并不空旷，树木和各种沙生植物显得分外精神。今年的雨水多，大片大片气焰嚣张的沙漠老实了。沙漠是植物最厉害的杀手，风助沙势，沙助风狂，所过之处，摧枯拉朽，一切生命都要让位于死亡。同样，植物也是沙漠的死敌，而植物却是需要水的滋润的，水之于植物，如同战士手中的刀枪。沙漠中生长着梭梭、红柳、花棒、沙枣，等等，这都是节水耐旱的植物，它们的阵容虽显得单薄，但也足可暂时绊住随风横行的沙漠的腿脚了。

走完了绿洲，终于来到了抗沙前沿阵地上冰村。有上冰村，便有下冰村，两个村庄原来都属于冰草湾。冰草是一种草本植物，根系极为发达。人口繁衍，村庄扩张，只好一分为二。人在扩张时，沙漠在整装待发，人在为自己的些许成就得意洋洋时，沙漠趁势反攻，人不但把沙漠还给了沙漠，把绿洲也还给沙漠了。

冰草湾只剩下了名字，阻击沙漠的冰草已难觅踪影了。大风起兮，沙尘遮天蔽日，田园顿时黄沙漫漫，半截屋子沉没黄沙，一碗饭吃完，碗底落下半寸厚的沙粒。有些人携家带口，挥泪离开村庄，有些人四顾茫茫，徒唤奈何。但，也有人起而抗争。

宋德福老人就是一个。

在摧枯拉朽的沙漠面前，宋德福老人显得太孱弱，太渺小了。这是一场不公平、不对等的战争，战争还没有开始，战争的结果已经出来了。沙漠无语，但，沙漠就是这样认为的，它对横在面前的宋德福不屑一顾。宋德福无语，他揉一揉钻进眼里的沙子，抢起铁锨，在沙海的波峰浪尖上，剜出一个沙坑，栽上了一棵树。然后，他挺进大漠深处，一棵，两棵，成千上万棵，仿佛一根根针，将跑得飞快的沙漠牢牢地钉在了大地上。

八年的时光，宋德福老人以简陋的劳动工具，凭着一腔忠勇，一腔热血，给万亩黄沙披上了绿装。外围是防风固沙的沙生植物，往里走，是果园。老人捧着猩红甘甜的大枣坏笑着说，我把亲戚朋友骗了一个遍，前多年骗，去年骗，今年照样骗，我骗他们帮我栽树，我没有钱雇工人，但，树不可不栽，沙不可不治。果子成熟了，我少卖一些，留下送给他们吃，他们高兴了，就帮我栽树，亲戚朋友的孩子来了，我给他们吃果子，哄高兴了，他们也帮我栽树。

万亩草木堵住了风口，逃离的人陆续回来了。凌厉的风照样可以透过防风林，可是，这是清风，是干净的风，饭碗里只有饭，没有沙粒了。诗人谢荣胜在这里挂职村党支部第一书记，他给村里办起了阅览室。草木在这里扎了根，现代文明在这里扎了根。雨后不久，沙丘上的植物还带着露水，我爬上一个制高点，向腾格里沙漠深处极目远望，映入眼帘的是望不断的深秋季节黄绿相间的各种植物。

本来这里是被沙漠侵吞了的绿洲，现在又变成了绿洲，人们正在以骑士的姿态，从脚下的绿洲出发，挥舞绿洲向沙漠深处挺进。

两天后，我来到了武威凉州区长城乡洪水村。

长城乡名不虚传，残留的长城断断续续，从遥远处来，到遥远处去。当年用来抗拒对手的壁垒，如今在沙浪面前一筹莫展，许多城堡并没有倾塌，却被黄沙掩埋。金戈铁马之声早已化为历史深处的感叹和幽怨，而从前的抗敌前线，如今又变身为抗沙前线。曾经的敌对双方早已偃旗息鼓，融为共存共荣的一家，共同面对的却是共同的敌人。他们此前的所有纷争，无非是为了争夺脚下这片土地上的生存权，而今，沙漠以席卷之势，让所有生命的生存愿望化为最后一滴眼泪。

在这里，我见到了另一个沙漠骑士王天昌老人。

乍一见，我首先想起的是那位中世纪的西班牙骑士堂吉诃德。同样，没有堂吉诃德先生的滑稽，有的只有他的知其不可为而为之的绝世悲壮。与宋德福老人略有区别的是，王天昌老人手中有一杆枪。两米长的枪杆，圆锥形的大约一尺半长的枪头，枪杆的另一头是锄头。这是王天昌的发明创造，被人称之为沙漠枪。使用沙漠枪的基本套路是，先用锄头刨去地表一层干沙，再调换方向，枪头插入沙中，用脚使劲踩踏，当枪头完全没入沙中时，拔出来，将树苗从枪头刺出的圆孔中植入。

一棵树就这样在流沙中生根发芽，成为阻截沙漠侵袭的新的长城。王天昌老人率领老伴，还有儿子王银吉，每人手执这样一杆枪，抗沙八年，给一万多亩流沙披上了绿色。

至今，王天昌老人提起长孙的病故，仍然泣不成声。长孙十四岁那年，突然生病了，王天昌率领全家正奋战在抗沙前线，他以为一个正在茁壮成长的半大小伙子，偶然生病没什么要紧，这一错误的"以为"，给他，给全家留下了永久的伤痛。长孙人生最后的愿望，竟是让爷爷背着他，来到治沙工地，他望着爷爷辉煌的治沙业绩，幸福地闭上了少年那一双清澈的眼睛。我见到老人那一天，正是日近正午时分，天空阴云密布，凛冽的寒风扫地而来，他与老伴、儿子，一人一杆沙漠枪，在冬天来临的前夕，抢种梭梭。他盘腿坐在冰凉的沙地上，我也盘腿坐在冰凉的沙地上，大风一波波袭来，沙丘上的草木迎风摇曳，而沙粒则被牢牢地钉在原地。说起孙子的病逝，他黯然神伤，说起治沙来，立即又志气高迈。所有的治沙经验都是从无数次的失败中得来的。起初，他在流沙中栽树时，挖坑四十厘米，眼看一大片树苗栽活了，一场沙尘暴，树苗被连根拔起。他没有气馁，心想，大风可以吹走四十厘米的流沙，我便挖坑八十厘米，吹走一半，还剩一半，只要树根不被拔走，就有存活的希望。

他成功了。

说到这里，他忽地站起身来，傲然昂起头颅，灰白的头发迎风招展，高大的身躯像是扎根于沙漠深处的一棵大树。他说了一句粗话：我就不信，我对付不了这驴日的风！这是一句粗话，在厅堂里这样说话，肯定不雅，可是，这是抗沙前线，面对的是给生命制造灭顶之灾的沙患。电视台记者也在现场采访，有人悄悄建议，播出时，把这句话删去。我不明白，为什么要删去这句话，这是我在抗沙前线听到的最精彩、最男人气、最有英雄气概的一句话。

真男人，真性情，真英雄，真本色。谁能看得出，灰头土脸的王老还弹得一手好三弦。他坐在条凳上，头颅高高扬起，眼望一眼望不穿的大漠，转轴拨弦三两声，忠臣孝子气纵横。他弹的是凉州贤孝，时而慷慨激昂，时而哀婉悲凉，风送弦声，弦外传音，王老一家栽种的树木，在风与弦的和鸣中翩然而舞。

日落青土湖

青土湖里没有水，只有青土。名曰湖，原来大约是有水的。事实上，青土湖原本就是一个湖。水的消失是距今不远的事情。水走了，土来了，湖里只剩下青土。名为青土，实则是沙。腾格里大沙漠和巴丹吉林沙漠在这里握手了。巨人之间的握手，往往令世界改颜换色，大沙漠之间的握手，则一定让世界改颜换色。

于是，青土湖里只剩青土了。

青土湖是民勤绿洲的尽头。从民勤县城出发一路东去，仿佛完成了一个生命过程。繁盛的绿洲，间杂在田园中的荒滩，草木稀疏的沙丘，然后，到了青土湖。青年，壮年，中年，老年，一路走来，到青土湖再也走不动了。干涸已久的湖底，似乎在向前来的人们宣示着曾经的繁荣，就像一个从祖辈已经败落的富家子弟，眼下虽饥寒交迫，一边吞咽着乞讨来的食物，一边还不忘了，在举手投足间，透露先前阔绰的讯息。湖底散落着贝壳，米粒大小的，黄豆大小的，樱桃大小的，核桃大小的，一枚枚圆润可爱，比大海边的，比烟波浩渺的大湖边的贝壳，丝毫不缺少什么。

似乎一切都是定数。我一路东去的时候，太阳正在蹒跚西行，路边草木的倒影越来越长，越来越虚飘，到青土湖时，猛然看见自己的身影竟是那样高大，然而却如一个游魂，黄昏的漠风袭来，回环四顾，都是空幻。太阳像一个绝望的风尘女子，萝衣血染，胭脂淋漓，回头漠然一望，耸身跃入山崖。

一个物体的坠地是有回声的，一颗太阳西落了，余晖还萦绕在天地间。青土湖的黄昏一派凄美，甚至算得上壮美。沙丘顶上金色迷离，沙丘底部阴影晕染，稀疏的红柳丛，向阳的部分殷红鲜艳，背光的一面，雾锁寒烟。还有梭梭，还有芨芨草，还有沙蓬，还有花棒，还有沙枣，所有的生命都在仰面苍天，在落日的余晖中发出焦渴的呼唤。

太阳还没有落山时，月亮早已挂在天空，太阳在西，月亮在东，太阳红光明媚，月亮脸色煞白。太阳终于落山了，月亮渐渐有了颜色，白的，淡黄的，浑黄的，再度为白色时，白天的雾岚被夜色遮去，天空一派清辉，大地陷入不可知的虚空。

这个时候，青土湖是一个引领人们进入无边遐思的所在。

最后一种色彩

多年前的一个夏天，我曾来过这里。那一天，头顶艳阳高悬，脚下尘土飞扬。红山崖水库的库底快要露出来了，库区中心剩下的一点水，在艳阳的暴晒下，像一个衣不遮体的贫家少女，羞赧，恐惧，愤怒，绝望，在抗拒着不怀好意的人们目光的侵害。长久生存在这里的生命都知道，水库里缺水，将意味着什么。水库边所有的植物，枝叶发出忧愁的瑟瑟声，鸟儿在水库上空盘旋一回，苦着脸儿，声声都是哀鸣。

这次再来，水库还是那座水库，情形却大不一样了。水库内，风吹碧波起涟漪，晴空鸟儿款款飞；水库外，渠水咆哮，白杨哗哗，实在不像是时令快要进入冬天的气象。今年，老天爷给河西多下了几场雨。多下几场雨，对老天爷来说，并不需要费多大的劲儿，可对缺水的地方来说，那便是最大的恩典。我问一位资深人士，在河西，如果水库有水了，是不是就意味着粮仓有粮了？他说，那当然，水库里有多少水，就等于粮仓里会有多少粮，原野会有多少绿色。

红山崖水库的水蓄满了，民勤人笑了，民勤的庄稼草木笑了，民勤的鸟儿也在笑，民勤的牲口也在用五音不全的嗓门大声唱歌。

红山崖水库是民勤绿洲唯一的水库。民勤人田里的玉米熟了，每家门前堆得跟小山一样，民勤人田地里的辣椒红了，空地上晾晒的辣椒把天空都染红了，民勤人田地里的棉花熟了，从外地赶来的男男女女，正在低头弯腰摘棉花。

玉米是金黄的，辣椒是鲜红的，棉花是雪白的，红山崖顾名思义是红色的山崖，赭红色的山崖聚集起来的水是蔚蓝的，草木是绿的。这些都是可以给人带来愉悦的色彩。可是，站在红山崖水库的制高点，用不着极目远眺，低头，脚底下就是黄沙。黄沙也是一种色彩，它代表着毁灭，是一切象征生命的色彩的终结者，是最后的色彩。

我没有说，黄沙的色彩不美，相反，她很美，那是一种能给灵魂带来震撼的美。但是，你见过将死之人的目光么，那是一种闪射着绚丽色彩的目光。然后呢，死神如约而至。

杂木河畔

杂木河是石羊河六大支流的第三大支流。河流的排名大概是由径流量的大小决定的，不像兄弟姊妹，谁出生早，排名便靠前。河西的河流，源头都在祁连山，杂木河也不例外。其出山口在杂木寺，便以此得名。

杂木河担负着凉州三十万亩土地的灌溉任务，还有三十万亩平展展的无水浇灌的土地，在呼唤着她的滋润。河西走廊的土地就是这样，只要有水，别说肥田沃土了，沙漠戈壁中都会长出茂盛的植物的。河西走廊面积共二十四万平方公里，与英国正好相当。且大多都是平地，即便山地，也宜牧宜林，地下还有丰富的矿藏。可是，这么大的地盘，却受制于一滴水。一滴水可以让河西走廊生机勃勃，一滴水同样可以让河西走廊死气沉沉。

我早应该想到，杂木河应该是一条水势浩大的河流，当我来到河畔时，还是被她的恢宏所感染。当然，我从小生活在河边，那虽是一条名头不够大的小河，水量却不会比杂木河小。后来，又定居于黄河边，整天陪伴着汹涌的波涛。在河西走廊，是不可以用世俗的眼光去看待河流的。烟波浩渺呀，惊涛拍岸呀，一泻千里呀，等等的，都俗了。说姚明高大，是因为他的个头本身就高大，篮球打得好，是高大的，打得不好，也是高大的。这只是描述了一个属于现象学范畴的事实。身高最多达到姚明胸部的拿破仑，在人的心目中，在煌煌史册中，向来也是高大的，他以他显得有些矮小的身躯，让博大的世界为之改颜换色。这属于史学范畴的事实。我说杂木河是恢宏的，并非我的少见多怪，地球上有名的大江大河，我还是见过几条的。可杂木河确实是恢宏的。她养育了凉州绿洲，辉煌的凉州文明因她而生，因她而泽被四方。母亲虽然名不见经传，但却养育了伟大的儿子，所以，母亲也是伟大的，从发生学出发，母亲比儿子更伟大。

杂木河从祁连山谷拐弯抹角出来了，当她看见平原时，平原也看见她了。她在渴望平原，平原以百倍千倍的热情在迎接她。她一出山，便被委以重任。等候在山口的分水工程，立即将她肢解为几部分，以总渠、干渠、支渠、斗渠的形式，送往无垠的平原。

于是，杂木河水流所经之处，天空是明澈的，大地是繁荣的，鸟儿是欢快的，人的脸，还有牲口的脸，都是喜气洋洋的。

在什么山上唱什么歌，走到哪里说哪里的话，在杂木河畔，我看见这条绝对意义上的小河，绝对是一条恢宏壮丽的大河。

祁连大雪

　　我曾经三次穿越祁连山，三次都在一年当中最热的七月份，时间跨度大约二十年，但三次都遇到了大雪。史书上说，隋炀帝视察河西，于盛夏穿越祁连山时，遭大雪袭击，军士随从冻死冻伤者十之八九。我不大相信。胡天八月即飞雪，农历的八月，大概接近，或到了公历的十月了，祁连飞雪，太正常了。而公历的七月，大约是农历的六月。一次是偶然，两次是巧合，三次就不偶然，也不巧合了。我没有说必然。必然是靠不住的说法，祁连山的冬天必然是要下雪的，可是，往往没有雪。祁连山的冬天没有雪，来年的河西走廊便要遭受干旱的煎熬。这是必然的。

　　这次是公历的十月中旬，农历也进入九月许多了。此时的祁连山只要有降水，一定是雪，而不会是雨。可是，对于这场雪，我还是没有足够的思想准备。正在与人说某个冬天，我们约合一些朋友来山中赏雪的事情，而这大多只是一种向往。因为，大家都忙，聚在一起做这种浪漫的勾当，实在太过奢侈，更不可预测的是，人有空了，天会不会成人之美呢。所以，大雪的不期而遇，就像乍然间发了一笔意外之财，令人惊喜而惶恐。

　　午后，从凉州区的长城乡往张义堡赶时，天还是晴的，虽不甚晴朗，却也不算阴。不大一会儿，没留意，天是怎样阴了的。到了山口，开始飘雪花了。继而，雪花变得狂放了，稠密了，回环四顾，天地茫茫，眼前的原野平畴，周围的山峰，满眼都是凄迷之色。我溜出屋子来到旷野里。这是祁连山深处的一个山间盆地，四周高山巍峨，中间一块平地。高山很高，平地很平，真像谁家把洗脸盆丢这儿了。当然，大概只有上帝才会拥有这么大的盆子。山谷的风很是凌厉，飘在空中的雪花，在风中打着旋儿，落在地上的雪花，又被风举起来，一时天地混沌，不辨天地。我来到风雪中，寒风不由分说掀开我的秋装衣襟，雪片不失时机侵入我的肌肤，本来就只储存了有限的温度，霎时随风雪消散于大化之中。放学的孩童身穿比我还单薄的秋装，肩挎书包，猫着腰，冻得脸色乌青，脚踩旱冰鞋，成群结队，在湿滑的水泥路面上，顶风冒雪，啸叫着飞来飞去。

雪天，是孩子的节日。孩子的热情如同温暖的太阳，我也不觉得冷了。我是一个喜欢雪的人。在老家，每年冬天，大多的时候，原野都被白雪覆盖着，我喜欢听脚步踏在雪地上的那种声音。我谋生的地方，雪很少的，只要下雪，无论白天黑夜，我一定会来到风雪中的黄河边上。一场雪，会扫尽我身上，和内心深处，那积久的尘埃。

天黑下来后，风还在刮，雪还在下，还是那样激情四射。农舍里炊烟袅袅，看不见人影儿，也听不见人声儿，但那浓浓的节庆气氛，还是像风雪那样，弥漫在天地间了。透过夜幕，极目处，所有的山头都白了。雪是老天爷对河西人最大的赐福。冬天的祁连山积雪有多厚，来年春天的河流就有多欢畅，原野就会有多繁荣，人们的肚皮就会有多充实。

这里是人参果的主产地，在暖棚里摘下果子，和着风雪一起吃了，醇香味久久地储藏在脏腑中。刚培育出来的一棵人参果树，高约两米，占地面积也不过一米见方，年产果却高达千斤。千里河西走廊有四大名镇，张掖是其一，可是，汉武帝时的张掖县治却在今天武威的张义堡。张义堡的再度知名，与深藏于此的天梯山石窟有关。现在，这里的人参果，把名声已经闯到南方和海外了。

穿过张义堡的是黄羊河，在天梯山石窟那里有一座水库。许多年前，水库的水淹到了大佛的胸部，后来，大概觉得把佛爷常年泡在冰凉的水中不大好，就在面前砌了一堵几十米高的水泥墙，把水隔开了。人站在墙头大致可以与佛爷的目光对视，要烧香磕头，得顺台阶下去。人与佛爷的脚踝一般高，要瞻仰佛爷的仪容，只得仰视了。

作家赵旭烽是天梯山石窟的专职解说员，听说，每有重要人物来，大多都要点他的将。我去过多少次，很遗憾，没见过他解说时的风采。我只见过他作画，写毛笔字，表演武术，修理花草树木，听过他唱民歌，唱凉州贤孝，也听过他吹当年在独龙沟淘金时与人打架，亲手制造猎枪和单手使猎枪，当然，也读过他的小说、诗歌，还有他整理出版的《凉州宝卷》。

在这条忽宽忽窄的峡谷里，盛产传奇人物，盛产罕见故事，许多都让老赵写成小说了。其实，他也算一个传奇人物哩。还有中土佛窟鼻祖天梯山石窟。天梯山石窟的名头不算大，但，地位却很显赫。开凿天梯山石窟的工匠，以此为蓝本，又远涉千里开凿了云冈和龙门石窟。还有新宠人参果。在中国，栽种人参果，张义堡肯定是不算早的，但，其品质却是最好的。人参果适合在气候温凉的地区生长，张义堡刚好满足这个条件。

雪下得正欢时，我离开了。第二天，日上三竿时，我站在白塔寺边，隔几十里路程，看见昨天所经之地的所有山头，在阳光下，都是耀眼的白光。

河西走廊补白

乌鞘岭上的风

兰州西走百多公里，有一道南北走向的山地，威威赫赫，阻断东西交通，这就是不怎么著名但地位特殊的乌鞘岭。说她不甚著名，是因为华夏大地的名山太多了，以名山论之，她默默无闻，以大山而论，虽然也不可说她小，但她更适合在小毛头群中厮混。

然而，她仍是一座重要的山。人说大西北，大多是以行政地理而言的，其实，广阔的关陇地区与中国的北方地区，无论地理地貌，还是文化风俗，都没有太大的区别。从潼关西行两千里，过了乌鞘岭，才算到大西北了。也就是说，当你进入大西北两千里以后，才算到了大西北。乌鞘岭海拔不到四千米，可她是太平洋暖湿气流能够触摸的最西点，一条山岭便形成一道重要的气候分界线，一岭之隔，岭东是半干旱半湿润气候，岭西，包括千里河西走廊，广袤的新疆和中亚，都是干旱荒漠气候。实际上，用不着这么专业，到这儿，一眼就会看明白的。乌鞘岭以东，山上的草木也很稀少，枯黄且缺少营养的那种，河流很少，水量也不丰沛，但绝没有沙漠戈壁；翻过岭，满眼便是沙漠戈壁了，这种景象，一直可以延伸到地中海东岸的以色列。当然，沙漠戈壁中是有绿洲的。从文明形态上说，这叫绿洲文明。河西走廊便是典型的绿洲文明。

乌鞘岭便是一条农耕文明和绿洲文明的分界线。

从中原大地一路西来，爬上乌鞘岭，人会突然感到，已经来到了另外一个天地。正是七月流火的日子，中原的秋庄稼大概都长成了，这里却是油菜花烂漫的季节。这里的油菜花是概念意义上的黄色，像是用水着意搓洗过，或是高明的油画家绘制在山坡上的。确实，这种油菜花的黄只有在西洋油画中看得到。最先给人发出信号的还是风。太阳正红正艳，天空正高正蓝，草木真像是涂抹在画布上的，纹丝不动。可是有风。风没有来路，没有去向，可风在刮。这里的风很硬，可能你经历过台风的摧枯拉朽汪洋恣肆，但台风袭人是铺天盖地劈头盖脸的那种，乌鞘岭的风却不这样，她只往人怀里钻，大热的天，你只觉身子一紧，第一反应便是掩住怀。掩住也是不顶用的，风还会想办法钻将进来。风是带了冰冷的、尖锐的刺的，别说是一件普通的衣服，即便是身披挡得住箭簇利刃的铠甲，这里的风也照样与你肌肤相亲。

大概，乌鞘岭的风是在奉命告诉你：阁下，你的双脚已经正式踏在大西北的土地上了。

奉谁的命呢？你就别问那么多了，没人会告诉你，该让你知道的，就是眼里所看到的。高山牧场上散落着一群群白牦牛，它们在吃草、打架、游戏，当然也少不了恋爱。白牦牛听说过吗，见过吗？它是国家保护的动物种群，虽然它与别的颜色的牦牛一样都是驯养的。皮毛的颜色让它们身价不凡。沿山脊蜿蜒着一道土墙，你可别把它当土墙看待，那是长城。一截是汉长城，一截是明长城。白牦牛出入于长城内外高天白云下，逐水草而徜徉。在它们的眼里，长城就是一道土墙，哪边的草好，我便跳过豁口去哪边吃。烽火台上的狼烟早已让岭上的硬风吹散了，城墙上的士兵早已让引吭高歌的牧人赶进历史了。抬眼望，一派绿山群中，突兀着一座白山。那是马牙雪山。怎么会叫这样一个山名？不外乎山的形体像马牙。好似谁把一颗白玉米粒立在了那儿，扁扁的，耸耸的，一掌即可扇飞一般。马牙雪山是几条河的源头，在大西北，哪怕是多么小的一条河，都是弥足珍贵的。如果河流是商品，你用多少金银去交换，都是没人跟你换的，除非你用河流去交换。水是生命之源，在大西北的任何地方走一遭，你就会由衷服膺，首先说出这句话的人，是一个伟大的家伙。马牙雪山的重要性就在这里。而乌鞘岭无所不在的硬风就是马牙雪山的雪光水意氤氲而成的。

谁给马安上了翅膀

越过乌鞘岭，穿过古浪峡，大西北的大门，以及整个中亚的大门算是向你敞开了。武威是万里丝路的第一重镇，古称凉州。我曾在一本书中写道，凉州是一个有名的地方，随便将手伸进中国古代典籍中，一把就可抠出几个凉州来。这话算不上精彩，但是我说的话，我当敝帚自珍。说凉州最有名的话恐怕数这一句了：凉州七里十万家，胡人半解弹琵琶。其实，凉州现在也很有名，只要旅游过的中国人都应该知道的，那匹奋蹄扬鬃足踏飞燕的铜奔马就出自凉州，它是中国的旅游标志。

铜奔马出土于凉州城边的雷台。雷台是古人祈雨的设施，台不甚高，也就二三十米，台也不算宽阔，方圆十亩地而已。但雷台呈现出来的却是欲与天公试比高的气势。为什么呢，雷台四周都是一眼望不到边的阔地，是登泰山而小天下的视觉效果。雷台是就地取材用白土筑就的，凉州大地上的土是白的，而非我们常见的黄黑红土。白土筑起的高台矗立于天高云淡绿野平畴间，历史与现在便融于一体了。雷台前有几棵古树，那是常见的杨树，据说已经几百岁了。树梢和旁枝完全干枯了，只有树干似乎还活着，点缀着几片半死不活的绿叶，树皮脱落，像一只只刚被剪了毛的老绵羊。这种树，只有在画中才可见到，更像是源于生活而高于生活时，高出来的那些。然而，人一看，便知它是真正的古树，与人造的古树迥然有别，因为仿真的古树太真了，比真的还真，便流于假了。

古杨树长在墓道外面。这是一座汉墓，墓圹就在雷台身下，也就是说，雷台充当了坟丘。究竟是墓先台后，还是台先墓后，我没有考证过，无论谁先谁后，都可视为风云际会天作之合。墓道很深，一进又一进，进到里面，顿觉进了地心。墓道全部用碎砖砌成，被习称为秦砖汉瓦的那种砖。可秦汉的砖向来是很气派的，这里又为何要用碎砖呢，是墓主没有足够的金钱吗？显然不是，墓主是贵族，从别的陈设看，是不缺钱的。这恐怕是有钱人的特立独行吧。从功用看，陵墓异常坚固，以审美论之，碎砖聚拢成拱顶，大小薄厚参差，幽深渺远如天穹然。而铜车马阵就曾布列于最深处的一个墓庐中，被命名为铜奔马的那匹马是其中的佼佼者。可惜，发现铜车马阵的那位农民将原阵搞乱了，现在的阵势是郭沫若先生重新排的，是不是原样子，没几个人有资格评论。离奇的是，墓道口有一口井，井口在雷台顶，垂直贯通墓道后，切入地下数十米，据说曾是守台人的饮用水井，现在井里没水了，井底堆满了各种面值的纸币，当然都是当今通行的合法纸币。把钱扔入井里不是因为钱多花不完，也非祭奠什么，纯粹是为了好玩。硬币到了井底，轮廓便会大如银元，一元人民币下去，币面放大如小学生的作业本，要是百元大钞下去，便是一张年画了。而井底大多是百元大钞，看来当今千金博一笑的有钱人也不鲜见。何以如此，懂得多的人说，视觉差故也。

墓中的铜车马阵被放大了六倍，陈列在雷台下的旷地上，供人们一睹那秦汉勇士的风采。铜车铜马铜人都是用青铜铸的，阳光下，浮泛着绿莹莹的幽光，一时，遥远的英魂应召而来，金戈铁马之声隐隐作响。谁都知道，马是奔驰在大地上的精灵，是几千年来武士的神韵，人们创造了无数颂扬马的形容词，但也止于千里马就到头了。至于天马之说，更多的是人的向往。可天马却是真实存在的，汉武帝得之于敦煌渥洼海的那匹即是。天上的马下凡于尘世，当然是千年一遇的，可那位好大喜功的天子，似乎不明白这个道理，非要兴师动众搞回成群成群的天马不可。天马成群，还是天马么。天子闹出的笑话，一定是比普通人闹出的更可笑。汉家天子得到的那匹真的天马已经渺不可寻——虽然它是天马——而那匹天马的真髓却凝固于凉州雷台了。看看吧，它仰天长啸，马尾直指长空，三蹄腾飞，一蹄踏着一只正在展翅翩翩的飞燕。能将飞燕踏在蹄下的马，岂千里马可以做得？而今，这匹天马已随着滚滚的华夏人流，飞向了地球上所有有人的地方，而妙合无垠形体神韵，不为流俗羁绊的独立情怀，立足大地志存高远的品格，乃是天马得以纵横长空的翅膀。

圣蓉河畔的刹刹

过了凉州往西几千里，便是古丝路的通天大道。但这并不意味着没有岔道。出了凉州不远，就有一条岔路口。凉州到丝路要塞绣花庙两百多公里，都是笔直大道，为安全着想的，大的商队，不急着赶路的，都沿着大路一站一站地往前赶；从凉州到绣花庙还有一条小路，约百公里，那些小商贩，做黑道生意的，讲究兵贵神速出其不意的兵家，当然看好这条比较隐蔽且便捷的路。两条路上行两种人，路有宽有窄，有坦途有险道，而两条路都车水马龙，从不寂寞。

千里河西走廊一路都夹峙在两山中，南面是祁连山系，通称南山，北面的山名比较多，概略为北山。这条小路是夹在北山的山缝中的。这一段的北山叫合黎山。一条叫圣蓉的小河将合黎山又切做南北两山，北边叫干渣子山，南面叫合黎山。是不是啰嗦了点？我也觉得啰嗦了，可有什么办法呢。在大自然面前，我们不得不耐心点。河流很弱，河谷很窄，两个瘦人并排走，都觉得挤。路是人脚和马蹄踏出来的，时有时无，时宽时窄，时断时续。河谷的最窄处有一胜景，两座山峰直薄云天，隔河相对耸立，站在两座山峰上可以正常聊天，但要是握手拥抱，登山健将也需要跋涉大半天。两山的山尖上各有一座佛塔，白色的唐塔。两座山我都想爬上去看看，可时间有限，只能选择其中的一座。我选择了北塔。是有一条小路可从后山上的，可我要走没路的路。山体是风化岩，赭红色的，在艳阳下，像一支燃烧的火炬。北山的相对高度约有百米，是一面垂直的悬崖。我对我的攀岩能力是绝对自信的，崖面上，每隔一人高低，便有寸宽的风化层，正好可以立足。攀了一半，想给山底的人炫耀一下，试往身后一看，不得了了，我感到我是粘贴在火焰上的一只壁虎，或苍蝇，大火正在焚烧着我，我正在被烤干，风化，一这样想，立即头晕眼花，腰软腿颤，承载着身体全部重量的两臂有如快要断了的绳子。我赶紧回头，往上看，身处崖面形成的死角，是无法看到山顶的。

要不摔下去，给古丝路增添一桩茶余饭后的谈资，要不攀上去，站在山颠上，看看古丝路的古风今韵。不用说，我攀上去了。生与死，成功与失败，都是大得不得了的事情，可是，往往是由一口气，一个念头，左右的。据说，唐僧当年西天取经时，就是走的这条小路。虽是据说，可我坚信。有时候的信与不信，是不需要举证的。套用法律上的一个术语，便是：自由心证。站在山颠的白塔下，感觉站在了一重天上。头顶还有一重天，白云正白，红日正红，蓝天正蓝。野风掠过山颠，唐塔认得这是大唐的风，我只能识别出，这是当下大西北的劲风。圣蓉河在脚下默默流淌，从哪里来，到哪里去，那不是河水要关心的事情。名为河，就得有水，有水，就得流，不停歇地流。这是河水的宿命。

山下不远处有一截古长城，跨河而建，河水侵蚀了谷地，使残破的城障烽燧更显伟岸了。这是一段汉长城，用芦苇拌黏泥依地势修建的，漫不说数不清的刀兵水火了，两千年的风吹雨打，也足以让任何坚固的东西改容易色，可汉长城却挺了下来，拌了泥的芦草早已坚硬如石。城下河边有一座古墓，墓庐已经塌陷了。这是一座西夏墓，不是用来埋人的，里面埋着一万多尊刹刹（音

cha）。何为刹刹？用黄泥捏制的，与馒头形状大小相似的佛像也。蒙古大军灭西夏时是吃过大苦头的，一旦拿下了对手，便对西夏人格外得狠。二百多年的西夏文明在蒙古铁骑屠刀下，真可谓白茫茫大地一片真干净。但人世间总有人眼看不到的东西，有马蹄和屠刀摧毁不了的东西。这座刹刹墓便是劫后珍藏。西夏人笃信佛教，在佛事上向来不惜工本，也许正是佛祖显灵，西夏人还是为世人留下了一星半点关于记忆西夏的凭据。刹刹墓便是其中之一，而且，普天下仅此一座。每尊刹刹里面都包裹着一条两寸长短的金箔，上书一段经文，一万多尊刹刹汇合起来，便是一部完整的经卷。可是这座天下唯一的刹刹墓现在坍塌了，一场雨就可淋坏无数尊刹刹，耸身一跃跳下墓去，两只脚一次就可踩碎许多尊刹刹，漫不说那些眼露贼光的大盗小偷了。想想我们今天的人，哪怕是多么没出息的一个人，都会让那些纵横万里天下无敌的蒙古武士甘拜下风的。确实，我们正在轻而易举地做着蒙古武士拼了老命都没有做到的事情。

　　一条隐蔽的丝绸古道，流淌着一条细弱的圣蓉河，河岸的山巅上有两座唐塔，河边有一条两千年不倒的汉长城，城下的河堤上有一座举世无双的刹刹墓，刹刹墓正在被我们活着的受过现代文明滋养的文明人肆意糟践。一条逼仄的河谷包容了两千年的文明，但未必能够容得下已经身心俱废的刹刹。有道是群体的力量是强大的，谁让普天之下只有形单影只的刹刹呢。

绣花庙不是鬼门关

河西走廊在由武威地界进入张掖地界时，南北两山在绣花庙突然收缩了，像一条宽大的口袋，被人拦腰扎住了。如果说，乌鞘岭是河西走廊的大门，凉州是大院和前厅，那么，到了绣花庙，便要进入河西走廊的卧室了。而绣花庙以西的大平原，便是河西走廊的后院。也不难想象，两头都是几百里宽阔的地面，在一个弹丸之地浓缩为百多米，两山夹峙，驿路逶迤，一处要塞便有了天造地设的气象。绣花庙不仅身居河西大道的要冲，另一条穿行于圣蓉河谷的逼仄小路也得在这里汇齐。真叫惹不起，躲也躲不过。

绣花庙的老名叫定羌庙，听这名字，便可闻着火药味。都在一口锅里搅勺，干吗那么戾气滂沱的。有一个高人在路过这里时，打听到此地还有一个比定羌庙更古老的名字，而且，这名字容易让人心生美妙的联想，这就是绣花庙。老名字据说源于很古的一次征西战争中，一位女将在铁血的间隙，并未忘了自家的女儿身，夜坐营帐，妙手绣花，让打打杀杀远离家乡的将士做了几场粉红色的梦。当然，这都是据说，大多都是清醒者替沉睡者做的白日梦。

绣花庙属于山丹地界。山丹是隋炀帝亲自起的县名。这位又风流又荒唐的皇帝，曾在河西搞过一次超大规模的会盟，西域乃至波斯高原几十个国家的元首都来了，隋炀帝本是个爱排场的人，这次把风头出足了。他给千里河西走廊所有的树上都披上了锦缎，把那些同样是一国之君但没见过什么大世面的王侯以及他们的将相唬坏了，一时，已经臣服中原王朝的国君把头低得更低了，还没臣服的呢，赶紧双手捧上国书，送来漂亮女子和好东西，又是称臣纳贡，又是攀亲戚拉关系，好不热闹。耍了这么一回，隋炀帝兴头正盛，车驾路过山丹时，抬头一望北山，只见山色如丹而色淡于丹，但仍是丹色，是那种好似被删削过后的丹，于是，灵感袭来，随口命名此地为：删丹。这是个雅致到了极点的地名，可惜能雅到这个程度的人不多，再说，起名字的皇帝已经被人抬掇了，咱还怕他作甚，咋方便咋来，改为山丹。

山丹有着保存完好的，连续几十公里无间断的长城，一抹平畴戈壁滩，一道土墙威严西走，把走廊豁开成南北两半，北面离北山根很近，南面离南山很远，占据长城以北地域的人明显地处在下风。这是汉长城。长城以北是胡人，以南是汉人。不用读多少史书，实地一看，便可蠡测当年的河西风云。与长城并行西去的还有两道与长城同样壮观的设施，一条是 312 国道，一条是兰新铁路。而这三条大动脉都得经过绣花庙，好似三股粗麻绳，要同时从一孔细针眼里穿过，还必须穿过。如此特别的去处，发生一些特别的事情，似乎也合乎常理。多少年来，这里一直有着"中国的百慕大"之恶誉，宽阔平坦的公路，汽车速度放得很慢，也会莫名其妙地翻车，一出就是重特大车祸，每一年，总有那么几起，十几起，甚至几十起。这里成了司机们的鬼门关。公路专家一批又一批来了，从专业的角度看，找不出公路本身的毛病；地质学家来了一批又一批，因为有人怀疑这里有什么地磁感应，结果证实这是空口说白话。可凡事总得讨个说法，现在可是科学昌明的时代啊，不能把一时还不可知的事情归之于神鬼。

在车祸闹得最凶的时候，我在绣花庙住了一夜，我是以记者的身份去的。正是火红七月天，在绣花庙的戈壁滩上待一个白天，一个大活人就可离木乃伊不远了。那一夜，大雨如注，陪同我的交警说，今晚肯定是有事的，我们穿上厚毛衣和雨衣，来到了公路边。还没找到理想的落脚地，霹雳一声响，一辆满载货物的大卡车摔出了路面。我们冒雨去救死扶伤。这边正忙得要紧，不远处又是山崩地裂一声响，赶去一看，又一辆载重卡车兜底朝天。又分头救助。一辆，一辆，又一辆，司机们好像得了传染病，明明看见好几辆车撂在路边了，还在前赴后继，一辆离一辆的倾覆地点不过十几米之遥。寒风携带寒雨，我们已经浑身精湿，冻得手脚麻木。业务繁忙，我们的人手分配不过来，而新的车祸还在继续发生。利用喘气的空闲，一位干警自嘲道：干脆咱歇着，等车翻够了再处理，看它究竟能翻多少。当然这是笑话，这一夜，两公里的路面上，毁车九辆。

后来，人们还是找到了原因，大概是由于视觉差使司机产生了误判。公路东高西低，而两面的山却是西高东低，路面是有着十几度的坡度的，可坐在车里看，却是一路坦途。在长途行车后，遇上一道慢坡，对车速的悄悄变化已不十分敏感了，反应过来时，已来不及了。绣花庙据此开始了大规模的道路整修工程，高处削低，低处垫高，此后，再也没发生过大的车祸。绣花庙还是那座绣花庙，绣花的人芳踪难觅，活着的人从来也没见这里有什么庙，聊可自慰的是，绣花庙不再是西出阳关者的一道鬼门关。

亥母洞存疑

亥母是藏传佛教中的一个重要角色。当年西夏人很是尊奉这位神。西夏人六征河西终于取得成功后，便把河西当成了自家的大后方来经营，弘扬佛教是其一大国策。亥母洞因此进入了人们的视野。亥母洞地处祁连山中，由四孔天然红砂岩洞组成，中间一洞据说穿透了祁连山直达青海，前庭则可以同时容纳数千人坐地诵经。想想当年的盛况！现在的洞窟全部坍塌了，胆大的人往里面走过，走出了很远，听那幽远的回声，似乎离尽头还很漫长，只有见好就收。一座灰蒙蒙的大山，唯有亥母洞所在的山包是红色的，洞前横着一道山脊，形似一尊睡佛，有几个信徒，在每天过完必须过的世俗生活后，自愿在这里打理各种佛界事务。

亥母洞重新引起世人注意的是，前几年这里曾发现了一本西夏文经卷。我们知道，西夏人是创立了自己的文字的，但让蒙古人几乎毁完了，现在谁要是手头有西夏文的片言只语，一定是会当成稀世珍宝的。而这里一次就发现了一本完整的经卷，名为《维诘摩所说经》。更珍贵的是，这本经卷是活字印刷，而印刷质量却很差。这在流传下来的古代印刷品中是绝无仅有的，何况这是极端崇佛的西夏人印制的佛经。这是什么原因呢？原件送到了凉州博物馆孙寿龄老先生手里。据说，国内懂得西夏文的仅有区区数人，孙先生就是其中之一。无论木活字，还是铜活字，印出来的文字都十分精美，而这本经卷不是字缺角，便是字行歪斜。一个大胆的推测蹦出孙先生的脑海：这是泥活字印刷品！谁都知道，印刷术是中国古代的四大发明之一，发明者是北宋的毕昇。可证据呢，一找不到活字版，二没有印刷品样品。全部证据就是沈括在《梦溪笔谈》上的一句语焉不详的话。不把实在的证据拿出来，话就由人说了。于是，德国人说印刷术是他们的发明，韩国人也不甘寂寞，要把这桩旷世功业抢注到自家人名下。为了这，许多国家的科学家倾注了毕生精力，试图研制出来一副能够印刷文字的泥活字版。可是，都没有成功。泥活字印刷术的发明权只好悬着。

孙寿龄手中有了泥活字印刷品，但这只是推测，要证实，必须拿出印版来。孙先生在自己的斗室里支起了制陶炉。他是一个多面手，考古是本专业，年轻时搞过泥雕，练过书法。他从郊外取回红黏土，团成一个个小泥坯，刻上西夏文字形，放进炉中烧制。可是，字坯要不爆炸成粉末，要不根本没法组版。一次次失败，一次次改进，白天，家里炉火通红，晚上，家里炉火彻夜。转眼间，三年过去了。孙先生终于烧出了第一个泥字，组成了第一副泥活字版，印出了第一张泥活字印刷品，而且与那本出土的经卷一般无二。时隔千年，中国人终于用实物巩固了自己的发明权。当中央台播出这个消息后，我去拜访孙先生。他已经退休两年了，他的全家挤在一套狭小的单元楼里，孙先生的工作间是那个不大的阳台，他在这片悬空的水泥板上扎根几年，攻克了一项世界难题。阳台上摆满了他用小火炉烧制的仿真西夏文物，虽是仿真，也是十分珍贵的，许多人要跟他合作走市场，他不干，在他那儿，事业是不能用来谋利的。他的西夏文书法和泥字雕刻作品，早已成了收藏家们的新宠，可他只给懂得的人送，只懂得钱的人，免谈。

我见到孙先生的那个夏日午后，他刚从考场回来，神情有些沮丧。一家权威学术单位要聘他当西夏考古专业的博士生导师，可他只是个中级职称，只有考取至少副高资格才可上任。他几次都是被英语挡在了门外，这次也不例外，虽然他是全国屈指可数的西夏文专家，而聘他的目的就是为了发挥他的西夏文专长。但衡量他西夏文水平的唯一尺度却是他的英文水平。孙先生是很想为国家培养几个专业人才的，别的懂西夏文的几个专家都是高龄了，他尽管也已经退休，在业内，却是最年轻的。不知道，当孙先生的英语终于过关，获得上讲台的资格后，他还有没有力气登上那三尺宝地。我看着他的泥活字版，看着他的西夏文书法作品，看着他再次名落孙山后的神情，很想对他说，让你这样的人再去考副教授，而且考不上，丢人的不是你。但我还是忍住没说。面对一个一心想为国家培养珍稀人才而没有机会的老前辈，我想安慰他都难以启齿，怎可发这种愤世之言呢。

我是在见到孙先生的第二天，驱车上百公里去看亥母洞的。那一天，凉州的天空飘着小雨，小轿车沿着一条水渠往祁连山方向进发，田园葱绿，渠水欢快，离亥母洞渐渐近了，我的心却慢慢虚了：亥母洞还有佛吗，孙先生的智慧之光使蒙尘的亥母洞佛光灿烂，而这束佛光能否照亮独行者脚下的道路？

独流沟的太太

裕固族是甘肃特有的一个少数民族，世居祁连山中，过去一直叫尧乎儿，周恩来总理给改成了现在的名字，取富裕巩固之意。裕固族人以放牧为生，夏天赶着牧群去了高山牧场，冬季就生活于山坳平地，日子过得宁静祥和，当然也有悲欢离合阴晴圆缺。无论哪个民族，这种感受积累得多了，就会想办法表达，也就会诞生自己的作家学者和歌手艺人。裕固族也不例外，何况他们与所有的草原民族一样，天生就能歌善舞。

与我同龄的铁穆尔，是一个集作家学者和歌手于一身的裕固族男人，他还是一个优秀的骑手，可他常年住在肃南裕固族自治县的县城，算是城里人，这一手就不常用了。铁穆尔文章好坏学问深浅，业内人士早有定论，轮不着我来饶舌。他的歌唱得好，却是连天上那云树上的鸟都听得出的。他唱腾格尔唱过的歌，几乎可以把腾格尔比下去，我曾戏言，要是铁穆尔也是专业歌手，可名扬四海。他唱歌纯粹是因为高兴、忧伤、闲得没事干，还有朋友们想听。他唱得最好的歌是河西小调，这是流行于他家乡的汉族民歌，他从小就唱，一直唱到现在。就像草原的酥油、奶茶哺育他长大成人一样，民歌塑造了他的精神气质，那乐天知命的、飞扬的、忧伤的、凄婉的、缠绵的、俏皮的、庄严的旋律搅和在一起，形成一种立体的声音世界。铁穆尔就是这样一个立体的人。他在做学问写文章时，完全是一派殉道者风范，一个民族的过去、现在和未来，似乎压在了他一人肩上，而他也摆出了一副舍我其谁的架势，青灯黄卷，掘地三尺，为一句话一个事件，不惜万里搜寻，绝不稍作通融。朝闻道，夕死可矣，他是做得到的。

　　可要是唱起歌来，铁穆尔立即变成了一剑一箫走江湖的风流种了。无论在什么场合，也无论场合中有什么人，有人喊一声：铁穆尔，来一口！好似按了音箱开关，歌声奔流倾泻。只要开口，即如天河开闸，倒不尽是不罢休的。有些混蛋哥们这时必定是要起哄架秧的，有人喊：铁穆尔，来一口香辣脆的。铁穆尔也不甚在乎，嘴一张便是：大路的边边，凉州的哥哥，你回去给我的娘家人说……歌词大意是一个新嫁娘在大路边，向路人哭诉她新婚之夜的不幸遭遇。这种歌，铁穆尔会唱很多首，连唱一天一夜，保证没有重样的。听这种歌的人，神色是变了的，变得满脸桃花色，而唱歌的人却声情并茂习以为常。此时的铁穆尔，像一个燕市放歌旁若无人的游侠，更像一个酒肉穿肠过佛祖心中留的有道高僧。

铁穆尔还好酒，在草原上不喝酒的男人不是好男人。铁穆尔是个好男人，或者他一心想做个好男人。做好男人是要有代价的，铁穆尔的代价便是把胃喝坏，把自己一次次喝醉。只有敢醉并且常醉的男人才是好男人，才是全心全意待朋友的男人。祁连山深处有一条独流沟，独流沟有一条河叫独流河，河水是刚从雪山上流下的，在盛夏时节也是冰冷刺骨。这是一个风光无限好的所在，抬头，白雪耀目，低头，清流靡靡，松柏喧天，群鸟翔集。有一次，我赶到独流沟时，铁穆尔从昨天已经醉到今天了，酒一上来，他仍开怀痛饮，都是六十度的青稞酒啊，他不再醉一次怎生得了？他唱了几首歌，出了帐篷，我不放心，随后出外查看。这一看，让我笑了几年。我冲进帐篷招呼道：快去看，河边睡了一个漂亮太太！大家一看都忍俊不禁。河边有一棵大松树，遮出一片荫凉，一个喝醉了的陌生男人四仰八叉躺在那里，铁穆尔以同样的姿势躺下去，两人高低肥瘦相当，头并头，脚并脚，恰好构成两个"太"字。敏捷的朋友将此景象抓拍下来，一个太太便永远地定格在独流河边的松树下了。

黑水国里的羊群

张掖北去十多公里的沙漠深处，有一片古城的废墟，据考证说是西汉时小月氏国的都城，因濒临黑河，因而汉人称之为黑水国。小月氏覆亡后的两千多年时间里，河西走廊的大王旗一直在各城头变幻着，黑水国的都城扼守河西走廊的要冲，当然也闲不下来。

现在，表面看来是闲下来了。

方圆几十里的城池，有的地方闲着，有的没有闲着。闲着的是那依然伟岸的城墙，还有散落在城郭里的残砖碎瓦。黑水国的砖是有名堂的，号为子母砖。砖分子母，子砖凸出的部分镶嵌在母砖凹陷的部位，妙合无垠。用这种砖砌的墙大概是希图牢固。可是，再牢固的建筑，都经不住时间的摧残和空间的寥落。房塌屋倒，子母分离。当然，人间的子母分离是再也正常不过的风景。子母砖，如果象征的是子与母，十月怀胎，一朝分娩，算是子母的自然分离，儿子大了，离开母亲，算是子母的社会分离。分离是无奈的事实。如果是对男女关系的暗示，那就更是人间正常的风景了。婚姻法无论多么严酷，只能管了一对男女的身体，对双方的心思，只能徒唤奈何的，对于什么来世的事情，只能睁只眼闭只眼了。什么在地愿作连理枝在天愿为比翼鸟，看看那些散落在地的根本无法辨识先前谁跟谁配对的子母砖吧。

没闲着的是在远处流淌的黑河水。黑河从祁连山下来，漫出了一大半的河西走廊绿洲，还有丝绸之路几千年的熙熙攘攘。早先的黑河是可以作为黑水国护城河的，黑水国灭了，黑水河也绕道而走了。炎凉冷暖，也是人间再也正常不过的风景。汹涌的河水走了，汹涌而来的沙漠来了。但各种沙生植物却没有闲着，红柳，花棒，拐枣，梭梭，一片片将沙漠钉住。天上的鹞鹰，地上的鸟雀，看起来，是闲着无事而翱翔，而聒噪，再一想，这本来就是它们的生命方式。它们不算闲着。还有那一年四季无休无止的风，它们送来了沙尘，也送来了远方的消息。

在进城门时，一个牧人赶着一群羊从城圈内出来，人像一棵枯树的影子，羊像洪水一样漫过来，但却都悄无声息。阳光正艳，虽是深秋了，走廊正午的阳光仍然那样明艳灼人。觉不出有风，但在灼热里，冷不丁钻入怀中的那股气流，像锥子一般尖锐。不远处有一片绿洲，有绿洲必然是有人家的，绿洲不算大，人家便也不算多。与所有的绿洲相似，高大的白杨转圈儿把绿洲围了，把人家遮蔽了，把沙漠和田园分开，把天和地分开。深秋的白杨，一些叶片是绿的，一些叶片是黄的，一些叶片是红的，一些叶片挂在树上，在无风的艳阳天里，哗哗有声，一些叶片散落在地，在无风的艳阳天里，窸窸窣窣。一些羊，一些鸡，一些鸟，在散落在地的叶片中寻寻觅觅。阳光透过树上的叶片打在它们身上，它们和散落在地上的叶片，都多了一种类似阳光的色彩。

日出玉门关

在中国古人的眼里，玉门关无异于天之尽头，那句春风不度玉门关的诗是尽人皆知的了。确实，敦煌是千里河西走廊最西的一个大绿洲，而玉门关却在敦煌以西上百公里外的沙漠中。那片沙漠有多大，只能借助地图和一组组枯燥的数字，靠人的感觉和眼力是无法测量的。这样说吧，任你功高盖世富甲天下目视高天裘马扬扬，一旦置身玉门关，不用别人说，自个得俯首低眉。即便是一截荒废的长城烽燧，偶或还可引来怀古者的一声两声惊叹，即便是一块戈壁石，一粒沙子，一只蜥蜴，还可暂时勾动来自大都市和水乡泽国之民的好奇心，只有人在这里是弱势群体：一瓶矿泉水都会让任何人不得不折腰的。

可是，一心要与天地为友的人，立志要探幽析微的人，还是钟情于玉门关的。一个人的一天是从日出开始的，玉门关也在模范地遵守着这个规定的作息时间。要与玉门关一起开始新的一天，人就要必须比太阳早醒至少两个小时，因为人必须住在敦煌，而敦煌距玉门关有着至少两个小时的路程。驾车从敦煌出发，一晃眼，就置身于沙漠中了。其实，此时的沙漠不是用眼睛看到的，而是用耳朵听到的，用心灵感受到的。大地如墨，长空无月，稀疏的星斗挂在虚空，映出一只只拳头大小的亮光，其功用也只是让人把天与地区别开而已。但，你是知道你行进在沙漠中的，车灯像两把插向无物之阵的利剑，极具穿透力，却不知道穿透的究竟是什么。实际上，面前什么都没有，天地本来就是一个无边无际的虚空，也无所谓穿透与否的。听那刮来的风是无阻无碍的那种，是划破了什么坚硬的东西的那种，是刺破肌肤直透内里的那种。这便是漠风。这便是夏日清晨的漠风。一会儿，东天里出现了一抹红，在日常概念中，这个时候的那里，出现的应该是一种被习称为鱼肚白的东西。可是，这是玉门关的领空，这是大漠日出的前兆。

东面的半边天都红了，红得像一片巨大的刚出染坊的红布，红血淋漓，一滴滴血水挂在天际，那块天红得透明。血水洒下来，洗去了掩藏大地的黑幕，立即，地上蒸腾而起的红尘与天际垂挂而下的红雾连为一体。此时，天上的红雾却迅速褪去，一片鱼肚白将天与地的界线划出来了。感觉到太阳已经出来了，却没有出来。看见太阳出来了，还是没有出来。稍一错眼，太阳已经出来半人高了。玉门关的太阳是蹦出地平线跃上天空的，像一颗红色的信号弹，倏然闪亮天空，倏然君临大地。新鲜出炉的太阳是猩红色的，放射出来的不是光，是可以触摸，可以掬舀，可以痛饮的葡萄美酒，每一条光线都涌流着醇香，仰脸一望，目迷神移——那是一种醉态。所谓葡萄美酒夜光杯，不仅酒可醉人，玉门关的日出也是可以醉人的啊。有多少个流寓边关的古人，迎着日出，把他乡的太阳当美酒饮了，又有多少个今人把古人的故事当作现成的美酒饮了，而醉了的却同是一副悲天悯人的情怀。

魔鬼城的震撼

在乌尔禾魔鬼城，我被震撼了；在哈密魔鬼城，我仍被震撼了；在敦煌魔鬼城，我被深深地震撼了。我实在不明白，为什么要给这些地方起一个这样的名字？难道是因为我们说惯了的鬼斧神工的造型，还是此景只应地狱有，人间不得一回闻？说实话，我是在怀疑魔鬼的想象力。我以为，要闹出这么一个个排场来，除了魔鬼惊世骇俗的魅气，还少不了上帝体贴入微的媚气。魔鬼城是魔鬼与上帝精诚合作的典范。这是魔鬼与上帝的第一次合作，也是最后一次合作。

敦煌有个莫高窟，莫高窟旁有座鸣沙山，山下有眼月牙泉，水火不容的几样物事在一块和睦相处十七个世纪，非但不相克，而且还相生相成，这应视作上帝与人的一次灵光互照。出敦煌西去百多里，在四面沙山围裹无数重的绝望之地，偏偏有一片浩大的水域，名曰渥洼海，这就是诞生过人类历史上唯一有记载的一匹天马的所在。这应视作上苍与人的一次互通有无。上苍能给予人的于此尽矣，人的想象力于此极矣。而上苍似乎余兴未尽，不惜冒犯正邪自古同冰炭的天宪，选择魔鬼做合作伙伴，又在敦煌西北百里外的沙漠中，一口气创造了一座让人难以揣度其边际的魔鬼城。什么魔鬼呀，什么上苍呀，在功利至上的俗人那里，谁给了人好处，人就膜拜谁，人就给谁一个好脸色，何况此城是魔鬼与上苍携手共建的呢。

大海一样波浪起伏的黑戈壁，阳光铺上去，大地宛如牧人的黑牦牛毡，在这毡片上，摆放着魔鬼和上帝赐给人类的一切。这里是一个庞大无朋的海军舰队，旗舰是形似美军"小鹰号"的航空母舰，甲板上各种火炮齐齐瞄准前方目标，无数架舰载机振翅欲飞，母舰四周是驱逐舰、战列舰、巡洋舰、补给舰，还有穿梭于阵中的各色小炮艇。站在前面看，人会看得见舰队乘风破浪，以雷霆万钧之势向你压来；站在旁边看，你会觉出舰队高速推进时，卷起的凌厉旋风。这里是一处皇家粮仓，圆顶的，方顶的，庵式的，窖型的，要有尽有，也只有皇家需要这么多粮仓储藏粮食。是粮仓就得有人看守，放眼看吧，一个秃顶老卒神情漠然，蹲在仓顶上，怅望着远天远地。一个少年兵蛋子，歪戴头盔，心不在焉。什么使他走神了呢，哦，对了，那座庵型仓顶上，立着一位少女，她衣袂飘飘，一身忧郁。这是一个什么样不人道的皇朝，竟然让美女来服役！管他的，一个少男，一个少女，无论在何种险恶的境况中，他们自身的激情都会让一方世界鲜花盛开的。

要描述一遍敦煌魔鬼城的妙处，就像给上苍和魔鬼画像一样不可能，不可能的事情我们何妨搁置不论，我们只需要懂得，造物主给乌尔禾搁一座魔鬼城，给哈密搁一座魔鬼城，再给敦煌搁一座魔鬼城的良苦用心。把话说白了，魔鬼城是决意要给人以震撼的，每一座魔鬼城给人一次震撼，在一次次震撼中，使人学会谦虚和敬畏。

废墟的守望者

　　离开阿克塞新城，转眼就到了阿克塞旧城。两城相距仅二十五公里，海拔却相差一千一百米。正是由于海拔的缘故，阿克塞人才弃旧迎新的。正应了一句话：只见新人笑，不闻旧人哭。新城建在敦煌以南七十公里外的一片广袤的戈壁滩上，原来寸草不生，几年下来，已然楼宇勃勃，草木楚楚，风生水起，鸟雀啾啾。而旧城已是一片废墟了。

　　旧城位于当金山口，阿尔金山和祁连山东西并排各延展数千里，在这里乍然分手了，被一条数十米宽阔的山口硬生生撕裂了。山北是百里不见人烟的荒漠，山南是千里寸草不生的柴达木盆地，西面又是罗布泊。这是一个生命的死角，除非有特别的使命，观光者很少有理由光顾这里。我也实在没有理由来这里，而我已经是第三次来这里了。小时候，大人常谆谆教导说，不走的路都得走三遍。意思是说，做事要留后路。所以，第一次来这里时，同伴说，我再也不会来这里了，给个国王当，都不来的。我看了他一眼，没有说话。人的双腿是自己的，向哪里走，以何种姿势走，往往由不得自己。第一次离开这里，三年后，第二次来这里，又过了三年，第三次来这里。这一次，我依然没有说再不来这里的话。

刚在城边下车，突然，从一截断墙后窜出一只大灰兔，朝阿尔金山奔去。深秋季节，山地牧场一片枯黄，极目之处，不见人影和牧群。十字街还赫然可辨，原来的屋宇只剩下残砖碎瓦。是谁拆走了还可重复利用的梁木砖瓦？新城的一切都是新的，旧材料是用不着的。此外，数百里以内没有居民点啊。抛弃一座城，或出于权宜，或出于迎新的愿望，但，抛弃了，已是罪过，何必要毁灭呢。被毁灭的大多是平房。还有两栋四层高的楼房依然保持着楼房的尊严。一栋是医院，一栋是学校。玻璃碎了，各房间睁着阴郁而茫然的眼睛。大概拆毁楼房是需要技术和较大的代价吧。

几个认识的人曾在阿克塞的旧县城工作过。他们先后都逃离了。他们都成了学者诗人。逃离时，是那样决绝，逃离后，却忍不住频频回头。他们赖以成名的作品大都是写阿克塞的。阿克塞是哈萨克族自治县，也是甘肃极西的一个县份，土地面积与台湾一样大，人口不足万人。几乎所有的人都搬入新城了，他们的牧群依旧游荡在阿尔金山和祁连山的深处。牧工都是内地农民。旧城还有三户居民，我没有问是哈萨克族，还是别的民族，远远望去，城北紧依阿尔金山的缓坡上，有一片绿树掩映的平房，门口停放着一辆农用车。他们是旧城的守望者。

要离开时，忽然看见那只大灰兔蹲在足够安全的沙堆上，远远地向我们张望。它也许在等待我们这些擅入者的离去。客走主安，它也是阿克塞旧城的守望者。

美石偈

　　大通河畔有美石。先前去过两次，薄有所获。正月初五，天色甚好，二百公里路程，不觉已到。天蓝水清，山高谷深，眼过万石皆不是，那块石头在河边等我。石面蒙尘，却无法清洗。此处水急岸陡，万一失足落水，不幸淹死，人说活该，幸而不死，人叹惜哉。透过星星泥垢，但见纹路苍翠，有雁北山水气象。扛起，距车二百米，踏过乱石阵，车载而还。过秤，五十斤，稍加清洗，原形毕露，画面粗疏，真可谓，兴冲冲，抱得美人归，急切切，掀起盖头来，凉煞煞，越之西施翻脸齐之无盐。随即释然。天不生无用之人，地不载不美之石。存之美心，寄之美意，施之美目，则天下万物无有不美。石之美丑，在于人之宽窄，而石与人无不以大概存世，只可远观，不可近察。君不见显微镜下，即便绝世美人之肌肤，亦是七沟八梁四十二道拐，螨虫载歌载舞，粗细血管如雨后蚯蚓，上穷碧落下彻黄泉，狰狞可怖之状与常人无异。以此，存心刻薄，则遍地行走该死之人，举目横陈不堪之石，若属意宽厚，大恶之人，尚可放下屠刀立地成佛，奇丑顽石，也铺得了路打得了恶狗。容物，同于容人，惜物，比如惜福。我有一石，我自美之，谁有美石，与我共美。

红尘甘心处

　　江山有胜迹，毛驴先登临。在幽深峡谷蛇行数小时后，峡谷渐趋疏朗。忽左侧悬崖下又横生一谷口，且悬有一奇怪名称寺院匾额。细审之，似可通车。拐入，峡谷逼仄，仅容一车道辗转。砂岩耸峙，枯草离离，回旋数里，至沟掌，一间七倒八歪屋，大约庙宇，一个风摆萧条人，疑似庙祝。屋后有炕大空地，聊可泊车。一驴一羊，天地两生灵。车停，毛驴宛然长官模样，面孔肃杀，踱步抵近视察，车门难以打开。幸获允准，下得车来，举目唯见一片蓝天当顶。庙祝乱发遮脸，胡须纠错，歪坐屋檐下泥地，仿佛无关之人。庙内杂物横陈，几无容足之地，唯两尊塑像光亮依稀。观音面南，护法面北，后背相贴而立，各不见面。上完布施，回头忽见毛驴横身堵门，挥之不去。驴眼与人眼对视，恍如隔世相见。我心中暗祝，毛驴啊，你我前世若为兄弟，今日邂逅，便是兄弟相见，当再续兄弟前缘，前世若为冤家，今生再见，便是善缘，理当一笑泯恩仇，当此戾气滂沱之时代，你我戾气不散，便是旧业未结再添新业，若有和解意愿，彼此掂量生命之意义，何妨一拍两散，从今后，人走人道路，驴奔驴前程。毛驴挪步，绵羊前来。绵羊角缠红布，疑为放生羊。若是，无论你身负何人魂灵，你已是羊身人心，前生若有不甘，就此甘心吧。人之苦难，在于不甘心，一世不甘心，便是大苦难，若将此生不甘带至来生，无异重吃二遍苦再受二茬罪，君之愚，是为永远之愚。

红尘扰攘处，你若甘心，便是圆满，抬头即见晴天，移步处处芳草。

沙漠写生

沙漠中的小精灵

从古阳关的烽燧上下来，时正中天，悬在头顶的太阳像是朝大地抵近了许多，炭火般的光焰，居高而下喷吐着，远近的戈壁沙漠都变成了火焰般的猩红色。突然，随行的南方朋友惊叫起来，我回头朝他指示的方向一看，不禁莞尔。

那是一只沙漠蜥蜴，当地人称之为沙娃娃。真的，形似神似。一只蜥蜴趴伏在路边的沙砾中，二三寸长短的身材，三四寸长短的尾巴，拇指蛋大小的头颅，两颗眼球闪烁着，头脑伸伸缩缩地，身子纵纵伏伏地，好似一支队伍的侦察兵，或有什么难处要向人求救。朋友第一次来西北沙漠地区，惊诧过后，听了我的介绍，不觉兴致大增，把那无所不在的火焰暂时抛掷不顾，双手端起照相机，悄悄接近沙娃娃。我说不用，风景区的沙娃娃和广场鸽一样，见得多了，不怕人的。

朋友还是小心翼翼接近。那只沙娃娃似乎看出他是初来乍到者，身子一纵，索性跳上一颗半尺高的砾石。沙漠的温度已可以在短时间内烫熟鸡蛋了，穿着登山鞋，脚心也能觉出烫来。沙娃娃占据的那颗砾石，炭火般熊熊燃烧。沙娃娃似乎找到了当明星的感觉，跃居砾石的顶端，或跳跃如街舞，或静伏似定格，或昂首做仰天长叹状，或闭眼以示不耐烦态，酷，萌，娇，骄，恰如乍然得宠的明星。相机咔咔响着，朋友大获丰收。

出了古阳关，在葡萄架下喝茶乘凉，朋友一遍遍观赏刚才拍摄的照片，一遍遍感叹，喜形于辞色。他问我沙娃娃都是这样么，我说，我见过的沙娃娃无数，今天所见，确属第一遭。这是老实话，不是为了给朋友助兴。

多年以来，每当我感到烦闷，或精神萎靡不振时，总要去一趟沙漠。艳阳的暴晒，沙砾的烘烤，借以修复身心内外阴郁的部分。在大漠深处，在绝无生命信息的地带，沙娃娃也许是唯一的生命。沙丘连绵，横绝天地，艳阳当顶，大地火烧。你以为你是这片天地唯一的生命了，忽然，身前身后，细沙簌簌作响，定睛看去，一只只沙漠色的小生命，昂首向你，扑闪着土红色的眼睛，似乎在向你质询：客从何来？友乎？敌乎？当你身子稍动，或仅仅是表情有了变化，它们便飞窜而去，眨眼不见踪迹。我不知道它们以什么为活命资本，但观其来去无碍的身姿神态，我猜想，也许是身无拖累，才使得它们获得了精灵一般的自由吧。

冬天的沙漠

冬天的沙漠中也是有生命的。

满世界只剩下沙丘，阳光，你。无所不在的沙丘，无所不在的阳光，孑立于阳光之下沙丘之上的你，还有你的影子。没有风，但满眼都是风，一地都是风声。细沙如蛇，那种与沙丘同色的蛇，在漫无目的地游走。蛇们总是能够找到通行的路。沙丘间并无路，车走的路，人走的路，蛇走的路，一概没有。在没有路的地方，到处都是路，对于蛇而言。

寂静，死亡般的寂静。死亡万年后的寂静。但却是鸟鸣山更幽的寂静。大寂静，大喧哗，形体的死亡，魂魄的复活。生命鲜活地带的阳光来自一颗太阳，而沙漠中的阳光来自无数颗太阳。悬挂在天空的那颗太阳，面色苍白，如沙漠驿路上飘零者随身携带的被榨干了水分的白面饼，光线依然夏天般强烈，却没有多少温度。可是洒在沙丘上就不一样了，一颗太阳立即幻化为无数颗太阳。一颗沙砾便是一颗太阳，每颗太阳射出一束阳光，从脚下，从四周，从远处，你是所有太阳的聚光点。

固定的沙砾是固定的太阳，流动的沙砾是流动的太阳。固定的还有各色沙生植物。红柳，拐枣，花棒，梭梭，芨芨草，沙蓬。沙砾一般的形色，沙砾一般的枯寂，毫无生命征兆。但它们活着。没有任何活着的理由，其实活着并不需要什么理由。以死亡的姿态活着。活着便是对死亡的抗拒，还有否定。每座沙丘都有自己的区别于其他沙丘的造型，那种棱角，那种纹线，那种图案，即便是造型艺术家看来，也只好拱手承认，这只能出自上帝之手。你要是一个喜欢恶作剧的人，你完全可以与任何一座沙丘较劲儿，撒欢儿，打滚儿，直到把整座沙丘糟践到你认可的面目全非为止，你还可以将你糟践前的沙丘拍成照片，也可以将你糟践后的沙丘拍成照片。这都是法庭上的铁证。一夜过去，你再来看看你昨日的杰作。你双手捧着照片一一比对，你看到的一定是与你糟践前完全一样的沙丘，一个棱角都不会差，一条纹线都不会差，一幅图案都不会差。

一颗上帝的心，一双上帝的手，让沙漠保持着原初的永恒的状态。

　　有人将此归结为风，其实，那是上帝的心，上帝的手，那是上帝本身。人们习惯于把自己不知道、不可知、无可把握的事情，统统归于上帝。上帝很忙，上帝管辖的事情太多了，忙不过来，于是，很多事情便也放手不管。尼采惊呼，上帝死了。真的死了，也绝非老死的，或意外死亡，一定是忙死的，累死的。让上帝歇歇吧。将风的事情还给风。风会改变沙漠中的一切，也会复原沙漠中的一切。人留在沙丘上的痕迹，有些会被风带走，掩埋在某个聊以维护人的脸面的角落，比如垃圾。人不怎么顾及自己作为人的脸面，风会替你顾及的。有些人为的痕迹，当人离开后，哪怕只离开一会儿，风便会替你抹平了。比如脚印。深的脚印，浅的脚印。尽管在许多时候，人并未感知到风的存在。风以抹平人的痕迹的方式，提醒人重视它的存在。风是沙漠最初的主宰，也是最后的主宰。

　　可是，风却可以默许别的力量在沙漠中留下自身的痕迹。

　　冬日的沙丘上，满眼都是死亡的景象，满眼也都是生命的喧哗。死亡与喧哗在这里实现了共谋。一串串不知从哪里来，更不知去哪里的印迹，让整座沙丘变成一座雕刻艺术展览馆。莲花瓣的蹄印，三角梅的蹄印，巧媳妇针脚线的蹄印，也许只有特别专业的昆虫学家才可辨认的脚印。而容易辨认的，黄羊的蹄印，狐狸的爪印，狼的爪印，兔子的脚印。种种蹄印迹，或大或小，或深或浅，或新鲜，或陈旧。不知道它们何时驾临过这里，也不知道它们以何为生。以人留下的脚印应该拥有的持久度相比，风更容易抹平的是这些印迹。但这些印迹却如人留在岩石上的雕刻一样，是向着不朽而去的。

也许，沙漠是沙漠生命的专属领地。认可权属于风。风以自己的方式宣告，谁是合法居民，谁是非法闯入者。

沙漠里的因果链

沙漠其实是欢迎人的强行介入的，以一种友善的、建设的姿态强行介入。

必须是强行介入。

沙漠的主宰者是风，风让沙漠变成这个样子，变成那个样子。这是风的使命，也是沙漠的宿命。涉及到使命宿命，这些带有原初性的话语，便天然地拒绝道德评价。风其实不愿意这样做，再崇尚自由的人，包括那些提出不自由毋宁死的人，内心都是渴望归属感的。自由的极限，如同断了线的风筝，无拘无束，其实也无依无靠。风明白自身的价值，给炎热之地带来清凉，给寒冷之地带去温暖，给干旱之地带去雨水，给贫瘠之地带去沃土和种子。可是，风在沙漠里只剩下一种使命了，那就是把沙丘从这里挪到那里，把地上的沙砾捧上天，又摔下来，像是一个顽童，自己累个半死，没有什么意义。有时候，还会受到生命的诅咒。人，植物，动物，离不开风，却也不待见毫无约束的风。

沙漠风是深知这些的。能够理解到世界本质的，天地之间也许只有风。风能够感知到，生命在风中的大欢喜，大悲愤，大抗拒。可是，风可以改变生命，却无法改变自己。这是风的使命，也是风的悲哀。沙漠风给沙漠中的生命几乎带不来什么益处，带来的只有灾难，至少在人这种生命看来。这时候的人其实是忘了，或不愿承认，自己正踩在脚下的那片黄沙，恰好拜人所赐。

人是有生命的，植物动物是有生命的，日月是有生命的，风是有生命的，砂石也是有生命的。各个生命体之间因为有着一种天然的秩序的存在，才互相约束，才互济余缺，才各安其位，只要有一方不守规则，打破了边界安宁，那么，连带起的便是骨牌效应，便是群体的灾难，便是群体的反抗。沙漠本是地球上的天然景观，与大海，与草原，与沃野，与河流，与绿洲，都是地球上的合法公民，自有天赋的领地，但却因为人的不遵约束，侵犯了原本属于沙漠的领地，沙漠奋起反抗，收复失地后，士气正旺，以其摧枯拉朽之势，宜将剩勇追穷寇，不可沽名学霸王，将人逼入绝境。

自然界的秩序与人类社会的历史何其相似乃尔！正是：

茫茫大块烘炉里，何物不寒灰？古今多少荒烟废垒、老树遗台。

锅里煮饺子，这个浮起，那个沉下，谁见过千年以前的旗帜如今还在迎风飘扬？

现在，沙漠由被压迫者堕落为压迫者了，而人却由被压迫者变身为反抗者了。凡是反抗者，其自身天然地占据着道德的制高点，正如沙漠反抗人类的过度侵犯时一样。在中国的北方、西北大地，原来一望无际的草原变成黄沙漫漫，原来清凌凌的湖泊被黄沙填埋，原来人烟辐辏的绿洲为黄沙覆盖，天空只有日月朗照，飞鸟绝迹，大地上只见风走黄沙，不见流水汤汤。人已无退路，只有奋起反抗一途。于是，凡是有沙漠的地方，便有了立志治沙者的雄姿豪情。与任何压迫者一样，当被压迫者吹响反抗的号角时，压迫者也不得不倾听反抗者的诉求。植物减缓了风速，黄沙顺风而呼的激情消退，甘愿蛰伏在植物的婆娑身影下乘凉，而各种动物也找到了借以栖身的家园。

生命间的失衡永远是暂时的，也只能是暂时的，而生命间的平衡则是永恒的，必须是永恒的。不要不相信因果，冥冥间是有一双手在的，那双手在天上，在地上，在你那里，在他那里，在我这里，在未知之地。

荒　城

说是这里居住着消失于世界史中的那支罗马军团的后裔，在者来寨，古书上则称之为骊靬。如今外来词汇吃香，包括貌似疑似的外来词汇也跟着吃香。者来寨很少有人叫了，口头的，纸面的，屏幕网络的，大都叫骊靬。尽管很多人面对那个"靬"字，往往口将言而嗫嚅，不敢确定读音是否准确。骊靬貌似外来语，"者来"何尝不貌似、不疑似？在东北大地，在西北大地，在整个中国的北方，这种用汉语音译标注的地名到处都是，包括"骊靬"或"者来"紧紧依傍的祁连山。祁连，意为天，匈奴语，而隔着不甚广阔的绿洲那边的连天黄沙，一个叫巴丹吉林，一个叫腾格里，都是蒙古语的汉语音译，前者意为六十个湖，后者意为天沙。

如此而已。

不知很早的先前，这里是什么样子，估计不会热闹到哪里去。河西走廊为连通中原与西域的最主要通道，位于驿路中轴线的各个村镇没有不繁华的，大城有大城的大繁华，小村落有小村落的小繁华，而骊靬却是偏离中轴线的。南依祁连，北贴丝绸之路要津。以兵家眼光看去，其最主要功能则在于控制南边的祁连山山口，与丝路交通轴线尚有不远距离。在今天的交通条件下，这点距离并不算什么，二十分钟车程即可通达永昌县城，一条黑色公路横穿县城与骊靬之间的戈壁滩。但这是古代设置的军事要塞。在古代，今天的二十分钟车程，并且要穿越砾石错杂的戈壁滩，大约不算一桩潇洒的事情。

骊靬热闹了一阵子。这一阵子说的是几十年。先从学术界热闹，然后是政界，然后是媒体，然后是影视，然后是民间。一个形同废弃的村庄，突然成为国内外侧目的一个所在，只因那位罗马巨头克拉苏率领的六千人军团，消失在世界史的烟海中。风一样消失了，两千年了，许多人在找，谁也找不着，实在找不着了。但是，是要找着的，六千人呢，还不是一般的人，而是影响了世界史格局的一群人。如今一个人丢失了，哪怕是多么不起眼的人，都得麻烦警察去找。找遍了所有可能的地方，不知谁率先把目光洞穿千年迷雾越过五湖四海，落在了河西走廊中部，一个从来被冷落，还将继续被冷落，直到废弃的一个村庄里。原因是，那里有几位村民的长相疑似意大利人。

把话说开了，河西走廊为几千年丝绸古道上最为重要、最为畅通、最为繁华的通道，这条路上，多少个民族，多少个人种的人，没有留下足迹，没有留下血脉？

者来寨还是那样平静，而骊靬现已廓然大城。在离者来寨不远的戈壁滩上，一座古城拔地而起。高大的城墙四面围定，四方城门朝向四方，宛然古城。城里一座万佛殿，屋顶是中式建筑，廊柱却是欧洲风格，供奉在里面的是中土的佛。各色建筑慢坡地形高低错落，民居，菜园，市廛，广场，像模像样。

仿古的古城热闹了，被仿的古城像是真正荒废的古代遗迹。者来寨是有着半截古城墙的，包围在一片民居中，与河西走廊多数的古代遗迹一样，都是黏土夯筑。一些民居保持着泥巴平房样式，无砖无瓦，屋顶是平的，在阳光下，白土反射着白光。一些民居是砖瓦房，红瓦白墙，砖砌墙角。一座打成四方草捆的干草垛堆放在一户民居的大门前，标志着这里还有人在生活。村落寂静如古村，零星的老树依着各自的院墙晒太阳。不闻鸡叫狗吠，亦无鸟语人声。站在村落的制高点上，南望祁连，雪峰隐约，北望走廊，苍白浮尘下隐现着似乎也在随浮尘飘荡着的楼宇屋角。此时，方才发现，者来寨并非建在平地上。祁连山山脚一路泼洒下来，深入走廊腹地，而者来寨挂在逐次往下延伸的山脚上。旁边一条河床从山中漫泻下来，将戈壁滩划出一道深刻的砂石沟。者来寨在担负军事功能的岁月里，这应该就是护城河了，就是防御屏障了。这是季节河，一年中绝大多数时间是没有水的。不知道以前是四季河还是季节河，观其古城规制，应是长流水吧。没有水的河流，流淌的便是磊磊碎石。一川碎石大如斗，阳光下，一颗碎石便是一颗太阳，耀眼的光芒从地上射向天空。

村落中终于出现了一个人。

红头巾，分辨不清颜色的衣服，佝偻着腰，在村巷里闲走，看不出要干什么有意义的事情。这是一个有些年纪的妇女。

村落中终于又出现一个人。花白的头颅，佝偻着腰，黑衣黑裤，是那种褪了色的黑，是那种从火堆里滚爬过的黑。步态缓慢，踽踽独行，看不出他要干什么，这儿望一眼，那儿望一眼，然后，返回他刚出来的那座民居中。

这是一个有了相当年纪的男人。

村中的青壮年要不出外打工，要不移居县城，只有那段十几米长的残墙摆出岿然不动的姿势，似乎要告诉人们，这是一座有着两千年历史的古城。只有头顶的阳光依然光芒四射，似乎在向人们宣示，阳光可以让远古的天空光芒四射，也同样可以给当下的大地带来生机。

跟着麻雀叫几声

在沙漠深处，先前一切你不喜欢的，乃至讨厌的生命，都会让你生出亲近之心，生出喜欢之情。是真的亲近，亲人间的亲近，生死老友间的亲近。是真的喜欢，让目光油然柔和的喜欢，让心尖怦然颤动的喜欢。

没有什么深邃的理由，亲近就是天然的亲近，喜欢就是天然的喜欢。一定要给一个带有功利尺度的理由，大约是，别的生命于此存活，我亦有可能于此存活。生命之间看似品质悬殊，比如有的可以飞越千山万水，有的则终生蜗居一隅，哪怕是一条小河沟，都是鸿沟天涯。但，回到本质上，却谁也无须自卑，谁也骄傲不起来。谁都离不开吃喝二字。饿了无食可食，渴了无水可饮，此际，谁又顾得了考究高迈，或者卑琐。

麻雀大约是无处不在的生灵，大约因为多，便常常不受人待见。那要看在什么时候，在什么地方。比如在沙漠深处。艳阳下，沙漠中举目一派大火。火从天上烧起，火焰凌空而下，引燃了地上的黄沙，黄沙烈焰蒸腾，发出轰轰的燃烧声，上下火焰纠缠在一起，互相借着火势，互相助着火势。你觉得天空被烤干了，大地被烤干了，大地上的一切都被烤干了，你自己被烤干了。而这时你却听到了鸟叫。一声，两声，无数声。你听得出那是一种名叫麻雀的鸟儿的叫声。麻雀的叫声永远那样特别，吵闹、枯燥。你会怀疑自己的耳朵，这样的地方怎么会有麻雀，麻雀难道是一种耐热耐火的鸟儿？你没有听错。风光旖旎之地，麻雀的叫声确实显得吵闹、枯燥，也许这正是不受人待见的因素。可是，在沙漠地区，麻雀的叫声却是如此的清丽、悦耳。不是此一时彼一时的权宜。确实不是，清丽悦耳之声，声声传来。宛如一股凉风，一股带着鲜润的清风，游荡在沙海中，滋润着你荒芜的耳朵，抚慰着你枯寂的心田。

那是一阵阵清风，那是一阵阵细雨。你的耳朵里那些原来储存的被烤干烧焦的音符，渐渐复活。春风吹又生般复活。你的心田泛起一丝丝湿意，土壤深处的那种底墒。你感到禾苗在那里发芽，柔软但却不可阻遏地有力。你感到那里原来是有一眼泉的，泉水不够丰沛，但却不绝如缕。不觉地，你有了吟哦、歌唱，或随便发出一些什么声音的愿望。你听见了你的声音，你也听清了，那是与麻雀一样的叫声。此时，你并不觉得有什么不妥当，或者羞愧之类的，你觉得你的声音很好听，麻雀的声音也很好听。

沙漠中遇雨

多年以后，你会想起许多自己经历过的有意思的事情，而你想起的事情中一定有一件事情不大，但却有意思的事情，那便是你在沙漠中遇雨的经历。

你像所有人一样，在进入沙漠前，已经把沙漠想象为一个完全无水的世界。为此，你尽自己最大的能力带足了你必须的水。你的想象与你的遭际完全吻合。长空在燃烧，大地在燃烧。在这无尽的火焰中，你感觉到天地间所有的水分都化为一股喷吐着焦糊味的白烟，化为火焰的一部分，包括你的肌肤中的水分。火苗又将尖利的吸管伸向沙漠，剥开沙漠灰烬般的表层，将地层深处的水分抽出来，交给火焰。你以为沙漠本来就是这样的，应该就是这样的。这时，你发觉有一团阴影，不知什么时候，已悄然覆盖在你的头顶。你以为那只不过是一团云，一团无雨的云，就像张目可见的海市蜃楼。

你错了，那就是云，真实的云，携带着雨水的云。当雨点拍打在砂砾上时，你确信那就是雨水，当雨点浇灌在你的身上时，你分明认出，那就是被我们一直称之为雨水，有时候也被尊称为甘霖的液体。确实是甘霖，飞荡在空中时是甘霖，落在沙地上是甘霖，汇集在沙丘间低洼地带的那一滩浊水也是甘霖，让无数沙漠居民得以延续的生命之水。

沙漠中的雨水永远都是冰凉的，哪怕不远处没有雨水的天地仍然在烈焰蒸腾。落在你身上的雨水冒着白色的气体，如同开锅的水蒸气，打在沙地上的雨水，也冒着青白色的气体，如同正在给器物淬火的铁匠铺里喧腾而出的水蒸气。但，那形象是热的，而质地却是冰凉的。你也看见了，原本绝无生命迹象的沙丘上，一时间，不知从哪儿冒出那么多的生命，甲壳虫，蜥蜴，蚂蚁，鸟儿，它们在雨水中忙碌着，狂欢着，而你却如经霜寒雀，在那里瑟瑟发抖。

不过，你也觉察到了，原来叠压在你身上的，你怎么也放不下的重物，此时放下了，完全放下了，原来堵塞在你心窍那儿的，你怎么也疏通不开的浊物，此时无阻无碍，天地一派空阔。

沙漠中的勇士

偶尔去沙漠的人，往往把目光抛给了胡杨，喜欢对自己见到的事物适时发表一些感慨的人，也毫不吝啬把自己胸中储备的那几句赞美之词奉献给胡杨。这不但没有什么不可以，而且这种愿意赞美他人的胸怀本身便令人尊敬。其实，沙漠中的任何生命，植物，飞禽走兽，活着的，死去的，高大辉煌的，低矮猥琐的，都应该受到赞美，它们也配得上任何语言的赞美。因为它们生长于沙漠，因为它们生存得无比艰难，因为它们的无与伦比的生命力，因为它们的勇士一般的抗争和坚守。

在这无数的沙生植物族谱中，最不起眼，也最应该受到所有生命礼敬的是骆驼刺。这种植物有着另外一个名号：沙漠勇士。我第一次见到这种植物是在腾格里沙漠深处的一片流沙地带，正是一天中能见度最高的时候，站在沙丘上，回环四望，几十里范围内的所有物事尽收眼底。而映入眼帘的只有一种颜色，阳光下金光万道的黄沙。但在一道沙坡上，金光氤氲之下，却有一星绿意浮现。几乎不能算作是绿色，要不是遍地黄沙的衬托，那种颜色是不能算作绿的，浅浅的绿，浅浅的白，浅浅的黄，浅浅的黑。

一路跋涉，头顶的艳阳似火，脚下的流沙像是余火还在燃烧的炉灰，到了那团绿色跟前，果然是一丛植物。当地人说，这就是骆驼刺。不知是有多少棵单株组成的，这一丛骆驼刺大约占地一平米。就近看，远处看到的那种绿和白是骆驼刺的本色，而黄和黑则是错觉。

　　方圆几十里唯一的植物啊!

　　它是怎样在死亡之海中独存的?

　　它是怎样在烈日和滚烫的黄沙烘烤下生存的?

　　与我们预想的一样，这丛骆驼刺没有什么伟岸的足以独当一面的外表，矮矮的个头，委顿细弱的枝条，苍白枯瘦的容颜，宛如在街衢里巷经常可以看见的那些落魄者，似乎你只要再抛给他们一个不屑的白眼，他们最后那一丝生活下去的底气便会一泻无余。

在俄博，7 月 26 日的四段史实

俄博就是敖包，是敖包在不同地方不同发音之一种。俄博在甘青两省交界祁连山中段扁都口南端。多年来，我在许多地方见过无数的敖包，唯有在这个以敖包命名的俄博，没见过有什么敖包。这里应该是有一座敖包的，作为自古以来，漫长祁连山东段上千里地界的最主要的通道，是应该有一座敖包指示方向的。俄博扼守在扁都口的冲要之地。扁都口古称为大斗拔谷，商家必走，兵家必争，农牧业的天然分界线。三十年来，我曾四走扁都口，四次流连俄博，可我不为经商，不为兵事，更不是为了操心农牧业，那里虽是要道，却是极偏僻之地，而我的人生本应该与那里毫无关系。

也许是受到自己所修习的历史专业的蛊惑，当我在史书上读到隋炀帝当年巡幸河西走廊，接见二十七国使臣，召开史上首届万国会议时，走的是丝绸之路南线，也就是从今天兰州以南的甘肃临夏回族自治州刘家峡和大河家两个渡口过黄河，辗转湟水河谷到西宁，然后北上，穿过大斗拔谷，直接进入河西走廊腹地张掖。这位身怀大才而又好大喜功的风流天子，是选择最热的六月份穿越大斗拔谷的。他没有料到，祁连山的天气骤变与他在中原理解的天气骤变全然不同，那可真正是六月飞雪啊。他虽有着天子的名号和尊贵，头顶的天却并不格外眷顾他这个儿子。随行的四十万彪彪虎贲，一夜之间大半冻死在这条百里峡谷之中，后宫佳丽更是香冷玉寒，十不存二。

夸张是文学的本性，实录是史家最重要的品格，难道古代的史家已经开始戏说历史了？为了史学的尊严，我要实地看一看。

暑假到了，我身穿这个季节内地年轻人习惯穿的衣服，踏上了前往旧时的大斗拔谷，今天的扁都口的征程。西行千里到兰州，再西行四百里到西宁，继续西行四百里到青海湖北岸小镇哈尔盖。那时候，还不知道，不远处就是当时我国最为机密的地方之一，核武器研究基地金银滩。举目向北，祁连山远远横亘，跟随在火车上认识的一位藏族男子，乘坐专门为祁连山南麓一家煤矿配备的专线小火车向草原深处而去。铁路到了尽头，随藏族男子在没有固定道路的草地上徒步几小时，今夜要在他家借宿。草原一望无际，一望无际不见人烟和牧群，原来牧民们赶着牧群去深山的夏季牧场了。偶尔见到的牧人都身穿很厚的衣服，这时，我才觉出了阵阵寒意。不巧的是，日近黄昏时，一阵急雨袭来，十几分钟后，雨停了，太阳重新破云而出，可是，气温因此骤降，偶尔遇到的牧民穿上了随身携带的皮袍，而我只有一件单衣。

日落时分，到了藏族男子的家。他家是一座由三间泥巴平房组成的小院落，没有院墙，紧挨院落的是一片只有围栏的露天羊圈，他给我找出一袭皮袍，冻僵的身体渐渐暖和了。第二天早起，在近旁的哈尔盖河畔骑马玩耍，而河边已经结冰了。我不由得打了一个寒战，下意识地裹紧身上的皮袍，要是只有单衣，怎么得了！流连三天，该走了。继续往北。地图上是有公路的，其实只有便道，当然也只有便车。我与这位藏族男子已结为朋友了。藏族朋友给我找

祁连山阙

了一辆去煤矿拉煤的卡车。皮袍还给主人，我站在车厢里，卡车在没有车路的草原上飞奔，冷风如刀，从前心直穿后心。下午时分，到了一家小煤窑，我要在这儿等待去河西走廊的便车。

这是一家只有在反映老旧年代煤矿工人悲惨生活的影片中才可看见的小煤窑，大约是私人或牧民点私开的，距离通铁路的国营大煤矿有数十公里之遥。一个个矿工像是一块块黑炭，拉着煤车从一口半人高的窑口爬进爬出。煤窑边只有一家帐篷小卖部，里面只有劣质香烟、饼干、兰州啤酒、格瓦斯、火柴这几种商品。矿区似乎只有我一个闲人，煤矿工人从煤窑出来后，都穿上了肮脏而厚重的棉衣，他们随便在旁边的水坑洗一把脸就开始吃饭。他们的头脸上仍是厚厚的煤灰，他们的眼睛像是在一整块煤炭上掏出的两个圆坑。他们看我的眼神怪怪的，我自己也觉得自己怪怪的。我只有单衣，我借宿在一间废弃已久四处漏风的平房里，只有一张木板床，没有被褥。早晚的天气与内地初冬一般寒冷，山区气候无常，莫名其妙飘洒一阵雨雪，莫名其妙太阳又出来了。那几天，我对阳光的感情达到了人生的高点，我甚至幻想过，这里要是突然变成南北极的永昼多好。我靠一些食物维持了八天，终于等到一辆去河西走廊的卡车。

这是一辆到草原卖菜的卡车。头天黄昏来到煤矿，剩下的菜是给一个牧民点的。第二天一大早，他要返回河西走廊。矿上还有一个女人，大约三十出头，眉眼还残存着曾经的亮丽。她是专门给矿工做饭的，河北人。她指着我，给那位卖菜的卡车司机说，明天把这个学生娃带出山去。司机说，天不亮我就要出发，我可不等人。我感激涕零，一晚上没咋睡觉，也冻得睡不着。凌晨四点，我便来到便道旁。不远处就是牧民夏季牧场的帐篷，一顶帐篷边差不多都有一只藏獒守护，一只只藏獒仿佛找到了事由，有事没事都要朝我这里吼几声，有几只藏獒甚至巡行到我的身旁。我吓得大气也不敢出，摆出一副模范良民的姿态，好在藏獒也认可我确实是良民。昨夜又下雪了，草地邦硬，脚下咔嚓有声，和自己差不多已经冻硬的腿脚争相唱和。一直等到旭日东升，还不见卡车的影子，我怀疑人家是不是早走了。前几日，眼看去不了河西走廊了，打算返回青海湖边，搭乘过往的火车汽车，原路返回西宁的。这里只有去草原深处各牧民定居点的拉煤卡车。去河西走廊是唯一的选择。

在心情绝望到和身体一样冰凉时，那辆卡车摇摇晃晃过来了。司机昨晚喝醉了，并且吃坏了肚子。他很守信用，本来今天不打算返回的，因为答应过我，只好勉强上路。他说的是真话。一路走着，每隔半小时，他都要停车去路边方便。我感到愧疚而温暖。中午时分，车到俄博。司机停车方便，我正好顺便观光。十数座泥巴平房，黑乎乎的，像是一摊摊陈旧的牛粪。空地上散布着百十个小货摊，摆放着在内地马路边常见的衣服、电子表，还有在内地小货摊上看不到的各色民族服装、配饰、刀具，以及摆摊的男人、女人。男人穿着看不出本色的皮袍，女人也穿着看不出本色的皮袍，只是挂满头上和身上的各色装饰，色彩鲜亮。

司机来了，他买了一对银镯子。他笑说，是送给他的相好的。我说，是对象吧。他说，我儿子都有你这么大了，还搞什么对象，相好就是相好，难道你不知道相好？说着话儿，司机忽然抬头说，要下雪了，快走。我已经习惯了老天爷的冬夏混淆喜怒无常。卡车刚才启动，便是漫天飞雪，卡车被雪片夹冰雹砸出一片破碎的铁锣的声响。

那一天是公历 7 月 26 日，农历大概六月下旬。

十五年后，我来到一个离俄博不远的地方。我是来河西走廊参加笔会的。还是盛夏。扁都口的南端是俄博，北端出口的村庄叫炒面庄。炒面庄像爆炒炒面的铁锅那样炎热。一人忽然提议：我们去俄博那里凉快凉快，也让你们见识一下扁都口。当年乘卡车路过时，扁都口还是一条土路，土路随一条小河蜿蜒，路面坎坷，卡车奔跳。此行，路面已然平整，铺上了拳头大的石子。我们乘坐一辆面包车，一路上坡，到了俄博，街市比先前扩大了许多，多了两栋二层水泥楼房，墙体俗艳，在周遭陈旧牛粪一般的泥巴平房的衬托下，显得突兀而莫名其妙。一大片小货摊，一大片熙熙攘攘的人。街边停放了许多车辆，有卡车、小车、班车，打扮入时的青年男女，衣着传统的中老年人。车上下来的人直奔货摊而去。讨价还价，高开低走，各取所需，一地喜庆。高海拔地区午后的阳光，光线如银针，一针针在身体上戳出一个个火辣辣的窟窿，只有细心的人，才会发现本地人其实穿着厚厚的衣服，也只有细心的人，才可体会到紧跟银针的是砭骨的寒风。恍惚间，天色暗了，未等外来者反应过来，荞麦粒般的雪片当头而下，接着是黄豆大小的冰雹。而此时，我却忘了去车内躲避。

这一天是 7 月 26 日。

事先没有任何计划，完全是主人的随机安排，而我事先完全没有留意今日是哪日。

时间如江河之水不懈流逝，我随着那无情的时间之水直奔不惑之年而去。又过了五年，随采风团到河西走廊采风。到返回时，主事者临时动议说，走回头路多没意思的，不如过扁都口，从青海返回兰州，又不多走路。一车盛赞，大多的人没有去过青海，没有见过人间仙境青海湖。一路艳阳，一身热汗，到了俄博，都想下车看看，看看高山市场，站在制高点，遥望青色隐隐的青海湖。俄博像一个少女，女大十八变，越变越好看。随意散布的小货摊不见了，两排水泥楼房夹持着公路，延展到很远。水泥楼房的墙体虽少了俗艳的装饰，仍然以艳丽为主色调。街面停靠的车多了，街面的人却少了。看起来萧条清寂。人都在房间。各个房间里都有说话声传出，不是高声大气肆无忌惮的那种，是一种被冠以文明的那种声音。内容没变。讨价还价，高开低走，各取所需，叫作喜气洋洋的那种声音却听不见了。艳阳当顶，还是银针一般砭人肌肤。还是突然间，一朵阴云飞上天际，几乎没有阴晴转换的过程，荞麦粒般的雪片，黄豆大小的冰雹。雪片和冰雹砸在街面的各色车辆上，发出清脆悦耳的响声。人们从各个商铺奔出来，惊叫着，呐喊着，感叹着。本地人对天气变化见怪不怪，见怪的是大地方来的人的少见多怪。而我事先知道，今天是 7 月 26 日，我要有意验证，我的一生究竟要多少次与俄博有关，多少次会在这一天与俄博相逢，多少次会在俄博遇到突如其来的风雪。

时间亦如江河之水，如那汛期的江河之水，流速逐次加快。转眼又过了三年，也就是刚过去的这一年。还是盛夏，还是来河西走廊参加与文学有关的活动。这一次，活动地点距离扁都口尚有数百里之遥，同行者也都多次去过青海湖。临行时，车内一人突然说，金银滩开放多年了，我们应该去看看，还有王洛宾纪念馆，也应该去看看。主事者说，好吧。好吧。又有看一眼俄博的机会了，而今天又是 7 月 26 日。没有什么突然，河西走廊还是那样干旱少雨，还是那样热浪滚滚。面包车进入扁都口，一路都是小雨，路边的牧草在冷雨寒风中瑟瑟发抖。车到俄博，漫天飞雪。没有人有购物的需求。车子招摇而过，到了半山，路旁一座山冈上多了一座高大的敖包。国旗沿着公路插满所有或高或低的建筑物上。满目绿草，国旗独红，遍地牛羊，白羊徜徉在白雪莹莹的草地上，它们都是一副见过大世面的样子，有的安心低头吃草，有的冒着风雪不管不顾地打架，当然，也少不了调情。今年沿青海湖国际公路自行车赛延伸到河西走廊了。去敖包看看。五色经幡迎风飘展，荞麦粒大小的雪片打在经幡上，寒烟飞溅。都穿着半截袖，心都热，踏着咔嚓有声的牧草，在经幡激溅的冰凌中，尽享那夏日的寒冷。

我的俄博之缘还会延续吗，俄博还会以冰雪盛宴招待我吗？说不准，真的说不准。老话说，不走的路都要走三趟呢。我没有任何去俄博的理由，可我已经走了四趟。有些真实的事情，真实得像是处心积虑的虚构，而有些刻意的虚构，看起来又比真实还真实。哦，还是《红楼梦》说得到位："真作假时假亦真，无为有时有还无。"我们生活在这样一个亦真亦幻虚实相伴的世界里，真的真实总是具有坚决的个人性和排他性，以任何形式，在任何时候生出与他人分享的愿望，就已经涉嫌虚构了。

我的俄博，我的夏日风雪，我的 7 月 26 日。